Heather Graham

Im Netz der Leidenschaft

Roman

Aus dem Amerikanischen von
Wolfgang Thon

MIRA®

MIRA® TASCHENBUCH
Band 25184
1. Auflage: Juli 2006

MIRA® TASCHENBÜCHER
erscheinen in der Cora Verlag GmbH & Co. KG,
Axel-Springer-Platz 1, 20350 Hamburg
Deutsche Taschenbucherstausgabe

Titel der nordamerikanischen Originalausgabe:
Between Roc And A Hard Place

erschienen bei: Silhouette Books, Toronto
Published by arrangement with
Harlequin Enterprises II B.V., Amsterdam

Konzeption/Reihengestaltung: fredeboldpartner.network, Köln
Umschlaggestaltung: pecher und soiron, Köln
Redaktion: Sarah Sporer
Titelabbildung: Corbis Images, Düsseldorf
Autorenfoto: © by Harlequin Enterprise S.A., Schweiz
Satz: Buch-Werkstatt GmbH, Bad Aibling
Druck und Bindearbeiten: Ebner & Spiegel, Ulm
Printed in Germany
ISBN 3-89941-242-7

www.mira-taschenbuch.de

1. KAPITEL

„Käpt'n! Da ist uns noch etwas anderes als nur Fisch ins Netz gegangen, Sir!"

Roc Trellyn ging barfuß und lautlos über die hölzernen Planken des Decks der „Crystal Lee". Sie dümpelten irgendwo zwischen Florida und den Bahamas. Das Wetter war ruhig, und die Luft duftete. Roc trug nur eine ausgewaschene, abgeschnittene Jeans. Seine Arme und seine nackte Brust waren sonnengebräunt, was zu einem Mann passte, der die meiste Zeit seines Lebens auf dem Meer verbracht hatte. Selbst das dunkle Haar auf seiner Brust war so ausgebleicht, dass die Haarspitzen golden schimmerten.

Roc war groß, schlank und muskulös. Man sah ihm den Schwimmer, Taucher und Seemann an. Sein Teint war dunkel, und er hatte schwarzes Haar, das im Moment ein wenig zu lang war, weil sie schon seit einigen Wochen auf See waren. Sein Gesicht war ebenso braun wie seine Schultern. Er hatte ausgeprägte Wangenknochen, eine gerade Nase und einen breiten, sinnlichen Mund. Sein Gesicht war nicht direkt hübsch, sondern eher faszinierend, was an den scharfen Linien lag, die Seeluft und Sonne darauf hinterlassen hatten. Gegen die dunkle Farbe seiner Haut hoben sich seine glänzend kobaltblauen Augen umso deutlicher ab. Er war ein Mann, den man nicht so einfach übersehen konnte.

„Käpt'n!" Der Ruf erscholl erneut, als Roc gerade die Stelle auf dem Vorderdeck der „Crystal Lee" erreichte, wo seine Crew das Fischnetz einholte. Bruce Willowby schien besorgt zu sein. Er war nicht nur Rocs Maat auf den meisten seiner zahlreichen Reisen, sondern auch sein bester Freund. Bruce und Roc hatten zusammen an der Universität von Miami Meeresbiologie studiert und seitdem fast alles gemeinsam unternommen.

Bruce war groß, schlank, hatte weißblonde Haare, die jetzt ebenfalls ein wenig ungepflegt wirkten, und mandelförmige dunkle Augen.

Die ganze Mannschaft der „Crystal Lee" hatte sich nach Bruce' Alarmruf um das Netz versammelt. Connie, Bruce' Schwester, stand neben ihm. Sie war eine hervorragende Köchin und eine erfahrene Taucherin. Sie war hübsch und hatte das gleiche weißblonde Haar und genau die gleichen mandelförmigen Augen wie ihr Bruder. Dann war da noch Peter Castro. Er war halb Kubaner und zur anderen Hälfte irisch-amerikanischer Abstammung. Peter war klein und drahtig, dunkelhaarig, hatte grüne Augen und konnte perfekt mit dem Sonar umgehen.

Joe und Marina Tobago vervollständigten die Crew. Sie waren verheiratet und zwei der besten Taucher und Schwimmer, denen Roc jemals begegnet war. Wenn sie abends Zeit hatten, schwamm Roc gern mit Joe um die Wette. Gelegentlich gewann er auch, aber meistens verlor er. Dann erzählte Joe ihm in seinem melodischen Singsang, dass Roc langsam alt und behäbig würde. Natürlich spornte Roc das an, und gewöhnlich gewann er dann das nächste Rennen.

Jetzt erkannte Roc den Grund für die allgemeine Aufregung: Sie hatten gerade etwas ganz anderes als Fisch gefangen.

Etwas, nein, jemand zappelte im Netz. Eigenartigerweise war die ganze Mannschaft zurückgewichen. Roc nahm an, dass es die Überraschung war. Er blieb ebenfalls stehen, und dann wurde ihm klar, wen sie gefangen hatten. Sie hatte ihn noch nicht bemerkt.

Roc wich zurück und trat auf die erste Stufe der Treppe, die zum Steuerhaus führte, aus dem Blickfeld der Frau. Er betrachtete sie aus einem sicheren Abstand. Als Bruce ihn fragend ansah, wies er ihn mit einer Handbewegung an, die Frau aus dem Netz zu befreien, fast so, als wäre es für ihn zu anstrengend.

Bruce zuckte mit den Schultern und hob dann das Netz hoch, in dem die Frau sich verfangen hatte.

Von seinem Standort aus konnte Roc sie vollständig sehen. Er war beeindruckt. Sie hatte sich kein bisschen verändert.

Was hatte er da bloß aus den Tiefen des Ozeans heraufgeholt? Einen Geist aus der Vergangenheit? Eine Meerjungfrau?

Sie kniete auf Deck, so dass er ihre Größe nicht genau abschätzen konnte, aber das war auch nicht nötig. Sie war groß, schlank und graziös und hatte sinnliche Kurven. Ihr Haar war tropfnass und klebte ihr am Gesicht und am Kopf. Roc konnte seine Farbe nicht genau bestimmen. Aber das machte nichts, er kannte sie auch so. Wenn es trocken war, würde es blond sein, und zwar nicht blassblond, sondern beinah goldfarben, mit kleinen rötlichen Strähnen.

Sie war immer noch eine der schönsten Frauen, die er jemals gesehen hatte.

Im Moment starrte sie Bruce an. Ihr Gesicht war vollkommen. Sie hatte eine schlanke gerade Nase und hohe Wangenknochen. Ihre Lippen waren voll und wirkten rosig gegen die dezente Bräune ihrer Haut. Ihr Gesicht war oval, die Augen groß und von samtigen Wimpern umrahmt. Im Moment spiegelten sie Wut und Ärger wider, und Roc konnte ihre Farbe deutlich erkennen. Es war ein Aquamarin, das der Farbe der Karibischen See Konkurrenz gemacht hätte.

Roc hatte schon früher erlebt, wie zornig sie blicken konnten. Doch diesmal war ihr wütender Blick auf Bruce gerichtet. Anscheinend hielt sie ihn für den Verantwortlichen an Bord und deutete mit dem Finger auf ihn.

„Man sollte Sie verhaften und einsperren, Sir! Wie können Sie es wagen!"

Bruce trat verblüfft zurück. Offensichtlich hatte er jetzt erst ihre atemberaubende Schönheit wahrgenommen. Der arme Bruce. Nun, schließlich war er schon erwachsen, und außerdem hatte er bemerkt, dass Roc sie erkannt hatte. In ein paar Minuten würde er selbst zwei und zwei zusammengezählt haben.

„Lady, Sie waren in unserem Netz …", begann Bruce.

„Genau! Ich war in Ihrem Netz!"

Bruce trat, höflich wie immer, vor, um ihr zu helfen. Doch sie wollte seine Hilfe nicht, schob seine Hand zur Seite und stand allein auf.

Roc beobachtete sie, wie sie sich zu ihrer vollen Größe von einem Meter siebzig aufrichtete. Plötzlich spürte er einen scharfen Stich. Nein, sie hat sich nicht verändert, dachte er. Sie war immer noch perfekt. Und das lag nicht daran, dass ihr Badeanzug kaum mehr als ein Hauch war, einteilig, im Rücken tief und an den Schenkeln hoch ausgeschnitten. Es lag eher an der Art, wie sie ihn trug.

Sie war schlank und sehr gut geformt. Ihre Beine waren lang und sehnig, sie hatte eine sehr schmale Taille, leicht gerundete Hüften, und ihre Brüste waren einfach perfekt …

Trotz ihrer atemberaubenden Schönheit hätte Roc lieber auf diesen Anblick verzichtet. Er hatte auch ohne sie schon mit diesem Unternehmen genug Probleme. Sie war ein Störfaktor und würde ihnen mit Sicherheit Schwierigkeiten machen. Sein Blick blieb weiterhin fest auf sie gerichtet.

Plötzlich kam Roc ein Verdacht. Hatte man sie vielleicht geschickt, um ihm nachzuspionieren? Um herauszufinden, hinter was er mit der „Crystal Lee“ her war?

Er musterte die Frau ausgiebig. Sie war perfekt – ein perfekter Köder. Wie ein Silberfisch, der am Haken zappelte, um einen großen Fang hereinzubringen …

Bruce starrte sie immer noch an, nichts weiter. Roc wäre zu ihm gegangen und hätte seinen Freund wieder zur Besinnung gerufen, aber er wollte nicht, dass sie ihn bemerkte, noch nicht. Also widerstand er der Versuchung.

„Oh!“ rief sie wütend aus. Der Zorn ließ ihre Augen aufblitzen. „Was ist bloß mit Ihnen los? Wie können Sie nur so leichtsinnig sein?“

Endlich fand Bruce die Sprache wieder. „Lady, wovon reden Sie eigentlich? Ich habe nicht die geringste Ahnung, woher Sie überhaupt gekommen sind. Wir sind hier in tiefem Wasser. Wir sind weder in Tauch- noch in Schwimmgewässern, wir sind …“

„Ihre Art zu Fischen verursacht jährlich den Tod von Hunderten von Delfinen!“

„Ich habe in meinem ganzen Leben noch keinen Delfin gefangen“, versicherte er ihr rasch.

„Sie haben mich gerade gefangen!“ rief sie. „Und ich habe ungefähr dieselbe Größe wie ein kleiner Delfin!“

Oh nein! dachte Roc. Ist sie jetzt eine von diesen Weltverbesserern geworden? Er bezweifelte es. Nicht, dass sie sich nicht um die Delfine gekümmert hätte, das tat sie schon. Sie liebte das Wasser fast so leidenschaftlich wie er, vielleicht sogar mehr. Aber war sie wirklich wegen der Delfine hier?

Nein, dachte er. Das kann unmöglich der Grund sein. Sie war hier, um herauszukriegen, was er oder die

„Crystal Lee“ vorhatten. Nun, dachte Roc grimmig, vielleicht, aber nur vielleicht, würde sie dazu eine Chance bekommen.

Bruce schaute jetzt über ihren Kopf zu Roc hinüber. Roc machte eine weitere ablehnende Geste, und Bruce war einen Augenblick verwirrt. Dann zuckte er erneut mit den Schultern. Roc hatte anscheinend etwas Bestimmtes vor.

Plötzlich lächelte Bruce. Roc fragte sich, ob sein Freund jetzt erkannt hatte, wer diese wunderschöne Meerjungfrau war.

„Madam, wenn Sie ein Problem mit uns haben, dann sollten Sie sich darüber mit dem Kapitän auseinander setzen.“

Roc schaute zu, wie sie in unnachahmlicher Weise die Augenbrauen hob. „Sind Sie nicht der Kapitän?“ fragte sie Bruce.

Er schüttelte den Kopf.

„Dann bringen Sie mich zu ihm, sofort!“

„Nun, ich glaube, er möchte im Moment keine Gesellschaft. Wollen Sie solange einen Kaffee, cinen Tee, ein Soda oder vielleicht ein Bier haben?“

„Ich möchte nichts trinken, danke. Ich will nur zum Kapitän, ihm sagen, was ich zu sagen habe, und dann wieder in die Zivilisation zurück!“

„Wir sind hier zivilisiert, Miss ...?“ sagte Connie gekränkt.

Sie schaute Connie an. „Es tut mir Leid“, meinte sie rasch. „Ich will nur kurz mit dem Kapitän reden und dann wieder verschwinden.“ Sie lächelte ihnen hinreißend zu. Und nun setzt sie wieder ihren Charme ein, dachte Roc. „Es tut mir Leid, aber ich hatte eine solche Angst. Tut mir Leid, wenn ich grob zu Ihnen gewesen bin. Das wollte ich nicht. Ich habe nur eine Meinungsverschiedenheit mit Ihrem Kapitän.“

Sie ahnt gar nicht, was für eine große, dachte Roc. Er entschloss sich, in die Kapitänskabine zu gehen. Die „Crystal Lee“ war nicht besonders groß, und es war schwierig, sich eine Privatsphäre zu schaffen, aber er hatte vor, sich ein wenig zurückzuziehen.

Leise ging er über das Deck zu der großen Kabine nach achtern. Er konnte hören, wie die anderen sich unterhielten, als er leise die Tür öffnete und die Kabine betrat.

„Kommen Sie, Missy“, sagte Marina Tobago und schlang einen Arm um die Schultern der Frau. „Ich mache den besten Kaffee der ganzen Welt. Danach sieht alles etwas angenehmer aus.“

Marina würde sie in die Kombüse und in den Aufenthaltsraum bringen. Fein, dachte Roc. Das Sonar und die restliche Spezialausrüstung waren unter Deck in den Mannschaftsunterkünften verstaut. An Bord der „Crystal Lee" gab es nicht allzu viel Platz, aber sie war ein wunderschön gebautes Schiff und so hervorragend ausgelegt, dass Connie eine eigene Kabine hatte, Joe und Marina ebenfalls, und Bruce und Peter sich die größere Kabine neben Rocs Kapitänsunterkunft teilen konnten.

Roc setzte sich an den antiken Schiffsschreibtisch, den er für die „Crystal Lee" besorgt hatte. Er war immer noch verblüfft. Wie hatte sie es geschafft, herzukommen? Das sollte ihn eigentlich nicht so erstaunen. Sie war schließlich die Tochter ihres Vaters. So traute er ihr eine Menge an Einfallsreichtum zu.

Und es sah ganz so aus, als würde Rocs Herz immer noch schmerzen, ein kleines bisschen jedenfalls.

Nein, das stimmte nicht. Es tat verdammt weh …

Wie lange war es jetzt her? Fast drei Jahre. Sie hatte sich nicht verändert. Und du selbst? fragte Roc sich. Hast du dich verändert? Manchmal kam es ihm so vor, als wäre er durch sie um ein ganzes Jahrzehnt gealtert … Vielleicht sogar um mehrere.

Roc griff unwillkürlich in die Schreibtischschublade. In ihr lag eine Flasche extra starken Jamaica-Rums. Er öffnete sie nicht oft, jedenfalls nicht auf einer Fahrt wie dieser. Doch heute Abend … heute Abend brauchte er einen Schluck.

Er stellte die Flasche auf den Schreibtisch und griff nach einem Glas. Dann verwarf er diese Idee und nahm einen Schluck aus der Flasche. Der Rum brannte heiß und süß in seiner Kehle, wärmte sein Herz und vertrieb den Schmerz.

Nein, nicht wirklich.

Jemand klopfte kurz an Rocs Tür, und Bruce trat ein. Er wirkte verstört und aufgeregt.

„Ich weiß jetzt, wer sie ist“, sagte er. „Es ist sie, richtig? Miss Melinda Davenport. Kaum zu glauben. Ich habe es nicht sofort bemerkt, weil sie auf den meisten Bildern trocken ist. Durchnässt und in diesem Outfit wirkt sie ein bisschen anders. Es tut mir Leid. Ich bin normalerweise nicht so begriffsstutzig.“

Roc machte eine beschwichtigende Handbewegung. „Bruce, du warst nicht begriffsstutzig. Wie hättest du das wissen können? Ich wäre fast über sie gestolpert, bevor ich es selbst gemerkt habe.“

Bruce schüttelte den Kopf. „Mein Gott, ist sie schön.“

Roc nickte missmutig und warf Bruce dann einen viel sagenden Blick zu. „Aber pass auf. Sie ist hinterhältig und verschlagen. Vergiss nicht, dass sie die

Tochter des alten Davenport ist. Sie kann bösartig sein, knallhart und zäh wie Leder. So charmant wie Gift."

Bruce lächelte. „Du beschreibst sie, als wäre sie die schlimmste Hexe westlich von New York."

„Vergiss das niemals!"

„Du willst sie wohl schnell wieder loswerden, was?" fragte Bruce.

Roc beugte sich vor und lächelte. „Um keinen Preis!" sagte er leise. „Ich glaube nicht, dass das ein Unfall war. Sie wollte an Bord. Nun, jetzt ist sie hier. Dann kann sie auch ruhig eine Weile bleiben."

„Ist das nicht Entführung?" fragte Bruce finster.

„Sie ist freiwillig auf mein Schiff gekommen."

„Wir haben sie mit dem Netz hochgezogen."

„Ich versichere dir, dass sie absichtlich in dieses Netz geschwommen ist."

„Das klingt so, als könntest du sie wirklich nicht besonders leiden."

„Sie macht nur Ärger", prophezeite Roc.

Bruce schüttelte sorgenvoll den Kopf. Dann schaute er Roc fragend an. „Übrigens, hast du dich eigentlich jemals von ihr scheiden lassen?"

Roc erstarrte. Hatte er das? Nein. Eigentlich nicht. Aber sicher hatte sie es in die Wege geleitet. Dafür dürfte schon der alte Davenport gesorgt haben. Roc war immer auf See gewesen. Er hatte nie irgendwelche Papiere erhalten, aber er war ja auch nie da gewesen, um sie anzunehmen. Die Art, wie alles aufgehört hatte, war genauso ungestüm gewesen, wie …

„Das wäre doch etwas“, sagte er leise.

„Was?“

Roc lächelte. „Wenn unser kleiner Eindringling immer noch meine Frau ist …“

Bruce erwiderte das Lächeln. „Nun, vielleicht würde das helfen, wenn es zu einer Anzeige wegen Entführung kommen sollte.“

Roc lehnte sich zurück und erinnerte sich an seine kurze und heftige Ehe. Die Wildheit, die Kämpfe … und der Sex.

Ein scharfer Stich durchfuhr ihn. Er presste die Zähne zusammen, lehnte sich wieder zurück und trank noch einen Schluck Rum. „Warum bringst du die Lady nicht herein?“ schlug er Bruce vor. „Der Kapitän ist bereit, sie zu empfangen.“

Bruce salutierte und eilte hinaus.

Einen Moment später wurde die Kabinentür erneut geöffnet, und sie trat ein.

Melinda. Melly … Sie sah gut aus. Connie hatte sie mit Kleidung versorgt, mit einer weißen beuteligen Hose und einem weißen Hemd mit kurzen Ärmeln.

Sie hatte die Schöße um die Taille zusammengeknotet. Ihr Haar trocknete allmählich. Es hing ihr lang und in goldenen Wellen über die Schultern. Sie trug keinerlei Make-up. Melinda brauchte das nicht.

Sie kam herein und setzte gerade an, dem Kapitän ihren Ärger ins Gesicht zu schleudern. Doch als sie eintrat, hatte Roc sich erhoben. Und bevor sie etwas sagen konnte, lächelte er und begrüßte sie schnell.

„Sieh an, Miss Davenport. Welcher Tatsache verdanken wir dieses seltsame ... Vergnügen?"

Sie stieß die Luft aus und schaute ihn mit ihren aquamarinblauen Augen verwirrt an.

War sie wirklich so verwirrt, wie sie aussah? Er bezweifelte es.

„Du!" stieß sie hervor.

Er schaute sie fragend an. „Das sind meine Gewässer", erinnerte er sie höflich. „Das waren sie schon immer."

Ihre Lippen schienen leicht zu beben. War das echt?

Roc hob eine Hand. „Kommen Sie herein, Miss Davenport." Er hielt inne, neigte leicht den Kopf und schaute sie eindringlich an. „Miss Davenport ist doch richtig, nicht wahr? Du hast die Scheidung eingeleitet, nehme ich an."

Melinda wurde kreidebleich. Und dann wurde es ihm mit einem Schlag klar. Sie hatte nichts unternommen, um sich von ihm scheiden zu lassen! Vermutlich hatte sie ebenso angenommen, dass er die Scheidung beantragt hatte, wie er geglaubt hatte, dass sie …

Oh nein. Das war köstlich! Wirklich sehr amüsant!

Roc lachte, und es klang dunkel und heiser in der kleinen Kabine. „Also nicht, Miss Davenport. Was für eine erschütternde Überraschung. Fast so erschreckend, wie seine Ex-Frau auf offener See in einem Fischernetz zu fangen. Nur, dass du nicht meine Ex-Frau bist.“

„Und du kein Fischer!“ konterte Melinda aufgebracht. Endlich hatte sie die Sprache wiedergefunden.

„Richtig“, gab er zu. Roc hatte aufgehört zu lachen, und seine Stimme klang angespannt. Er stützte die Hände auf den Schreibtisch und beugte sich vor. „Was machst du auf meinem Schiff, Melinda?“

„Ich bin wie ein Delfin gefangen worden, weil du so achtlos gewesen bist …“

„Falsch!“

„Verdammt!“ schrie sie und durchquerte den Raum. Sie wollte ihn beschimpfen, bis sie merkte, wie nah sie ihm gekommen war. Dicht genug, um sich zu berühren.

Roc konnte sehen, wie ihr Puls an ihrem Hals heftig schlug und ihre Brüste sich hoben und senkten. Genauso, wie sie die Muskeln seiner nackten Brust bei jedem Atemzug sehen konnte.

Sie schüttelte den Kopf. Es war eine heftige Bewegung, und sie wirkte ein klein wenig … verzweifelt.

Melinda stand Weiß großartig. Ihr blondes Haar fiel ihr über die Schultern, und ihre blauen Augen schimmerten feucht. Und sie hatte das Kinn stolz hochgereckt, so stolz wie immer.

„Du wirst mir sowieso kein einziges Wort glauben, ganz gleich, was ich sage. Warum beenden wir diese unmögliche Situation dann nicht auf der Stelle?“ Ungeduldig schaute sie ihn an.

Roc ließ sich auf seinem Stuhl zurücksinken und versuchte die aufgewühlten Gefühle in seinem Inneren zu kontrollieren. „Diese unmögliche Situation?“

„Meine Anwesenheit hier.“

Er neigte den Kopf, als wollte er sie besser verstehen. „Melinda, du hast dir den Weg auf mein Schiff erschlichen.“

„Ich bin in deinem Netz gefangen …“

„Nein, Melinda, das glaube ich nicht.“

„Wie kannst du so etwas denken? Ich war in deinem Netz …“

„Ja, aber ich vermute, dass du absichtlich hineingeschwommen bist.“

„Das ist klar!“ rief sie. „Du würdest so einen Vorfall natürlich niemals auf deine eigene Unfähigkeit zurückführen!“

„Aha. Und es ist natürlich nur rein zufällig mein Boot, auf das du gekommen bist, ja?“

„Was macht das aus?“ rief sie. „Bring mich an Land. Zum Hafen! Dann ist das alles erledigt.“

Er lächelte sie so freundlich an, wie er nur konnte. „Ich habe nicht vor, einen Hafen anzulaufen.“

„Aber ich.“

Er stand erneut auf, ging um den Schreibtisch herum und blieb direkt vor ihr stehen. Sein Lächeln vertiefte sich. „Aber ich bin der Kapitän, Miss Davenport. Und was ich sage, gilt.“ Er ging an ihr vorbei zur Tür.

„Du willst doch wohl nicht sagen, dass du mich hier an Bord gefangen halten willst?“ rief sie.

„Gefangen?“ Roc drehte sich um. „Du verstehst das völlig falsch.“

„Dann wirst du mich zum Hafen …“

„Bedaure“, erklärte er ihr. „Bitte betrachte dich als Gast, nicht als Gefangene.“

„Du mieser …“, rief sie hinter ihm her.

Er schloss die Tür, bevor sie zu Ende reden konnte, und lehnte sich lächelnd dagegen. Aber es war ein gequältes Lächeln. „Da wir immer noch verheiratet sind“, bot er ihr höflich an, „bist du herzlich willkommen, die Kapitänskabine mit mir zu teilen. Ich meine, du bist doch an Bord gekommen, um herauszufinden, was hier los ist, richtig? So hast du am besten Gelegenheit dazu.“

Roc kannte sie. Er kannte sie so gut, dass es ihn nicht hätte überraschen sollen, dass sie blitzschnell zum Schreibtisch rannte und die Flasche Rum nach ihm warf.

Glücklicherweise reagierte er schnell. Er sprang beiseite, und die Flasche prallte gegen die Tür. Sie blieb heil. Erneut lächelte er und lehnte sich gegen die Tür.

Doch dann verschwand das Lächeln. Der Rum hatte nichts einfacher gemacht. Roc schien jetzt innerlich und äußerlich zu brennen, und etwas schien sein Herz zu umklammern. Es hatte einmal eine Zeit gegeben, in der er Melinda überhaupt nicht für hart gehalten und in ihr auch keine Hexe gesehen hatte. Damals hatte sie ihn leidenschaftlich umarmt, ihre blonden Haare hatten sich über seiner gebräunten Brust gelockt, und er hatte seine Finger in ihnen vergraben. Damals hatten sich ihre wundervollen Beine mit seinen verschränkt. Sie hatten unter dem Sternenhimmel gelegen, das Wogen des Meeres unter sich gefühlt und geträumt …

Es war einmal …

Aber nun war es lange vorbei. Sie mochte vielleicht noch seine Ehefrau sein, ganz gewiss aber war sie die Tochter des alten Davenport. Und sie war hierher gekommen, um zu spionieren, davon war Roc überzeugt.

Er konnte nur eins tun. Er musste sichergehen, dass sie nicht mit irgendeiner Information zurückkehrte. Nicht, bis er seinen Fund angemeldet hatte. Wie lange das auch immer dauern würde.

Melinda … An Bord seines Schiffes. Tag für Tag. Die reinste Qual!

Er presste die Lippen zusammen. Gut. Also würde es eben eine Qual werden. Aber er würde auf jeden Fall dafür sorgen, dass es für sie beide eine Folter werden würde!

2. KAPITEL

Roc war gegangen. Melinda ließ sich auf den Schreibtischstuhl hinter dem Kapitänstisch fallen und bemerkte, dass sie zitterte. Sie faltete fest die Hände und versuchte es zu unterdrücken.

Es war also sein Schiff! Sie hätte es wissen sollen. Sie hatte es zwar vermutet, aber sie war dennoch nicht darauf vorbereitet gewesen …

Sie stöhnte leise auf und ließ den Kopf auf die Tischplatte sinken. Sie hatte sich gewünscht, dass es sein Boot wäre. Sie musste sich eingestehen, dass sie es sich gewünscht hatte, obwohl sie in gewisser Weise tatsächlich spionierte. Doch diesmal wollte sie dafür sorgen, dass die Dinge so liefen, wie sie es damals hätten tun sollen, an dem Tag, bevor Roc weggegangen war. Das schuldete sie ihm.

Ist das wirklich der Grund, warum du hier bist? fragte sie sich spöttisch. War es nicht vielleicht so, dass sie Roc noch ein bisschen, ein kleines bisschen liebte?

Nicht, dass es wichtig gewesen wäre. Sie mochten vielleicht noch verheiratet sein, und es hatte sie tatsächlich schockiert, das zu erfahren, aber Rocs Blick hatte sehr deutlich gemacht, dass er das Gefühl hatte, einen Haifisch an Bord geholt zu haben.

Melindas Finger begannen wieder zu zittern. Nun, was hatte sie denn erwartet? Dass er sie nach all dem, was sie ihm angetan hatte, mit offenen Armen empfangen würde?

Andererseits war er derjenige gewesen, der sie verlassen hatte!

Doch erst, nachdem sie sich auf die Seite ihres Vaters gestellt hatte, gegen ihn, gegen ihren Ehemann. Selbst Jonathan Davenport musste mittlerweile zugeben, dass er sich falsch verhalten hatte und dass der die Anerkennung hätte bekommen müssen, der sie auch tatsächlich verdiente.

Aber das war alles schon so lange her …

Du hast es dennoch niemals glauben können, dass es vorbei ist, dachte Melinda. Sie war so naiv, so dumm gewesen und hatte sich in so vielen Dingen so falsch verhalten. Sie konnte sich noch sehr deutlich an die Wut erinnern, die sie empfunden hatte, dass Roc so etwas Schlechtes über ihren Vater hatte sagen können. Sie wusste sogar noch, wie ärgerlich sie beide gewesen waren. Ihr waren noch die Schimpfworte im Gedächtnis, die hin und her geflogen waren, die Beschuldigungen, die Verunglimpfungen. Und sie wusste auch noch, wie sie in seinen Armen gelegen und geglaubt hatte, dass Roc ihr zuhörte, dass er sie verstand und dass alles gut werden würde. Sie konnte sich an die Leidenschaft und die Zärtlichkeit erinnern, wenn sie miteinander geschlafen hatten …

Und es stand ihr noch ganz klar vor Augen, dass sie nicht hatte glauben können, er würde wirklich gehen, als er sie am nächsten Morgen verließ. Roc hatte sie natürlich gebeten, mitzukommen, aber sie konnte einfach nicht glauben, dass er wirklich gehen würde.

Und seitdem hatte sie ihn nicht mehr gesehen.

Zuerst dachte Melinda, Roc hätte sich nicht geändert, aber jetzt wusste sie es besser. Er war drei Jahre älter geworden, klüger, entschlossener, selbstsicherer und auf seine Art sehr abgeklärt. Sein Haar war ein bisschen zu lang, da er anscheinend nicht sehr oft dazu kam, es schneiden zu lassen. Vermutlich nahm er sich nicht die Zeit dazu, wenn er auf Schatzsuche war …

Das war er ganz bestimmt. Ihr Vater hatte behauptet, Roc Trellyn sei derjenige, der die „Condesa Maria" finden könnte, wenn es überhaupt einer schaffen würde. Natürlich suchte auch Jonathan nach dem Schiff, aber er war nicht derjenige gewesen, der auf die Idee gekommen war herauszufinden, ob Roc

Trellyn ebenfalls hinter der verschwundenen Galeone her war, und wenn ja, wie er vorwärts kam. Es war Eric gewesen, der Melinda das eines Abends ziemlich direkt vorgeschlagen hatte. Sie hatten alle in einer kleinen Kneipe in Key West zusammengesessen.

„Es gibt keinen Zweifel daran, dass Trellyn hinter dem Schiff her ist", hatte Eric gesagt. „Er ist immer davon überzeugt gewesen, dass die ‚Condesa' irgendwo zwischen Florida und den Bahamas gesunken ist, auch wenn die Wissenschaftler behaupten, dass sie in der Nähe von Kuba untergegangen sei. Und diese neuen Beweise müssen Trellyn in einen Freudentaumel versetzt haben. Ich wette, dass er schon jetzt draußen ist, in einem dieser angeblichen Fischerboote, und sich die Seele aus dem Leib sucht. Ich wünschte, ich könnte auf dem Boot Mäuschen spielen! Eigentlich, Melinda, könntest du deinen Ex-Mann auch einfach fragen, was er weiß und was er vorhat."

Eric hatte sie dabei schief angelächelt. Er war sehr gut darin, jemanden so anzulächeln. Melinda musste zugeben, dass Eric sehr attraktiv war. Er war groß, blond, braun gebrannt und muskulös. Auf seine Art war er auch charmant. Er arbeitete ab und zu mit ihrem Vater zusammen, klagte gemeinsam mit ihm übers Geschäft und trank mit ihm gelegentlich ein Bier. Melinda gab sich Mühe, Eric sympathisch zu finden, ging ab und zu mit ihm aus und manchmal gelang es ihr sogar, sich mit ihm zu amüsieren. Aber gleichzeitig hielt sie auch Distanz zu ihm. Sie hatten getanzt, sich sogar geküsst, und dabei hatte sie es geschafft, nicht mit ihm zu schlafen und trotzdem ihre Freundschaft und den Flirt zu erhalten, oder wie auch immer man ihre Beziehung nennen sollte. Sie hielt diesen Abstand, auch wenn sie nicht genau wusste, warum. Vielleicht hatte sie es aber auch nur bis jetzt einfach nicht zugegeben.

Es lag an Roc. Eric war einfach nicht Roc.

Niemand war das. Melinda hatte dies in all den einsamen und langen Nächten, seit er sie verlassen hatte, schmerzlich erfahren müssen. Sie hatte nicht gewusst, nicht geahnt, wie schrecklich es sein würde, allein zu schlafen, sich an Roc zu erinnern, an seinen großen muskulösen Körper, seinen Atem auf ihrer Haut, an seine erregenden Berührungen, den Zauber seines Kusses. Sie hatte nicht erwartet, die einfache Wonne zu vermissen, in seinen Armen einzuschlafen, in ihnen zu träumen, aufzuwachen und festzustellen, dass sie immer noch so zärtlich gehalten wurde.

Ihre Finger begannen schon wieder zu zittern, obwohl sie sich bemühte, sie ruhig zu halten. Roc war immer sehr leidenschaftlich gewesen. Er hatte das

Meer geliebt, das Wasser, das Tauchen, die Jagd und das Abenteuer.

Und irgendwann einmal hatte er auch sie, Melinda, geliebt. Das hatte sie verloren und würde es vermutlich nie mehr wiederbekommen. Es war ein Fehler gewesen, herzukommen, und es würde vermutlich besser sein, wenn sie so schnell wie möglich wieder ging. Sie musste weg von ihm. Es schmerzte sie mehr, in seiner Nähe zu sein, als von ihm getrennt zu leben. Sie hatte ihn verraten. Roc hatte sie einmal sehr geliebt, doch nun schien er sie mit der gleichen Intensität zu verachten. Sie konnte es sich nicht leisten, davon zu träumen, wie es hätte sein können …

Weil es vorbei war. Es war alles vorbei. Nur der Blick, den er ihr zugeworfen hatte, war noch übrig geblieben. Als wäre sie eine Schlange mit einer gespaltenen Zunge.

Melinda erschauerte plötzlich und sah sich in der Kabine um. War sie hier eingesperrt? Roc hatte gesagt, dass er sie nicht zu einem Hafen bringen würde. Was hatte er dann mit ihr vor? Vielleicht wartete er darauf, dass sie hinter ihm herlief und ihn um Gnade bat. Doch das würde niemals geschehen. Sie hatte ihren Stolz nicht vollständig verloren.

Aber ihre Hände zitterten immer noch. Sie kannte

Roc nicht mehr, wusste nichts von seinen Gefühlen und auch nicht, ob er nicht vielleicht mit der hübschen Blondine schlief, die sie an Deck gesehen hatte.

Was sollte sie tun?

Warten. Sie musste einfach warten. Vielleicht würde er zurückkommen. Er musste doch zurückkommen, oder?

„Das ist also Melinda Davenport", stellte Bruce fest und schüttelte den Kopf. Er stand an der Reling, als Roc aus seiner Kabine gestürmt kam.

Roc holte tief Luft und betrachtete seinen Ersten Maat. Er wollte den Aufruhr seiner Gefühle nicht enthüllen, schon gar nicht vor seinem besten Freund.

„Trellyn", erwiderte er leise.

„Trellyn?" Bruce schaute ihn fragend an.

„Es sieht so aus, als hätte sie niemals die Scheidung von mir beantragt", sagte Roc gelassen.

„Oh. Nun, das könnt ihr beide ja sicher richtig stellen. Wenn wir das nächste Mal in Fort Lauderdale oder Miami einlaufen, könnt ihr zu einem Anwalt gehen."

„Richtig", stimmte Roc zu. Er trat an die Reling und umklammerte das polierte Holz, während er aufs Meer hinausschaute. Er sollte sofort einen Hafen anlaufen und Melinda loswerden. Auf der „Crystal Lee“ war trotz ihrer zwanzig Meter Länge nicht genug Platz für sie beide.

„Sie muss für ihren Vater spionieren“, vermutete Bruce.

„Sicher.“

„Also sollten wir sie schnell loswerden, richtig?“

„Das sollten wir.“

„Aber wir tun es nicht.“

Roc wirbelte herum, lehnte sich gegen die Reling und kreuzte die Arme vor der Brust. Er kam sich eindeutig ein wenig boshaft vor. „Sie ist freiwillig an Bord gekommen. Wir werden sie eine Zeit lang hier behalten.“

Bruce schüttelte den Kopf. „Du bist der Kapitän.“

„Stimmt.“

„Aber sie ist Davenports Tochter.“

„Richtig, aber sie ist auf meinem Schiff. Und sie ist immer noch meine Frau, auch wenn das ein wenig verwirrend ist.“

„Du meinst, du bist immer noch in sie …“

„Ich bin überhaupt nichts“, unterbrach Roc ihn ungeduldig. „Ich werde jedoch auch keinen Hafen anlaufen. Wir haben geplant, morgen zu tauchen, und das werden wir tun.“

Connie kam um eine Ecke und sah die beiden besorgt an. „Du kennst sie also?“ fragte sie Roc.

„Sie kennen?“ erwiderte Bruce verächtlich. „In- und auswendig!“

„Sie ist meine Ex-Frau.“

„Nur, dass sie nicht seine ‚Ex‘ ist“, fügte Bruce hinzu und schüttelte erneut sorgenvoll den Kopf.

„Wie kann man denn ein ‚Ex‘ zurücknehmen?“ wollte Connie wissen.

Peter Castro trat zu ihnen. „Indem man wieder heiratet“, erklärte er Connie. Er schaute Roc an. „Was ist passiert, Capitano?“

„Du hast sie wieder geheiratet?“ Connie war völlig verwirrt.

Bruce warf ihr einen amüsierten Blick zu. „Connie, stell dich nicht so dumm an. Sie haben sich überhaupt nicht scheiden lassen. Und da keiner von beiden lange genug an Land gewesen ist, um Zeitung zu lesen oder Post in Empfang zu nehmen, haben sie beide angenommen, dass der andere sich hat scheiden lassen.“

„Davenports Tochter!“ Peter pfiff leise. „Nun, sie spioniert, es kann nicht anders sein.“

„Wir müssen sie loswerden“, meinte Connie.

„Das will er nicht“, meinte Bruce missmutig.

„Aber sie ist doch offensichtlich hier, um herauszufinden, wonach du suchst! Sie wird zurückgehen und ihrem Vater Bericht erstatten. Sie werden daraufhin beide genau da nach der ‚Condesa Maria' suchen, wo wir es tun", sagte Connie finster zu Roc.

„Lass dich von ihr nicht aufs Glatteis führen", meinte Peter warnend.

Roc seufzte gereizt. „Sie wird mich nirgendwohin führen. Und sie wird auch ihrem Vater nichts erzählen können, weil ich sie nämlich nicht zurückbringen werde, bevor ich nicht meinen Fund angemeldet habe."

„Können wir sie denn so lange festhalten?" fragte Connie verblüfft. „Ist das nicht Entführung?"

„Sie ist aus freiem Willen an Bord gekommen, richtig?" sagte Roc.

„Nun, genau genommen haben wir sie in einem Fischernetz an Bord gezogen", erinnerte Bruce ihn.

Plötzlich roch es nach Rauch. Roc bemerkte es als Erster, doch dann stieg es auch Connie in die Nase „Das Dinner!" rief Connie. „Oh nein! Ich sollte auf die Kartoffeln achten!" Sie wirbelte herum und rannte in die Kombüse.

„Ich denke, das Abendessen ist mehr als gar", stellte Roc fest. „Wir sollten essen."

„Und was ist mit deiner … Frau?" fragte Bruce.

„Sie ist nicht eingesperrt. Wenn sie hungrig ist, wird sie den Weg zur Kombüse schon finden."

„Sie könnte auch den Weg zu einigen anderen Orten finden."

„Nicht, wenn wir alle aufpassen und sie daran hindern."

„Sollen wir die ganze Nacht Wache halten?"

„Ich werde dafür sorgen, dass sie nachts nirgendwohin gehen kann, wohin sie nicht gehen soll", erwiderte Roc leise.

„Oh", meinte Bruce überrascht. „Ach so …"

„Nichts ‚ach so'", meinte Roc gereizt. „Ich werde sie einfach nicht aus den Augen lassen."

„Sei vorsichtig."

„Sie ist einssiebzig und wiegt sechzig Kilo. Ich bin fünfzehn Zentimeter größer und vierzig Pfund schwerer. Das sollte reichen."

„Richtig. Feuerkorallen sehen wunderschön aus. Aber komm ihnen zu nahe, und du verbrennst dich höllisch."

„Bruce! Ich habe die Lady verlassen, erinnerst du dich? Ich bin okay." Er verschwieg seinem Freund allerdings, dass es ihn fast umgebracht hätte und lediglich sein Stolz ihn daran gehindert hatte, wieder zu ihr zurückzugehen.

Er hätte sie einfach mitnehmen sollen. Schließlich war er kräftiger als sie, das hatte er Bruce ja eben erzählt. Vielleicht hätte er sie einfach wegtragen können ... Aber er hätte die Situation auch nicht ändern können. Weder Wut noch Kraft hätten sie von ihrem Vater losreißen können.

Bruce musterte ihn und grinste plötzlich. „Mir würde es auch gut gehen, wenn sie in meiner Kabine wäre. Ich würde gar nicht zum Schlafen kommen. Ich würde nur dasitzen und ..." Er stieß einen Schmerzenslaut aus, als Peter ihm den Ellbogen in die Rippen stieß. „He!"

„Sie ist seine Ex-Frau, nicht deine", erinnerte Peter ihn nachdrücklich.

„Sie ist keine ‚Ex', vergiss das nicht", gab Bruce zurück.

Roc stöhnte gereizt auf. „Sie ist vielleicht keine ‚Ex', aber meine Tage mit den Davenports sind lange vorbei. Lasst uns essen gehen."

„Ohne sie? Wollen wir sie wirklich verhungern lassen?" fragte Bruce unbehaglich.

„Ich vermute, dass sie in ein paar Minuten herauskommt. Sie dürfte kaum herumspionieren können, wenn sie sich die ganze Zeit in meiner Kabine versteckt hält, richtig?"

Bruce gab schließlich zögernd nach. „Gehen wir."

In der Kombüse setzte Roc sich auf die Sitzbank, die an der Außenseite der Kombüse und der Essecke entlangführte. Marina Tobago schaute ihn mit ihren dunklen Augen nachdenklich an, während sie Schüsseln mit Kartoffeln und Gemüse und die Platten mit gegrilltem Fisch auf den Tisch stellte. Roc lächelte nur und sagte nichts. Peter setzte sich neben ihn, und Connie ebenfalls, nachdem sie den Salat auf den Tisch gestellt hatte. Bruce setzte sich Roc gegenüber und Joe Tobago neben Bruce.

„Hallo, Käpt'n, Roc, mein Freund", sagte er leise in seinem melodischen Singsang. „Was sollen wir eigentlich sagen, wenn die Meerjungfrau mit uns redet?"

Das war zu viel. Roc lachte. „Ich weiß es nicht. Das hängt davon ab, was sie sagt. Joe, wenn sie übers Wetter reden will, mach es. Wenn sie fragt, wie du deinen Fisch zubereitest, erklär es ihr, Marina. Aber wenn sie etwas über das Boot oder die Suche wissen will, sagt ihr, dass sie zu mir kommen muss. Wenn sie dagegen anbietet, beim Abwaschen zu helfen, lasst sie gewähren."

Marina lächelte skeptisch. „Davenports Tochter und Abwaschen?"

„Sie macht sich sehr gut auf einem Boot“, sagte Roc. Seine Stimme klang weicher, als er beabsichtigt hatte. Aber sie war wirklich gut. Melinda liebte das Meer. Sie mochte die Riffs, schnorchelte gern und liebte es, nach Schätzen zu tauchen. Sie konnte mit jedem Motor- oder Segelboot umgehen. Sie fischte gern, und sie schrak vor keiner Art Saubermachen zurück. Roc vermutete, dass er das Davenport zugute halten musste. Trotz ihrer Differenzen gab es eine Menge Dinge, die Roc an dem Mann bewunderte. Davenport hatte keine Vorurteile, sondern beurteilte Frauen und Männer nur nach ihren Fähigkeiten. Er verlangte sich selbst genauso viel ab wie seiner Mannschaft, und wenn er jemals von jemandem mehr verlangt hatte, dann von Melinda. Sie war ihrem Vater in vielerlei Hinsicht ähnlich. Sie liebte das Abenteuer, liebte Menschen und ließ sich immer von etwas Neuem und anderem begeistern. Sie probierte jede neue Speise und tauchte bei jeder Schatzsuche mit, genauso, wie sie in sein, Rocs, Netz getaucht war.

„Sie weiß, was sie tut“, sagte Roc gelassen. Er war entschlossen, sich seine Gefühle nicht anmerken zu lassen. „Wenn sie euch in die Quere kommt, gebt ihr etwas zu tun.“

„Aber wir werden morgen tauchen“, meinte Connie

bedenklich. „Und wir haben auf dem Sonar noch nichts anderes entdeckt als dieses alte Wrack aus dem zweiten Weltkrieg. Nichts wirklich Vielversprechendes. Aber sie wird trotzdem herausbekommen, wo du tauchst, und wenn wir etwas finden ...“ Sie hielt inne. „Nun, ihr Vater hat es schon einmal geschafft, dir einen Fund wegzunehmen.“

„Wie gesagt, wir lassen sie nicht gehen, bis ich meinen Anspruch angemeldet habe“, erinnerte Roc sie.

„Und wie sollen wir das anstellen? Uns auf sie setzen? Irgendwann müssen wir schließlich mal einen Hafen anlaufen, um unsere Vorräte aufzufrischen.“

„Ich werde das schon irgendwie schaffen“, sagte Roc leise.

Marina stieß einen missbilligenden Laut aus, und am Tisch breitete sich plötzlich Schweigen aus.

„Wer geht morgen runter?“ wollte Peter wissen.

„Marina und Joe können an Bord bleiben, wir anderen tauchen. Am nächsten Tag bleiben Connie und Bruce an Bord, und ich hoffe, dass unsere Anstrengungen dann bald belohnt werden.“

„Bist du immer noch davon überzeugt, dass wir an der richtigen Stelle tauchen?“ wollte Joe wissen.

„Mehr als je zuvor“, erwiderte Roc bestimmt.

„Roc ...“ Joe nahm ein Stück Fisch auf die Gabel.

„Ich vertraue deinem Urteil, aber ich frage mich, warum wir nichts mit dem Sonar entdecken können."

Roc griff mit einer gelassenen Bewegung über den Tisch, um sich Eistee ins Glas zu füllen. Er hätte sich fast ein gekühltes Bier genommen, aber er hatte bereits eine reichliche Portion Rum getrunken. Das lag an seiner spontanen Reaktion auf Melinda. Und er wollte den Rest der Nacht fit bleiben.

„Ich war immer schon davon überzeugt, dass die ‚Condesa' hier unten irgendwo liegt. Alles, was ich herausgefunden habe, hat mich davon überzeugt, dass sie viel weiter nördlich segelte, als der Sturm sie überraschte, als die Geschichtsschreiber überliefert haben. Und die Briefe des Steuermanns an seine Schwester, die vor kurzem aufgetaucht sind, enthüllen, dass auch er überzeugt war, weiter nördlich zu sein, als ihr Kapitän angenommen hatte. Jedenfalls hat er das in den Briefen geschrieben. Außerdem habe ich so eine Ahnung. Die hatte ich schon vom ersten Moment an, als ich von der ‚Condesa' hörte. Sie ist innerhalb eines Umkreises von zehn Meilen unter uns, das schwöre ich. Und ich werde sie finden."

„Und alle anderen Schatzsucher werden uns in Kürze auf dem Kopf herumtrampeln, jetzt, wo der Brief allgemein bekannt geworden ist", bemerkte Bruce.

„Wie unser … Gast, zum Beispiel“, meinte Connie.

Roc lächelte und schaute Marina an, die sich neben ihren Ehemann gesetzt hatte. „Wenn sie dich nach dem Fisch fragt, dann verrate ihr auf jeden Fall das Rezept, ja? Es schmeckt absolut köstlich, Marina.“

„Danke, Käpt'n“, erwiderte Marina. Aber sie wirkte immer noch äußerst besorgt.

„Außerdem finde ich, dass sie wirklich abwaschen könnte, nicht wahr?“ fragte er sie.

„Mir ist es egal …“

„Blinde Passagiere sollten arbeiten, habe ich immer gedacht.“

„Aber sie ist bisher nicht zum Abendessen gekommen“, erinnerte Connie ihn. „Wie sollen wir sie dann dazu bringen, den Abwasch zu machen?“

„Das ist ein Problem“, stimmte Roc zu. „Gut. Wir warten, bis sie mitisst, und dann bringen wir sie dazu, abzuwaschen. Wie findet ihr das?“

„Wir werden sehen“, verkündete Marina. Sie griff über den Tisch und tippte gegen Rocs Teller. „Wenn es so lecker ist, dann iss.“

„Aye, Madam!“ Roc aß einen großen Bissen Fisch. „Ich esse.“

Er aß den Fisch rasch auf, plauderte während des Salates übers Tauchen und stocherte dann lustlos in den Kartoffeln herum. Sie schmeckten ein bisschen verbrannt, weil Connie vergessen hatte, darauf zu achten. Er trank den Tee aus, stand auf, bedankte sich noch einmal bei Marina und versicherte ihr, dass das Essen hervorragend geschmeckt habe. Dann stellte er sein Geschirr auf die schmale Theke neben der Spüle und ging wieder an Deck.

Nun, Melinda war nicht zum Abendessen erschienen. Vielleicht hatte sie ein paar Bonbons in ihrem Badeanzug versteckt gehabt oder so etwas. Vielleicht hatte sie auch einfach Angst vor der Mannschaft.

Nein, nicht Melinda.

Vielleicht war sie einfach noch nicht soweit gewesen, um ihm, Roc, wieder gegenüberzutreten, oder hatte auf eine Einladung gewartet. Darauf, dass er zurückkam, sich wegen seiner schlechten Manieren entschuldigte und sie bat, ihn mit ihrer Gegenwart zu erfreuen.

Niemals. Hochmut und Stolz mochten zwar vor dem Fall kommen, aber es war trotzdem sehr gut, welchen zu haben. Er würde Melinda Davenport ... Trellyn ... nie wieder um etwas bitten. Nicht noch einmal.

Er hatte es einmal getan und sie gebeten, mit ihm zu gehen. Entweder hatte sie nicht geglaubt, dass er wirklich gehen würde – oder es war ihr egal gewesen.

Roc beugte sich über die Reling und schaute in die rasch einfallende Abenddämmerung hinaus. Die Sonne war fast ganz untergegangen und tauchte das Meer in geheimnisvolles Zwielicht. Der Wind war kühl und leicht und wehte erfrischend um seine Wangen. Goldene und rostrote Streifen waren die letzten Zeichen der untergehenden Sonne am Horizont. Sie hatten Anker geworfen und rollten leicht auf den ruhigen Wellen. Es war wirklich ein wundervoller, bemerkenswerter Abend.

Er ähnelte sehr dem, an dem Roc Melinda das erste Mal gesehen hatte. Seine Gedanken glitten in die Vergangenheit zurück …

Roc war seit einem Monat nicht mehr bei Davenport und arbeitete mit Bruce und Connie auf eigene Rechnung, als er eine Nachricht von Davenport erhielt. Der Mann wollte eine neue Unternehmung starten und sich mit Roc am nächsten Freitag in Largo treffen. Roc, Bruce und Connie hatten gerade dem Besitzer einer gesunkenen Yacht aus Connecticut seine persönlichen Habseligkeiten gebracht. Also brauchte Roc keine Arbeit zu unterbrechen. Außerdem war es fantastisch, mit Davenport zu arbeiten. Roc lernte immer etwas Neues.

In Largo holte Jinks Smith, Davenports Koch und Mädchen für alles, ihn mit einem Dingi ab und fuhr ihn zu Davenports Schiff, das außerhalb des Hafens ankerte. Roc kletterte an Bord, nicht ahnend, dass sein Leben sich vollkommen ändern sollte. Er hatte abgeschnittene Jeans und Sandalen an und trug seine Ausrüstung aufgetürmt vor sich her. Davenport kam aus seiner Kabine, um ihn herzlich zu begrüßen und ihm von dem Schatz zu erzählen, den sie in den vor ihnen liegenden Monaten jagen sollten.

Da traf Roc Melinda.

Es war ein Sonnenuntergang wie der hier, dachte Roc kurz, und seine Gedanken glitten sofort wieder in die Vergangenheit zurück.

Melinda hob sich als dunkle Silhouette gegen den rot glühenden Horizont ab. Sie war wie ein Schatten, der sich mit sinnlicher Anmut gegen den Horizont bewegte, trat dann neben ihren Vater und schlang einen Arm um ihn. Jetzt war sie kein Schatten mehr. Sie trug einen Bikini.

Roc konnte sich noch an die Farbe erinnern. Es war ein strahlendes Aquamarin gewesen, wie ihre Augen.

Ihre Figur war atemberaubend, und sie war offensichtlich gerade erst aus dem Wasser gekommen, denn ihr Haar war noch nass. Nur ein paar Strähnen waren trocken und wehten ihr um den Kopf. Die Abendsonne fing sich darin.

Und sie umarmte Davenport.

Roc wurde beinahe sofort eifersüchtig, denn er wusste da noch nicht, dass sie Davenports Tochter war. Er wusste, dass Jonathan Davenport eine Tochter hatte und etwa zwanzig Jahre älter war als sie, damals war er einundvierzig. Aber da Roc seine Tochter nie kennen gelernt hatte, nahm er an, dass Melinda die neueste Freundin des älteren Mannes war. Er musste zugeben, dass er ein wenig neidisch darauf war, dass es Davenport gelungen war, solch ein elegantes Geschöpf zu erobern.

Doch Davenport trennte sich rasch von ihr und machte die beiden miteinander bekannt. „Roc, ich möchte dir meine Tochter Melinda vorstellen. Sie wird ab jetzt mit uns segeln. Melinda, das ist Roc Trellyn. Er ist meine rechte Hand. Ihr beide werdet sicher gut miteinander auskommen."

Sie stand direkt vor Roc. Ihre blaugrünen Augen machten ihn benommen, und ihr langes, welliges Haar schimmerte golden im Abendlicht. Roc war Frauen gegenüber nie schüchtern gewesen. Er hatte genug Freundinnen gehabt und angenommen, dass er in seinem Alter, er war damals achtundzwanzig gewesen, seine Gefühle und sein Verlangen unter Kontrolle hatte. Bisher waren alle seine Affären eher oberflächlich gewesen, weil er niemals eine Frau getroffen hatte, die ihn mehr fasziniert hätte als das Meer.

Doch das war gewesen, bevor er Davenports betörende Tochter kennen lernte. Jetzt hatte er keine Chance mehr gegen seine Gefühle und seine Lust.

Melinda schaute ihn an wie eine Meerprinzessin. In dem Blick ihrer aquamarinblauen Augen lag eindeutig eine Herausforderung. Sie reichte ihm ihre schlanke, gebräunte Hand und zog sie dann sofort wieder zurück.

„Guten Tag, Mr. Trellyn."

Ihre Stimme war kühl und vollkommen gleichgültig. Sie wandte sich an ihren Vater. Offensichtlich war sie verärgert darüber, dass sie nicht allein waren. „Ich wusste nicht, dass du zu tun hast, Vater. Ich werde duschen. Wir können uns später unterhalten, wenn du nicht mehr mit deinen Leuten beschäftigt bist."

Sie hätte ihr Gefühl nicht klarer zum Ausdruck bringen können, wenn sie Roc geschlagen hätte.

Roc seufzte. Wenn er jetzt darüber nachdachte, war

er damals versucht gewesen, ihr ebenfalls eine Ohrfeige zu geben.

Er hatte es jedoch irgendwie geschafft, gelassen zu bleiben, obwohl Davenport über Melindas unmögliches Benehmen aufgebracht war. Er hatte sich bei Roc entschuldigt. Roc erinnerte sich noch genau an seine Worte.

„Meine Ex-Frau, Melindas Mutter, ist gerade bei einem Autounfall ums Leben gekommen. Es ist zwar keine Entschuldigung für Melindas Benehmen, aber ..." Er zuckte mit den Schultern. „Sie war während der letzten Jahre natürlich oft mit mir zusammen. Du wirst schnell merken, dass sie eine hervorragende Taucherin ist. Jetzt ist sie mit dem College fertig und wird uns die ganze Zeit begleiten."

Die ganze Zeit. Das bedeutete eine ständige Tortur.

Nun, Melinda benahm sich ihm gegenüber anfänglich so kratzbürstig, dass es Roc leicht fiel, sich von ihr fern zu halten. Sie redete kaum mit ihm, und wenn doch, dann immer in einem herablassenden Ton. Einmal, als sie Jamaica anliefen, verließ Roc das Schiff mit Schlips und Kragen, um einen alten Freund zu treffen, den er noch aus der gemeinsamen Studienzeit an der Miami-Universität kannte. Sie hatten sich zufällig am Strand getroffen und sich verabredet. Roc kam erst am nächsten Morgen zurück. Melinda half Jinks beim Frühstück und kippte Roc die Spiegeleier direkt auf den Schoß.

„Entschuldigung“, sagte sie.

Was für eine Heuchelei! Roc sprang auf, während das heiße Essen durch seine Badehose brannte.

„Warten Sie, ich kühle Sie ab.“

Und das tat sie auch, indem sie einen Eimer Wasser über ihm auskippte.

Vielleicht übertrieb Roc dann etwas. Er packte Melinda an den Armen und erklärte ihr sehr deutlich, dass sie ein kleines Miststück sei. Sollte sie noch einmal so etwas machen, dann würde er ihr den Hintern so versohlen, dass er ihr ebenfalls brennen würde.

Melinda wurde feuerrot, riss sich von ihm los und verschwand. Jinks war dabei gewesen, aber anscheinend sagte er Davenport nichts von dem Vorfall. Genauso wenig, wie Melinda es getan hatte.

Zwei Tage später gerieten sie erneut aneinander. Melinda war zu einem Wrack hinabgetaucht und zu lange geblieben. Die anderen hatten sich in eine Seekarte vertieft, doch Roc, der beinah widerwillig immer auf Melinda achtete, wusste, dass ihr Sauerstoffvorrat nur für eine halbe Stunde reichte.

Er tauchte rasch hinab und fand Melinda, die versuchte, eine Goldkette zu bergen. Er packte ihre Hand, und sie drehte sich erschreckt und aufgebracht zu ihm herum. Er deutete auf ihre Uhr, aber sie riss ihre Hand los. Sie war offensichtlich wütend auf ihn.

Und dann ging ihr die Luft aus. Sie begann zu zappeln, und Roc zwang sie, seine Atemluft zu teilen. Schließlich beruhigte sie sich, und er brachte sie an die Oberfläche zurück.

Unnötig zu sagen, dass Melinda sich nicht bei ihm bedankte. Sie war empört und davon überzeugt, dass sie es auch allein an die Oberfläche geschafft hätte. Roc hätte sie auf der Stelle erwürgen können, aber er schaffte es irgendwie, stattdessen wegzuschwimmen.

Und er sagte ihrem Vater immer noch nichts.

Roc stand unbeweglich an der Reling, schaute auf die nächtliche See hinaus und schüttelte langsam den Kopf.

Nun, zwei Tage später spielte es sowieso keine Rolle mehr. An diesem Tag liefen sie in Bimini ein und übernachteten in dem großen Hotel neben dem Kasino. Roc holte seinen Schlüssel von der Rezeption und ging in sein Zimmer hinauf, um seine Sachen wegzuräumen. Aber als er sein Rasierzeug ins Badezimmer bringen wollte, stellte er fest, dass jemand in der Dusche war. Melinda trat im selben Moment heraus. Ihr blondes Haar war nass und kringelte sich um ihr vollkommenes, ovales Gesicht. Natürlich blieb Rocs Blick nicht an ihrem Gesicht haften. Er ließ ihn langsam sinken. Er fühlte, wie die Erregung, in die sie ihn immer versetzte, beinah unerträglich anstieg. Die Faszination drohte ihn fast zu überwältigen, und er musste sich dazu zwingen, Melinda wieder in die Augen zu schauen.

Sie griff nach einem Handtuch. „Wie können Sie es wagen!"

„Ich?" fuhr er hoch. „Man hat mir dieses Zimmer gegeben!"

„Nun, mir hat man es ebenfalls gegeben, also verschwinden Sie! Außerdem glaube ich Ihnen nicht. Wie können Sie einfach so dastehen? Sie … Sie machen das absichtlich …"

„Vergessen Sie's, Prinzessin! Ich würde lieber mitten in einen Schwarm Barrakudas schwimmen." Er schaffte es, sich abzuwenden und mit zusammengebissenen Zähnen ins Schlafzimmer zu gehen. Er fühlte, wie sich jeder Muskel seines Körpers vor Wut anspannte … Und vor Frustration.

Doch dann geschah etwas Verwirrendes. Er hörte, wie sie leise seinen Namen aussprach.

„Roc?"

Er drehte sich um. Melinda hatte sich in ein großes Badelaken eingewickelt und schaute ihn an. Ihre wunderschönen Augen waren feucht.

„Ich … Es tut mir Leid. Ich war gemein zu Ihnen, seit Sie an Bord gekommen sind. Ich wollte es nicht, und ich entschuldige mich dafür. Aber … Sie stehen meinem Vater so nah, und ich brauche ihn so sehr, und ich …“ Sie hielt inne und lächelte beinah unmerklich. „Ich war eifersüchtig.“

Sein Magen schien sich zu verkrampfen. Und er fühlte den Drang, auf sie zuzugehen, sie in die Arme zu nehmen. „Es tut mir Leid“, hörte er sich sehr leise sagen. „Das mit Ihrer Mutter. Sie haben sich trotzdem großartig gehalten, so dass ich mein eigenes Verhalten nicht entschuldigen kann.“ Melinda lächelte beinahe. Er umfasste sie mit einem Arm und zog sie an sich. Sie ließ den Kopf an seine Schulter sinken. „Ihr Vater hat mir von Ihrem Verlust erzählt.“

„Hat er Ihnen alles gesagt?“ flüsterte sie. „Auch, dass Mutter betrunken war? Dass sie den Unfall verursacht hatte?“

„Nein“, erwiderte er leise. Er konnte ihren Schmerz fast körperlich nachempfinden.

„Ich habe es versucht“, flüsterte sie. „So viele Jahre lang. Aber sie hat weiter getrunken. Vielleicht war ich nicht oft genug da. Ich muss eine schlechte Tochter gewesen sein …“

„Nicht, hören Sie damit auf. Melinda, Sie können sich nicht dafür verantwortlich machen. Niemand darf Ihnen dafür die Schuld geben. Es kann Ihnen Leid tun, und Sie können sie vermissen, aber Sie müssen bedenken, dass Alkohol eine Sucht ist.“

Sie schaute ihn an. Ihr Blick war verletzlich und vertrauensvoll. Dann schluchzte sie leise auf, und Roc merkte, wie er ihr die Tränen von den Wangen küsste. „Schon gut, ist ja gut …“

Sie schlang die Arme um seinen Nacken, und das Badetuch, das sie um sich gewickelt hatte, rutschte herab. Roc trug nur seine Badehose und die Sandalen und spürte, wie sie ihren Körper gegen seinen presste. Ihre nackten Brüste drückten sich quälend deutlich gegen seinen Oberkörper. Die Spitzen waren hart und reizten ihn. Seine Lippen fanden wie von selbst ihren Mund, und Melinda erwiderte seinen Kuss leidenschaftlich. Sie öffnete die Lippen, und Roc drang mit der Zunge tief ein …

Er verlor sich in ihr, und er vergaß alles um sich herum. Das Badetuch war nun vollständig herabgerutscht und lag irgendwo auf dem Boden. Sie hatten sich auf die weiche Überdecke des großen Betts gelegt.

Melinda schien genau zu wissen, was sie tat, als sie seine Küsse erwiderte und ihm zärtlich über Schultern und Rücken strich. Er fuhr mit den Lippen über die weiche, seidige Haut ihres Halses, schloss den Mund um ihre Knospen, schmeckte und reizte sie. Melinda drückte sich dichter an ihn, weich, hinreißend und sehnsüchtig. Ihr Körper reagierte erregt auf Rocs Berührungen.

Die Frau in seinen Armen faszinierte und erregte ihn maßlos. Er bekam kaum genug von ihr, während er mit Lippen und Zunge ihren ganzen Körper liebkoste und überall zärtlich verweilte. Sie streichelte ihn weiter mit sinnlichen Berührungen. Ihre Wärme und ihre leisen, einladenden Seufzer stachelten ihn immer mehr an. Sie wand und drehte sich unter ihm, rief seinen Namen …

Roc verfiel Melinda schneller, als er in jedem Meer hätte untergehen können. Der Duft ihres Haares und ihrer Haut machten ihn verrückt. Jedoch ließ er sich trotz seiner Begierde Zeit. Er wollte, dass sie ihn ebenso sehr begehrte wie er sie. Und es sah so aus, als würde sie das tun.

Er drang erst in sie ein, als er sich nicht mehr länger beherrschen konnte. Und dann erstarrte er einen Augenblick, aber es war schon zu spät. Roc war wütend auf sie beide, aber nun gab es kein Zurück mehr. Sie hatte sich erschreckt versteift. Sie hatte es natürlich gewusst, aber vielleicht hatte sie sich nicht genau vorstellen können, wie es sich anfühlen würde. Oder sie hatte nicht damit gerechnet, dass etwas so unglaublich Schönes plötzlich so schmerzhaft werden könnte. Aber sie klammerte sich weiter an ihn und biss die Zähne zusammen. Roc flüsterte ihr leise Zärtlichkeiten ins Ohr, küsste und liebkoste sie. So gab Melinda sich bald wieder seinem Rhythmus hin, nachdem ihre Furcht abgeebbt und das Feuer der Leidenschaft erneut zwischen ihnen angefacht war. Es war eine starke Leidenschaft …

Als Roc schließlich davon übermannt wurde, hatte er beinahe das Gefühl, dass er nie zuvor mit einer Frau geschlafen hatte. Es war so einzigartig, erschütternd und wundervoll, mit Melinda zusammen zu sein. Noch nachdem die Erregung vorüber war, hätte er sich ohrfeigen können. Davenports Tochter. Er hatte so sehr versucht … Aber er war eben nur ein Mann.

Roc hatte Melinda von dem Moment an begehrt, an dem sie so graziös in sein Leben getreten war. Aber sie hätte ihn trotzdem warnen, ihm etwas sagen können. Er war ein wenig verärgert über sie, und als die Verzauberung und die Leidenschaft abgeklungen waren, wurde sie ebenfalls wütend. Sie sagte Roc, dass sie das Recht habe, mit ihm zusammen sein zu wollen, mit ihm, und nicht mit irgendjemand anderem.

„Du schuldest mir nichts“, versicherte sie ihm, während sie versuchte, sich in die Decke einzuwickeln. Sie konnte so verdammt geziert sein, wenn sie wollte.

„Es geht nicht darum, ob ich dir etwas schulde“, fuhr Roc verärgert hoch. „Es geht um …“ Aber er wusste auch nicht genau, worum es eigentlich ging.

„Du hast doch wohl keine Angst vor meinem Vater?“

„Natürlich nicht!“

Sie schluchzte und schaute zur Seite. „Ich wusste, dass ich dich wollte“, flüsterte sie kaum hörbar. „Ich war darüber entsetzt. In der Nacht, als du nicht aufs Boot zurückkamst, war ich furchtbar eifersüchtig. Deswegen habe ich …“

„Hast du was?“

„Deswegen habe ich dir die Eier auf den Schoß gekippt. Und natürlich auch das Wasser. Ich wollte nicht, dass du … mit einer anderen Frau zusammen bist.“

Da musste Roc lachen. Er war fasziniert. Sekunden

später hielt er Melinda wieder in seinen Armen, und der Zauber war erneut da, stärker und schöner als zuvor.

Sie wollte nicht, dass sie ihrem Vater schon etwas erzählten, also taten sie es auch nicht. Aber am Ende der Woche hielt Roc das Schweigen und die Lügen nicht mehr aus. Er sagte Melinda, dass er sie ganz oder gar nicht wollte. Er liebte sie, glaubte, dass sie ihn ebenfalls liebte und wollte, dass sie heirateten.

Sie widersprach ihm nicht, sondern lächelte ihn mit einem verwirrenden Blick ihrer wunderschönen Augen an und warf sich in seine Arme. Roc war in seinem ganzen Leben noch nie so glücklich gewesen.

Aber die Dinge ändern sich …

Roc lehnte immer noch an der Reling und bemerkte erst jetzt, dass die Sonne vollkommen untergegangen war. Er konnte die Sterne sehen. Die Nacht war bis auf das Funkeln der Sterne vollkommen dunkel und schwarz.

Das war damals, und jetzt ist jetzt! rief er sich ins Gedächtnis.

Er drehte sich um. Auf dem Schiff war alles still. Er musste eine Ewigkeit an der Reling gestanden haben, und sie hatten ihn alle in Ruhe gelassen. Es waren weder Geräusche von klapperndem Geschirr noch von Schritten oder Gesprächen zu hören.

Sie sind sicher alle schon zu Bett gegangen, vermutete Roc, und haben mich meinen Gedanken überlassen.

Was sollte er jetzt machen? Du bist ein heller Junge, dachte er. Er hatte Melinda in seiner Kabine gelassen, in der es ein schönes, gemütliches Bett gab ... mit Melinda darin.

Dieser Gedanke ließ seinen Puls schneller schlagen, und Roc hätte beinah laut aufgestöhnt. Gemütlich, na schön. Er schaffte es zwar manchmal, ihre Streitereien zu vergessen, aber er hatte niemals das Gefühl ihres Körpers, wenn sie sich eng umschlungen hielten, aus seinem Gedächtnis löschen können, ihre seidig weiche Haut, ihr Haar, das lang und verführerisch über ihn geglitten war. Ihre Kurven, ihr Schoß, der sich gegen seinen presste, ihre Brüste in seinen Händen ...

Du bist wirklich ein kluger Bursche, dachte er. Bist sogar auf dem College gewesen, hm? Und dann steckte er seine Ex-Frau in seine eigene, gemütliche Kabine, wo sie vermutlich wie ein Kätzchen schlief, während er mitten in der Nacht hier draußen stand und sich quälte.

Nein, sie schlief nicht. Nicht wie ein Kätzchen. Sie

schlief überhaupt nicht! Von seinem Standort an der Reling konnte er die Tür zu seiner Kabine sehen. Er trat noch ein paar Zentimeter zurück, so dass er sie beobachten konnte und dennoch selbst außer Sicht war.

Ja … Sie öffnete sich einen Spalt. Die Tür zu seiner Kabine wurde geöffnet. Und da war Melinda. Sie schaute sich vorsichtig um und lauschte. Sie blieb einige Zeit regungslos stehen. Dann trat sie in das blasse Licht der Sterne, wartete erneut und horchte.

Sie sah immer noch wie eine Elfe aus, schlank und grazil, und wirkte so unschuldig in den weißen Sachen mit ihrem blonden Haar, das selbst in dem dämmrigen Licht der Sterne schimmerte. Sie wandte ihr wunderschönes Gesicht zur Seite und neigte den Kopf. Schließlich schien sie zufrieden zu sein und ging zur Treppe, die zum Aufenthaltsraum führte.

Langsam und leise folgte Roc ihr.

War sie endlich hungrig geworden? Wollte sie die Kombüse plündern, jetzt, da die Mannschaft schlief?

Nein … Sie hat Hunger, sicher, dachte Roc wütend. Aber nach Informationen! Diese kleine Hexe! Sie ging rasch auf die nächste Leiter zu, die auf das unterste Deck führte.

Dorthin, wo sie die Sonarausrüstung aufbewahrten.

Roc folgte ihr immer noch lautlos. Er wartete, bis sie genau vor der Ausrüstung stand und sich vorbeugte, um den Bildschirm zu betrachten. Dann tauchte er hinter Melinda auf und blieb unmittelbar hinter ihr stehen, so dass er sie fast berührte.

„Suchst du etwas?“ flüsterte er.

Der Schrei schien ihr in der Kehle stecken zu bleiben. Instinktiv wollte sie weglaufen. Doch ebenso instinktiv folgte Roc ihr, packte sie, als sie die Leiter erreicht hatte, und zog sie herunter.

Melinda verlor die Balance, und er auch. Sie stürzten zusammen zu Boden.

3. KAPITEL

Vielleicht hätte Roc Mitleid mit Melinda empfinden sollen. Denn obwohl er versuchte, sich im Fallen herumzuschwingen, fiel sie zuerst auf den Boden. Und er auf sie. Sie landete hart, schrie aber nicht auf. Sie schaute ihn einfach nur wütend und aufgebracht an, ihr Gesicht wurde von dem grünen Bildschirm des Sonars beleuchtet.

Er hätte Mitleid haben sollen, aber schließlich hatte sie spioniert.

Roc glitt von Melinda herab, ohne sein Gewicht ganz von ihr zu nehmen, stützte sich bequem auf einen Ellbogen, schaute sie wachsam an und lächelte.

„Wie romantisch", sagte er leise.

Sie biss hörbar die Zähne zusammen. „Romantisch? Du hast mir alle Knochen gebrochen."

„Ist das zu glauben! Hättest du deine Knochen da gelassen, wo sie hingehören, nämlich in der Kabine, wären sie jetzt nicht Gefahr gelaufen, gebrochen zu werden."

„Würdest du bitte von mir heruntergehen?" Sie schaute ihn wütend an.

Sein Lächeln vertiefte sich, während er die Muskeln

anspannte. Vielleicht sollte er wirklich lieber aufstehen. Er konnte Melindas Wärme und jede noch so leichte Bewegung ihres Körpers fühlen. Trotz seiner Wut und dem Bedürfnis, sie zu erwürgen, überwog der Drang, ihr die Kleider vom Leib zu reißen und auf der Stelle mit ihr zu schlafen.

„Spione werden schon seit Jahrhunderten gehenkt, weißt du?“ erklärte er höflich. „Gefoltert und dann gehenkt. Gelegentlich werden sie auch erschossen.“

„Ich habe nicht spioniert.“

„Oh, natürlich. Du hast das Bad gesucht.“

Ihre Augen schienen vor Wut aufzuglimmen, und sie drückte mit den Händen gegen seine Brust. Roc hatte jedoch nicht vor zu weichen. „Ich könnte dich treten“, sagte sie.

„Ich weiß“, gab er zurück. „Aber jetzt bin ich ja vorgewarnt.“ Er legte sich so auf sie, dass sie sich kaum rühren konnte.

„Roc …“

„Melinda.“

Sie atmete tief ein und stieß dann gereizt die Luft aus.

„Du hast spioniert, Melinda.“

„Ich bin in deinem Netz gefangen worden …“

„In das du absichtlich hineingeschwommen bist.

Du wusstest genau, was du tatest. Und du wusstest ebenfalls, dass dieses Schiff nach der ‚Condesa Maria' sucht. Ich nehme sogar an, dass du vermutet hast, dass es mein Schiff sein könnte. Wäre es das nicht gewesen, kann ich mir genau vorstellen, wie du die Mannschaft und den Kapitän, ganz gleich, ob es ein alter Seebär oder ein grüner Junge gewesen wäre, mit deinem Charme und deinem unschuldigen Lächeln um den Finger gewickelt hättest. Du wärst an Bord geblieben, bis du genau gewusst hättest, was die Mannschaft entdeckt hat, damit du die Nachrichten Daddy bringen konntest. Natürlich …" Er unterbrach sich, als Melinda wütend hochfuhr und ihm eine schmerzhafte Ohrfeige versetzte.

Roc strich sich über die Wange und schaute Melinda mit kaum beherrschter Wut an. „Davenport muss ganz schön verzweifelt sein", sagte er leise. „Er war bereit, dich einfach mitten im Meer auszusetzen und anzunehmen, dass du sicher in einem Fischnetz an Bord gelangen würdest."

Er spürte, dass sie wieder ausholte, doch diesmal fing er ihre Hand ab.

„Mein Vater hat nichts damit zu tun!" fuhr Melinda Roc an. In ihren Augen schimmerten Tränen. „Er würde es nie zulassen, dass ich mich von einem

Fischernetz an Bord eines Schiffes ziehen lasse!" Voller Liebe dachte sie einen Augenblick an ihren Vater.

„Oh, Melinda! Ich weiß zwar, dass du wie ein Fisch schwimmen kannst, aber erzähl mir jetzt nicht, dass du einfach zu weit hinausgeschwommen bist …"

„Das habe ich auch nicht gesagt! Ich habe nur gesagt, dass mein Vater damit nichts zu tun hatte. Es war meine Idee!"

„Zu spionieren?" Roc spürte ihre Wut, als sie sich unter ihm wand. „Du kannst mich nicht mehr beißen", erinnerte er sie warnend. „Und wenn ich mich recht erinnere …"

„Ich habe dich nie gebissen!"

„Nun, wir haben offensichtlich verschiedene Erinnerungen an unsere Beziehung", sagte er höflich. Trotz seiner ruhigen Stimme hielt er sie weiter fest.

Mit plötzlich aufflackernder Wut versuchte sie ihm zu entkommen. Sie war schlank, aber sehr geschmeidig, und beinah hätte sie es geschafft. Doch Roc gab nicht nach.

„Wenn du nicht von mir runtergehst …", stieß sie empört aus.

„Was willst du dann tun?" wollte er wissen. „Daddy rufen?"

„Verschwinde!" befahl sie, packte seine nackten

Arme und grub die Nägel hinein, während sie versuchte, ihn wegzuschieben.

Roc umfasste ihre Handgelenke und schaute ihr in die Augen. „Wie wäre es, wenn du höflich fragen würdest?“

„Du bist ein schrecklicher Mensch!“

„Das ist keine Frage, und es ist nicht im Entferntesten höflich.“

„Ich warne dich …“

„Und ich warne dich, Melinda“, unterbrach Roc sie ungeduldig. „Das hier ist mein Schiff. Du bist ein blinder Passagier und eine Spionin, und ich sollte dich einsperren.“

„Ich habe nicht spioniert …“

„Nun, in meiner Kabine ist ein Waschraum, und die Kombüse ist ein Deck über uns. Was solltest du also sonst hier wollen?“

„Ich habe das Funkgerät gesucht.“

„Musst du Daddy berichten, dass du in Sicherheit bist?“

Sie beachtete seine Bemerkung nicht. „Würdest du bitte so freundlich sein, mich aufstehen zu lassen?“ fragte sie.

Roc dachte darüber nach. Wut brachte ihn nicht weiter, machte alles vielleicht sogar noch schlimmer.

Melindas unmittelbare Nähe verkrampfte jeden Muskel seines Körpers, erhitzte sein Blut und steigerte eindeutig seine Lust.

Er konnte nicht länger so liegen bleiben, wenn er nicht wollte, dass Melinda genau erfuhr, wie sehr er an sie dachte ... und sie begehrte.

„Das war höflich genug", verkündete er. Er stand auf und reichte ihr die Hand. Melinda wollte allein aufstehen, aber er packte ungeduldig ihr Handgelenk und zog sie hoch. Vielleicht war es besser so, vielleicht auch nicht. Der Abstand zu ihr schien nicht besonders viel auszumachen. Roc berührte sie zwar nicht mehr, aber er spürte immer noch ihre Wärme auf seiner Haut und roch Melindas frischen, sauberen Duft. Es waren Connies Seife und Puder, aber auf jeder Frau wirkte es anders. Dies hier duftete ganz und gar nach Melinda.

„Darf ich das Funkgerät benutzen?" fragte sie.

„Nein. Ich werde deinen Vater für dich benachrichtigen."

Er ging an ihr vorbei. Vielleicht hatte sie sich tatsächlich geirrt. Das Funkgerät war im Steuerhaus. Möglicherweise hatte sie sich aber auch nicht geirrt und wollte nur prüfen, wie weit er, Roc, mit seiner Suche gekommen war, bevor sie ihren Vater anrief.

„Roc, wenn du mich selbst funken lassen würdest …“

„Ich habe dir schon gesagt, dass ich das machen werde.“

„Aber ich war nicht mit meinem Vater hier draußen!“ rief sie.

Roc hatte gerade nach der ersten Sprosse der Leiter gegriffen, hielt jedoch inne, als er den verzweifelten Unterton in ihrer Stimme hörte. Es klang, als sagte sie die Wahrheit. Er schaute Melinda an. „Gut. Also, wer hat dich mitten im Meer abgesetzt und angenommen, dass du es schon schaffen würdest?“

Sie zögerte. „Ist das wirklich wichtig?“ fragte sie schließlich leise. „Wenn du mich einfach das Funkgerät benutzen lassen würdest …“

„Nein, das würde ich nicht einfach tun“, meinte er schlicht. Er trat von der Leiter zurück und stellte sich vor Melinda hin. „Mit wem warst du hier?“

„Es geht dich …“

„Mit wem?“

„Eric Longford“, sagte sie hastig.

Longford! Roc spürte heiße Wut in sich aufsteigen. Longford. Er hasste den Mann. Eric Longford war seiner Meinung nach ein großer, braun gebrannter Strandbeau. Er hatte niemals eine eigene gute Idee gehabt, aber irgendwie hatte er es geschafft, immer mit den richtigen Leuten an der richtigen Stelle zu sein, und konnte so ganz gut leben. Roc und er hatten sich in Gesellschaft immer höflich zueinander benommen, aber die Atmosphäre zwischen ihnen war immer gespannt gewesen. Roc hielt Longford für gefährlich. Er war der Typ Mann, der immer dann große Wellen fabrizierte, wenn ein Schild genau davor warnte. Longford war ein leichtsinniger Taucher, der niemals seine Zeit und den Sauerstoffvorrat einschätzen konnte. Er kümmerte sich nicht um die wunderschönen Korallenriffe rund um Florida, sondern ankerte rücksichtslos überall.

Und das Schlimmste war, dass er ein Frauenheld war, der es schon immer auf Melinda abgesehen hatte. Roc hatte geglaubt, dass sie zu vernünftig wäre, sich mit so einem Mann einzulassen.

„Eric Longford?“ wiederholte er schließlich. Er versuchte die Wut zu unterdrücken, die er immer noch empfand. Hatte Longford schon mit seiner Ex-Frau geschlafen?

Nein, nicht „Ex“. Melinda war noch seine Frau! Roc hätte Longford am liebsten umgebracht.

Melinda musste seinen Blick verstanden haben, denn sie wich ein paar Schritte vor Roc zurück. „Es ist nicht so, wie du denkst …", begann sie. Sie wollte Roc ein wenig beruhigen.

„Woher weißt du, was ich denke?" fuhr er sie an.

„Nicht, dass das eine Rolle spielt!" konterte sie, plötzlich empört. „Schließlich hast du mich verlassen …"

„Nein, Lady, ich habe dich nicht verlassen. Du hast einfach nur einen anderen Mann mir vorgezogen, der zufällig dein Vater war. Aber entschieden hast du dich trotzdem. Und jetzt Longford!"

Melinda stand hoch aufgerichtet da, hatte die Hände auf die Hüften gestemmt und musterte Roc. „Du bist die letzten drei Jahre umhergesegelt, ohne dich um mein Wohlergehen zu kümmern, und ich bin sicher, dass du nicht die Absicht hast, mir zu erzählen, wie du deine Zeit verbracht hast. Im Moment bin ich deine Gefangene auf diesem Schiff. Dafür schuldest du mir die Großzügigkeit, mich dein Funkgerät benutzen zu lassen." Sie fühlte sich völlig im Recht, diese Forderung zu stellen.

„Ich schulde dir die Großzügigkeit?" rief er und hob die Faust. Dann drehte er sich um und schlug gegen die Wand. Seine Knöchel schmerzten höllisch. „Ja, lass uns Longford anfunken", sagte er. „Der Mistkerl hat dich mitten im Meer ausgesetzt und dich in irgendein Netz kriechen lassen. Wir sollten ihm trotz allem mitteilen, dass es dir gut geht."

„Ich habe dir schon gesagt, dass es meine Idee war." Ihre Stimme hatte einen flehenden Unterton.

„Vielleicht habe ich mich eben wirklich geirrt. Dein Vater hätte dir einen solch abenteuerlichen Streich niemals erlaubt."

Melinda wich erneut zurück. „Roc, bitte ..."

„Ist dein Vater auch irgendwo da draußen?" unterbrach er sie ungehalten.

„Ich kann nicht ..."

„Verdammt! Ist er da draußen?"

Melinda wandte sich ab und schaute auf den Sonarschirm. „Ich ... ich glaube schon."

„Fein. Also werde ich deinen Vater benachrichtigen. Er kann Longford verständigen, wenn er will."

Roc griff nach ihrer Hand und merkte erst, wie wütend er noch war, als Melinda aufschrie. Er zwang sich dazu, den Griff zu lockern. „Komm mit!" befahl er.

„Ich komme ja schon", erwiderte sie abweisend. „Wohin sollte ich sonst wohl gehen?" fügte sie empört hinzu.

„Und sei leise, ja? Meine Mannschaft arbeitet schwer, und jetzt schlafen sie."

„Du schreist hier herum!“

Schreien! Roc wollte schreien. Brüllen. Sich die Haare ausreißen. Ihr die Haare ausreißen. Und Longford einen wohl gezielten Kinnhaken verpassen.

Roc zog Melinda hinter sich her in den Aufenthaltsraum. Dort zögerte sie und widersetzte sich. Anscheinend roch sie den köstlichen Duft des Dinners, der immer noch in der Luft hing.

Gut, dachte Roc. Hoffentlich ist sie kurz vorm Verhungern. Er zog sie hinter sich aufs Hauptdeck und führte sie dann zur Treppe zum Steuerhaus. Melinda kletterte so schnell wie möglich hinauf. Sie war sich des wütenden Mannes hinter sich sehr deutlich bewusst.

Eine Minute später stand Roc neben ihr und schob sie zur Seite, so dass er sich auf den Kapitänsstuhl setzen und das Mikrofon des Funkgerätes nehmen konnte. Er schaltete es an, suchte die Frequenz und identifizierte sich als „Crystal Lee“. Dann schaute er Melinda an. „Wie heißt das Schiff, mit dem dein Vater jetzt segelt? Ich habe gehört, dass er ein neues hat.“

Sie schwieg.

„Melinda.“

Sie seufzte. „Ich glaube, er ist auf der ‚Tiger Lilly‘. Aber wenn ich selbst mit ihm …“

„Nein." Er rief die „Tiger Lilly".

Ein paar Minuten später hörte er Davenports Stimme. „Roc?" Er klang überrascht.

„Ja. Ich wollte dir sagen, dass ich etwas an Bord habe, das dir gehört. Over."

Einen Moment hörten sie nur das statische Rauschen. „Melinda? Ist es Melinda? Over."

„Sie wird eine Zeit lang hier bleiben. Es geht ihr gut. Over."

Verblüfft hörte Roc, wie der Mann erleichtert seufzte. „Also ist sie bei dir. Over."

„Ja. Over." Roc schaute Melinda an und wartete darauf, dass Davenport protestieren und sagen würde, dass er kommen und Melinda abholen würde. Stattdessen klang Melindas Vater erleichtert.

„Ist Melinda allein? Over."

„Ja. Over."

Erneut kam ein erleichterter Seufzer aus dem Lautsprecher. Roc lehnte sich zurück und schaute Melinda eindringlich an. Sie stand kerzengerade aufgerichtet und erwiderte stolz seinen Blick mit ihren blauen Augen.

Dann begriff Roc, und er hätte fast darüber gelächelt. Davenport hasste Longford fast so sehr wie er selbst. Anscheinend war er nicht aufgebracht darüber, dass Melinda bei Roc war, weil das bedeutete, dass sie nicht mit Longford zusammen war.

Longford … Allein der Gedanke an den anderen Mann ließ Rocs Wut wieder aufflammen. Er hätte gern gewusst, was sie mit Longford zu schaffen hatte.

Nein, es war besser, wenn er es nicht erfuhr. Doch, er wollte es. Er wollte, dass Melinda ihm sagte, dass es völlig harmlos war!

„Melinda, was um alles in der Welt …?“ begann Davenport unvermittelt. Wäre Roc nicht so wütend gewesen, dann hätte er den plötzlichen Ausbruch seines Schwiegervaters vielleicht amüsant gefunden, genauso, wie es ihn belustigte, dass Melinda ihm das Mikrofon aus der Hand riss und hineinrief.

„Ich bin eine erwachsene Frau, Dad!“

Sie schaute Roc dabei unverwandt an. „Over“, sagte er lächelnd.

„Was?“

„Das hier ist Funkverkehr. Du solltest das wissen. Sag ‚Over‘, wenn du fertig bist.“

„Over!“ stieß sie hervor.

Erneut statisches Rauschen. Dann ertönte wieder Davenports Stimme, anscheinend amüsiert. „Du bist hinter ihr her, was, Roc? Over.“

„Hinter ihr her? Over.“

„Hinter der ‚Condesa'. Over."

„Ich suche ein bisschen herum, wie immer. Over."

„Nun, dann viel Glück. Bis wir uns wieder sehen. Pass für mich auf sie auf. Over."

Roc hängte das Mikrofon wieder ein und betrachtete Melinda. „Nun, wenigstens scheint er nicht allzu besorgt zu sein."

„Wenn du mich jetzt entschuldigen würdest", sagte sie kühl. „Es ist schon sehr spät." Hochmütig drehte sie sich um und wollte gehen.

Roc saß immer noch auf dem breiten Kapitänsstuhl. Sie wollte einfach so verschwinden? Niemals.

„Eine Sekunde!" Er griff nach ihr und umfasste ihr Handgelenk. „Ich entschuldige dich nicht." Mit einer kurzen Bewegung zog er Melinda zurück, direkt vor sich zwischen seine Knie.

„Was ist denn jetzt?"

„Ich traue dir nicht, das ist jetzt. Wir werden zusammen hinuntergehen."

Sie hob den Arm, um auf seine Finger um ihr Handgelenk zu weisen. „Ich kann nicht sehr weit gehen."

Er ließ sie los und stand so rasch auf, dass sie empört zurückwich.

„Ich weiß bereits, dass du eine Sonarausrüstung hast und dass du nach der ‚Condesa' suchst!" rief Melinda aufgebracht. „Und selbst wenn ich nichts gesehen hätte, müsste man kein Genie sein, um darauf zu kommen. Du bist der Einzige gewesen, der immer darauf bestanden hat, dass die ‚Condesa' hier draußen irgendwo liegt, erinnerst du dich? Ich bin nur …"

„Du bist an Bord gekommen, um herauszufinden, ob ich sie schon gefunden habe, und wenn ja, so schnell wieder zu verschwinden, dass du es deinem Vater verraten kannst. Oder Longford."

„Wie kannst du es wagen?" fuhr sie ihn wütend an.

„Vielleicht bist du ja mittlerweile selbst im Geschäft", sagte er gleichgültig.

Roc kannte Melinda und hätte vorbereitet sein sollen. Vielleicht hatte er auch damit gerechnet und es möglicherweise gewollt, dass sie in seine Arme kam.

Das tat sie auch. Mit fliegenden Fäusten schlug sie wie ein Wirbelwind nach ihm. Roc packte sie schnell und zog sie dann so fest an seinen Körper, dass sie keinen Schaden mehr anrichten konnte. Sie legte den Kopf zurück, und der Blick ihrer glänzenden blauen Augen schien sich in seinen zu bohren.

Schaden anrichten … Das schaffte sie, auch ohne einen Finger zu krümmen. Und trotz der Qual war Roc froh darüber, sie in den Armen zu halten. Es freute ihn, sie an seinem Körper zu fühlen. Ein zaghaftes Gefühl von Vertrautheit überkam ihn.

„Ich arbeite für niemanden!“ rief sie aufgebracht. „Und wenn du nicht so ein Dummkopf wärst …“

„Würdest du die Wahrheit in mich hineinprügeln?“ fragte er.

„Ja! Genau das.“ Die plötzliche Leidenschaft in ihrer Stimme verwirrte Roc. „Aber du bist ein Dummkopf, und ich würde es sehr schätzen, wenn …“

„Longford?“

„Was würde das für einen Unterschied für dich machen?“ rief sie aus. „Du bist verschwunden! Du bist einfach weggegangen …“

„Nein, so war es nicht, Melinda!“

„Du hast mich verlassen!“

„Nein, du hast mich verlassen.“

„Ich habe mich nicht von der Stelle bewegt!“

Er schüttelte den Kopf. „Das musstest du auch nicht. Du hast mich trotzdem verlassen. Geographie hat damit überhaupt nichts zu tun.“

Sie wich so heftig zurück, dass er sie losließ. Sie wandte ihm den Rücken zu, hielt den Kopf gesenkt, und ihr blondes Haar über ihrem Rücken schimmerte im Mondlicht.

„Es ist schon spät“, sagte sie.

Roc verbeugte sich leicht und deutete auf die Treppe. „Bitte, Ladies first.“

Er konnte die Bitterkeit in seinem Ton nicht unterdrücken. Melinda drehte sich mit hoch erhobenem Kopf zu ihm herum. „Du hast doch nicht etwa vor, mich die Leiter runterzuwerfen, oder?“ fragte sie kalt.

„Nein. Wenn ich auf einen Hai stoße, werde ich dich ihm mit Vergnügen zum Fraß vorwerfen. Obwohl ich bezweifle, dass sie anbeißen werden. Eine Krähe hackt der anderen kein Auge aus, das weißt du ja.“

„Wirklich? Nun, ich hoffe, dass du ihnen zum Opfer fällst, Käpt’n Trellyn. Haie können nämlich auch verrückt werden und sich dann gegenseitig fressen. Ich bin sicher, dass du schon einmal gesehen hast, wie das geht.“

Roc schaute sie an, und plötzlich tat ihm alles Leid. Was sollte er tun? Sollte er ihr sagen, dass er so wütend wegen Longford war und sich deswegen nicht normal benehmen konnte? Nein, er konnte es nicht wagen, Melinda so viel von seinen Gefühlen zu offenbaren.

Er hob die Hände. „Du hast Recht. Es ist spät. Wollen wir für den Rest der Nacht einen Waffenstillstand schließen?“

Sie schaute ihn misstrauisch an.

Er seufzte. „Ich meine es ernst. Ich entschuldige

mich hiermit. Ich werde dich weder eine Leiter hinunterstoßen noch den Haien vorwerfen. Sie könnten schwere Verdauungsbeschwerden bekommen. Nein, das war nur ein Scherz. Ehrlich. Ich möchte dich deinem Vater in der derselben exquisiten Verfassung wieder zurückgeben, in der du angekommen bist."

„Roc Trellyn, wenn du ..."

„Beruhige dich, Melinda. Ich versuche ja, damit aufzuhören. Ich bin müde. Ich habe dich nicht erwartet, also kannst du nicht erwarten, dass meine Manieren besonders großartig sind. Lass uns ein bisschen schlafen. Vielleicht geht es morgen besser."

Sie schaute ihn einen Moment eindringlich an, wandte sich dann um und stieg leise die Leiter hinab. Roc folgte ihr.

Sie ging mit leichten Schritten zur Kapitänskajüte, und Roc blieb dicht hinter ihr. Melinda trat ein und wollte rasch die Tür schließen, aber er fing sie ab.

„Du hast mir gesagt, ich sollte hier bleiben", sagte sie.

„Richtig." Er drückte die Tür auf, trat ebenfalls ein und schloss sie dann mit Nachdruck.

Melinda wich vor ihm bis zu seinem Schreibtisch zurück und schaute ihn forschend an. „Wenn du glaubst, dass du ..."

„Melinda, geh schlafen."

„Du machst wohl Scherze!"

„Worüber?" Er setzte sich auf den Stuhl, legte die Füße auf den Tisch, faltete die Hände vor sich und betrachtete Melinda neugierig.

„Willst du etwa auch hier schlafen?"

„Genau hier", erwiderte er gelassen.

Sie presste die Lippen zusammen und schloss einen Moment die Augen. Dann drehte sie sich um und ging zum Bett. Es war groß und bequem. Es gab keinen Grund zur Beschwerde.

Sie streckte sich angekleidet darauf aus und drehte Roc den Rücken zu. Innerhalb von Sekunden wandte sie sich wieder herum und starrte ihn an. „Es wird nicht funktionieren."

„Mir ist es sehr bequem." Du bist wirklich ein großartiger Lügner, gratuliere, sagte Roc sich.

„Es ist ein großes Schiff", erklärte sie.

„Ich habe meiner Mannschaft versprochen, dass ich die Verantwortung für dich und deinen Aufenthalt übernehme."

„Wohin sollte ich denn gehen …?"

„Wieder hinunter", schlug er vor. „Zum Sonar, zu unseren Karten und Plänen."

„Ich wollte nur …"

„Du hast das Funkgerät gesucht. Ich will einfach immer wissen, wo du bist."

„Wenn ich gehen wollte ..."

„Ich würde dich von hier aus aufhalten können", warnte er sie leise.

„Aber ich will nicht ..."

„Gut. Vielleicht bekommen wir beide dann ein wenig Schlaf."

Sie seufzte gereizt auf und schaute ihn empört an.

„Gute Nacht, Melinda."

Erneut drehte sie sich um und wandte ihm den Rücken zu. „Es wird nicht klappen", wiederholte sie.

Sie klang fast ebenso verzweifelt, wie Roc sich fühlte. Er lehnte den Kopf zurück. Der Stuhl war hart und unbequem. Er schaute auf das Bett. Melindas Haar war in goldenen Wellen über das Kissen ausgebreitet. Sie war verführerisch, weiblich, weich und aufreizend ...

Er seufzte. Melinda hatte Recht. Es würde nicht klappen. Und jetzt ...

Roc biss die Zähne zusammen und unterdrückte ein Stöhnen. Verdammt! Er würde jetzt schlafen, obwohl diese graziöse Schönheit dort in Reichweite auf dem Bett immer noch seine Frau war ...

Und er würde schlafen, trotz der Tatsache, dass er sie immer noch liebte.

4. KAPITEL

Nach den fürchterlichen Schmerzen zu urteilen, mit denen Roc aufwachte, musste er irgendwann in der Nacht doch eingeschlafen sein. Nacken, Rücken, ja sein ganzer Körper tat weh.

Melinda lag ausgestreckt auf dem Bett und schlief süß wie ein Baby. Sie bot einen wundervollen Anblick, die Arme um beide Kissen geschlungen und an die bequeme Matratze geschmiegt, die Roc extra hatte anfertigen lassen, weil er sich so oft auf dem Schiff aufhielt.

Er murmelte eine leise Verwünschung und stand auf. Er stieß sich das Knie am Schreibtisch, fluchte erneut und warf einen Blick auf Melinda. Sie schlief immer noch und hatte sich keinen Zentimeter bewegt.

Roc konnte ihren Anblick nicht ertragen und floh an Deck. Dort wäre er fast mit Connie zusammengestoßen, die mit Badeanzug und Bademantel bekleidet zur Kombüse unterwegs war.

„Guten Morgen!“ sagte sie gut gelaunt und trat dann zurück. „Oh, na gut, es ist kein guter Morgen. Ich habe den Kaffee schon aufgesetzt. Vielleicht hilft der ja. Obwohl ich das bezweifle, wenn ich dich so ansehe.“

„Kaffee ist genau das Richtige“, sagte Roc missmutig

und ging an ihr vorbei zur Öffnung in der Reling, wo die Außenleiter ins Wasser führte.

„Wohin gehst du?“ rief sie ihm hinterher.

„Schwimmen!“

„Jetzt? Die Sonne ist gerade erst aufgegangen. Das Wasser wird kalt sein.“

„Gut!“ Er stieg die Leiter hinab und sprang ins Meer.

Das salzige Wasser umhüllte ihn. Es war kalt heute Morgen, selbst hier in der Meerenge von Florida. Roc ließ sich tief herabsinken, stieß sich dann wieder hoch und tauchte auf. Er schwamm auf das Schiff zu und spürte, wie die vertrauten Bewegungen die Schmerzen in seinem Körper ein wenig linderten.

Es ist alles Melindas Schuld, dachte er. Mein Leben verlief so wundervoll. Und jetzt schlief sie ruhig und entspannt, während er unter den Qualen der Nacht zu leiden hatte. Er fühlte sich so, als hätte er kein Auge zugetan, und ihm war danach zu Mute, jemandem an die Kehle zu gehen.

Roc hätte auch Lust gehabt, in seine Kabine zu laufen, seine schlafende Schönheit zu packen und sie über Bord zu werfen. Das wäre ein nettes, frisches Erwachen für sie gewesen!

Roc kletterte die Leiter am Heck hinauf, die nur

wenige Meter von seiner Kabine entfernt war, und stellte fest, dass Connie ihn schon wieder erwartete, diesmal allerdings mit einem Becher dampfendem Kaffee in der Hand. Er nahm ihn dankbar an und lehnte sich neben sie gegen die Reling.

„Nun“, sagte Connie leise, „wir dachten, dass du letzte Nacht vielleicht Glück gehabt haben könntest.“ Sie bemerkte seinen Blick und verbesserte sich hastig. „Ich meine, wir dachten, dass ihr euch vielleicht versöhnt hättet. Aber nach dem zu urteilen, wie du aussiehst …“ Ihre Stimme brach, und Connie schaute aufs Meer hinaus. „Es wird ein schöner Tag werden, genau richtig zum Tauchen.“

Roc stimmte ihr zu und schaute ebenfalls zum Horizont. Für all die, die heute Nacht richtig geschlafen hatten, war das vermutlich ein schöner Tag.

Connie wollte noch etwas sagen, aber er hob eine Hand, um sie zum Schweigen zu bringen, und presste Daumen und Zeigefinger gegen seine Schläfe.

„Hast du zu viel getrunken?“ fragte Connie besorgt.

„Nein, ich habe nicht genug getrunken“, gab Roc leise zurück. Er war froh, dass Connie sein Gesicht nicht sehen konnte. Er trat von der Reling zurück und legte ihr den Arm um die Schultern. „Sagtest du nicht, dass das Frühstück fertig sei? Vielleicht sollten wir in die Kombüse gehen, solange es noch genießbar ist."

„Genießbar! Oh nein, der Speck in der Pfanne!"

Connie lief voraus, und Roc folgte ihr langsamer.

Vielleicht würde ein Frühstück den Morgen erträglicher machen. Andererseits war der Morgen sowieso schon verdorben.

Roc schien in ihre Richtung zu schauen.

Melinda ließ sofort den Vorhang wieder vor das Bullauge fallen und setzte sich auf das Bett zurück. Ihr Herz schlug viel zu schnell, und dann wurde es ihr plötzlich schwer.

Die beiden hatten so vertraut zusammen gewirkt, so natürlich. Connie, die ihm den Kaffee reichte und seine Hände mit den Fingern berührte. Ihre leise Unterhaltung, mit gebeugten Köpfen, die sich fast berührt hatten.

Melinda holte tief Luft und kämpfte gegen ihre Tränen an. Nun, was hatte sie nach drei Jahren erwartet? Sie hatte Roc einmal für sich gehabt. Und sie hatte ihn verloren.

Sie legte sich aufs Bett zurück und empfand ein beinahe überwältigendes Gefühl von Verlust. Sie schloss die Augen und wünschte sich, dass sie sich nicht so leicht an die Vergangenheit erinnern könnte.

Sie würde niemals vergessen, wie sie Roc das erste Mal gesehen hatte, als er neben ihrem Vater stand …

Roc, so groß und dunkel, mit Muskeln wie aus Stahl. Sie hatte niemals einen faszinierenderen Mann gesehen und niemals einen getroffen, neben dem sie sich so jung und unsicher fühlte. Und ihr Vater schien geradezu aufzublühen. Er hatte von nichts anderem als von Roc Trellyn geredet, seit sie bei ihm lebte. Doch Melinda hatte nichts von jemand anderem hören wollen, jedenfalls damals nicht. Sie war zu sehr mit sich selbst beschäftigt gewesen, mit ihren Schuldgefühlen. Auch wenn sie den Unfall nicht verursacht hatte …

Aber sie war nicht zu Hause gewesen, als es geschah, und das hatte die Schuldgefühle noch verstärkt. Wenn sie nicht ausgegangen wäre, hätte sie ihre Mutter vielleicht aufhalten können. Wenigstens diesmal. Sie hätte etwas tun, die Dinge ändern können. Melinda hatte ihr Scheitern nicht ausdrücken können, aber ihr Vater hätte von allen Menschen derjenige sein sollen, der verstand, wie es war, ihre Mutter dafür zu lieben, dass sie liebevoll, schön und klug war, und sie gleichzeitig zu hassen. Sharon Davenport war zwei Tage vor ihrem neunundreißigsten Geburtstag gestorben.

Melinda war nicht in der Lage gewesen, mit jemand anderem darüber zu reden. Ihr Vater hatte Sharon immerhin gekannt, sie sehr gut gekannt und sie einmal geliebt. Jonathan konnte Melindas Gefühle verstehen, und das war etwas, das sie damals sehr gebraucht hatte. Er war damals vor sieben Jahren von ihnen weggezogen. Aber er hatte sich immer noch um sie gekümmert und hatte auch immer noch den Schmerz gefühlt.

Melinda war vom ersten Moment an auf Roc Trellyn eifersüchtig gewesen – und gleichzeitig vollkommen fasziniert von ihm. Er war älter als die meisten Jungen am College, mit denen sie ausgegangen war, und sieben Jahre älter als sie. Er war beeindruckend, war so selbstsicher und reif. Seine Stimme war tief und fest, und aus seinem Blick sprach Klugheit. Er sah großartig aus, hatte breite Schultern, Muskeln an den richtigen Stellen, und war schlank an den anderen. Melinda wollte ihren Vater von ihm fern halten, aber sie selbst wollte in Rocs Nähe sein.

Irgendwann wurde Melinda schließlich klar, dass sie Roc einfach begehrte. Und die Furcht, jemanden so sehr zu wollen, trug zu ihrem Unbehagen bei. Vor allem, weil es ausgerechnet Roc Trellyn war, der in jedem Hafen ein Mädchen zu haben schien. Melinda konnte keine Distanz mehr wahren und schien es nun darauf anzulegen, sich mit ihm zu streiten. Sie wollte ihm klarmachen, dass er sie nicht im Geringsten interessierte, mochten alle anderen ihm auch ohnmächtig zu Füßen sinken.

Aber dann kam der Tag, an dem sie beide zufällig dasselbe Zimmer im Hotel bekamen. Melinda erinnerte sich noch ganz genau daran …

Sie fühlte Rocs Blick auf sich ruhen und spürte, wie sich ihr ganzer Körper erhitzte. Zuerst hatte sie nicht gewusst, was sie eigentlich wollte, nur dass sie sich entschuldigen musste. Sie war gemein zu ihm gewesen, hatte versucht, ihn wütend zu machen, und dafür gesorgt, dass ihr Vater ihre kleinen Tricks nicht bemerkte. Auch wenn sie Roc Trellyn nicht bekommen konnte, konnten sie ja möglicherweise wenigstens Freunde werden.

Doch dann hatte Roc mit ihr geredet, wie selbst ihr Vater es nicht getan hatte. Sie hatte das Gefühl gehabt, dass das Gewicht der Welt von ihren Schultern genommen wurde. Melinda konnte sich daran erinnern, wie sie in Rocs blaue Augen schaute und die Leidenschaft darin erkannte, wie sie seine beruhigenden Worte hörte.

Und dann erinnerte sie sich daran, dass sie ihn

erneut begehrt hatte. Und dass sie auf lange Sicht mit ihm zusammen sein wollte …

Melinda erschauerte plötzlich und sprang aus dem Bett. Sie ging schnell zu dem überraschend geräumigen Bad der Kapitänskajüte und duschte. Sie genoss es, wie das Wasser sie überströmte.

Niemand in der Welt war mit Roc zu vergleichen. Niemand konnte sie so halten, sie beruhigen und sie so lieben. Niemand war so klug wie er.

Und niemand konnte so schreien, wenn er etwas unbedingt wollte! Keiner war eigensinniger. Und keiner war gerechter und verständnisvoller zu seiner Mannschaft.

Hör auf! warnte Melinda sich. Du darfst nicht in die Falle gehen, ihn erneut zu begehren, ihn zu lieben … Aber warum bist du dann hier?

Sie wollte sicherstellen, dass er diesmal den Fund machte, dass er die „Condesa“ fand. Sie wollte verhindern, dass er ein zweites Mal betrogen wurde …

Mittlerweile wusste sie, dass ihr Vater sich falsch verhalten hatte, dass Rocs Anschuldigungen, so hart sie auch gewesen sein mochten, dennoch richtig waren, und dass er das Recht gehabt hatte, wegzugehen. Damals hatte sie das allerdings nicht erkannt. Ihr

Vater hatte Roc einen Start ermöglicht, ihn wie einen Sohn behandelt. Melinda hatte nur gesehen, dass Roc ihrem Vater den Rücken kehrte, nach allem, was dieser für ihn getan hatte. Es war ihr niemals in den Sinn gekommen, dass Jonathan sich falsch verhalten und Roc Recht haben könnte. Sie hatte sich nicht vorstellen können, dass ihr Vater zu einem Unrecht fähig war. Doch jetzt ... jetzt wollte sie dafür sorgen, dass die Dinge richtig liefen. Roc hatte immer gesagt, dass sich alle über die Lage der „Condesa“ irrten. Und er hatte Recht behalten. Jetzt würden alle zustimmen und das verschollene Schiff suchen. Aber es war nur gerecht, wenn Roc es fand. Und sie, Melinda, war eine gute Taucherin. Sie würde ihm wirklich helfen können.

Mehr willst du nicht? fragte sie sich spöttisch. Du willst nur die Dinge wieder ausgleichen?

Nein ... Sie hatte Roc immer begehrt, und sie tat es noch.

Aber es war zu spät. Sie hatte es gewusst, als sie ihn an der Reling hatte stehen sehen, mit einem Becher in der Hand, den eine andere Frau ihm gegeben hatte. Die beiden hatten die Köpfe dicht zusammengesteckt, Roc hatte leise gelacht und Connies Schulter mit offensichtlicher Zuneigung umarmt.

Nun, was hast du erwartet? fragte sie sich. Es war

viel Zeit verflossen. Roc hatte sie vor drei Jahren verlassen.

Melinda hatte niemals wirklich geglaubt, dass er gehen würde. Er war in dieser Nacht so zärtlich gewesen, hatte sie so leidenschaftlich geliebt. Und dann war er gegangen …

Sie hatte nicht geglaubt, dass es so schmerzen würde. Dieses Gefühl der Leere hatte sie nicht erwartet. Nur ihr Stolz hatte sie davon abgehalten, ihm hinterherzulaufen. Der und die Angst, dass Roc sie nicht mehr wollte, nachdem er sie einmal verlassen hatte.

Das Wasser lief immer noch. Melinda stellte es rasch ab, trat aus der Duschkabine und erschauerte. Und jetzt, nach drei Jahren, war sie hier, als ein unwillkommener Gast oder seine Gefangene. Das kam auf den Standpunkt an.

Und erneut hat Roc mich verlassen. Der Gedanke ließ ihr die Tränen in die Augen steigen, und sie wischte sie schnell weg.

Nun, sie würde nicht länger in seiner Kabine bleiben, es sei denn, er würde einen Riegel an der Tür anbringen. Melinda roch den verführerischen Duft von gebratenem Schinken und merkte jetzt erst, wie lange es her war, seit sie etwas gegessen hatte.

Sie zog sich rasch ihre geliehene Kleidung wieder

an und fuhr sich mit Rocs Bürste durchs Haar. Als sie damit fertig war, suchte sie eine frische Zahnbürste, putzte die Zähne und betrachtete sich danach im Spiegel. Ihre Augen verrieten ihre Angst. Sie hob das Kinn. So war es schon ein bisschen besser.

Dann holte sie tief Luft und drehte sich entschlossen um. Es wurde Zeit, sich den Seeungeheuern zu stellen!

Das Frühstück stand auf dem Tisch, eine große Platte mit Schinken, Würstchen, Muffins, Toast und Brötchen. Es gab Rührei mit Peperoni und Tomaten. Roc hatte die Seekarten neben den Speisen ausgerollt. Es waren zehn Stück. Mit dem Finger verfolgte er ihren Kurs von ihrer Position in der Meerenge von Florida, an Andros auf den Bahamas vorbei, bis zu einigen kleineren Inseln.

„Jetzt passt auf", sagte er, rollte die erste Karte zusammen und legte eine detailliertere darüber, die alle kleinen Inseln zeigte, bewohnt und unbewohnt. Er zeigte seiner Mannschaft die Riffe in der Gegend und deutete nachdrücklich auf solche, die im Wasser nicht sofort zu sehen waren und eine große Gefahr für Schiffe bedeuteten. „Die ‚Condesa' liegt hier, in der Nähe dieses Riffs. Sowie wir klar Schiff gemacht haben, will ich dorthin fahren. Joe …" Er brach plötzlich ab.

Beinah lautlos war Melinda in die Kombüse gekommen. Sie hatte geduscht und duftete nach Rosen. Ihr schönes Gesicht war ungeschminkt, und die blonden Locken hingen ihr um die Schultern. Also war sie doch endlich herausgekommen.

Sie beachtete Roc nicht, sondern begrüßte Connie mit einem strahlenden Lächeln. „Guten Morgen!" Dann schaute sie den Rest der Mannschaft mit dem gleichen Lächeln an und streckte die Hand aus. „Ich denke, Sie wissen alle, wer ich bin und auf was für eine seltsame Art und Weise wir uns getroffen haben. Ich würde gern diese Situation ein wenig verbessern, wenn es Ihnen allen nichts ausmacht. Ich bin Melinda Davenport …"

„Ist es nicht Trellyn?" sagte Connie leise.

Melinda errötete, und Roc bemerkte, dass das ihren bezaubernden Charme nur verstärkte. „Ich bin nicht sicher", sagte sie leise, schenkte Connie noch ein Lächeln und wandte sich an Bruce. „Sie müssen Bruce sein, Connies Bruder. Sie hat mir gestern Abend von Ihnen erzählt, als ich mir die Kleidung geliehen habe. Und Sie?" fragte sie höflich und schaute Marina und Joe an.

Ihr Lächeln war hinreißend. Roc war klar, dass seine Leute denken mussten, dass er entweder ein Mistkerl oder ein Riesenidiot sein musste, wenn er mit Melinda nicht zurechtgekommen war. Sie wirkten alle wie hypnotisiert. Es wurde Zeit, einzugreifen.

„Das sind Joe Tobago und seine Frau Marina. Und Peter hier vervollständigt die Mannschaft. Wenn du jetzt …"

„Ich sterbe vor Hunger", sagte sie leise und lächelte erneut. „Es riecht hier so verlockend."

Marina nickte, und Bruce sprang plötzlich auf. „Setzen Sie sich. Ich hole Ihnen einen Kaffee."

„Sehr nett, vielen Dank, aber ich sehe schon den Topf auf dem Herd. Ich hole mir selbst einen." Sie ging zum Ofen, nahm einen Becher und füllte ihn. Dann trat sie an den Tisch zurück und schaute auf die Karten.

Roc rollte sie mit verbissener Miene zusammen.

„Entschuldigung", sagte sie leise. „Große, dunkle Geheimnisse, nicht wahr?"

„Du bist immerhin eine Spionin", erinnerte er sie höflich.

„Jetzt bin ich eine Gefangene", erwiderte sie leichthin. „Sollten Gefangene nichts zu essen bekommen?"

„Brot und Wasser", meinte Roc kurz angebunden.

„Bitte, setzen Sie sich." Marina warf Roc einen tadelnden Blick zu. „Sie müssen ja völlig ausgehungert sein. Sie haben gestern nichts gegessen. Es ist genug da, bedienen Sie sich nur."

„Danke." Melinda griff zu. Sie fühlt sich anscheinend wohl, dachte Roc, genauso wie gestern Nacht, während ich von diesem verdammten, harten Stuhl gefoltert worden bin.

„Es tut mir Leid, wenn ich gestern unhöflich zu Ihnen war", sagte Melinda zu Bruce.

„Oh, schon gut. Schließlich waren Sie in einem Netz …"

„Das reicht!" unterbrach Roc ihn wütend. „Sie war in diesem Netz, weil sie absichtlich hineingeschwommen ist. Marina, ist noch Kaffee da?"

„Aye, Käpt'n!" Marina holte die Kaffeekanne.

Roc schaute Melinda eindringlich an, die seinen Blick unschuldig erwiderte. „Du siehst gut erholt aus", bemerkte er.

„Es ist eine sehr komfortable Kabine."

„Und du bist frisch geduscht."

„Der Wasserdruck deiner Dusche ist hervorragend", erwiderte sie höflich. „Ich habe mir außerdem die Freiheit genommen, mir eine Zahnbürste aus dem Paket unter dem Waschbecken zu nehmen. Es waren reichlich da."

Marina sorgte dafür, dass immer genug Zahnbürsten

an Bord waren. Sie bewahrten sie nur deswegen in seinem Schrank auf, weil dort am meisten Platz war. Roc wusste, dass Melinda sich jetzt fragte, wie oft er wohl Gesellschaft in seiner Kabine hatte, wenn er dort so viele Zahnbürsten aufbewahrte. Gut, dachte er. Soll sie doch! Er musste schließlich auch mit seinen eigenen Qualen zurechtkommen.

Longford! Verdammt. Es traf ihn jedes Mal, wenn er an den Mann dachte. Er hätte Melinda am liebsten genommen und geschüttelt …

Roc stand rasch auf und hätte beinah Marina und die Kaffeekanne umgestoßen, die sie geholt hatte, um ihm Kaffee nachzuschenken. „Bruce, wir müssen los. Lass uns den Anker lichten und aufbrechen."

„Aye, Käpt'n."

Roc wartete, bis Marina seine Tasse gefüllt hatte. Mittlerweile hatte Melinda eine ihrer „harmlosen" Fragen formuliert.

„Sie tauchen heute? Wohin fahren wir denn?" Sie schaute mit einem unschuldigen Blick ihrer aquamarinblauen Augen in die Runde.

Die Männer blickten sie bewundernd an. Bruce, Peter und selbst Joe. Und irgendwie schien sie sogar die Sympathie der Frauen hier an Bord gewonnen zu haben. Roc wartete nur darauf, dass einer von ihnen ihr sagte, dass sie nach der „Condesa" suchten. Aber anscheinend hatten sie alle noch einen Rest Loyalität im Leib, so dass plötzlich Schweigen in der Kabine herrschte.

Roc lächelte und beugte sich zu Melinda hinüber. „Man erzählt Spionen normalerweise nicht, was man vorhat und wohin man geht, Miss Davenport."

Bruce stieß ihn an. „Trellyn", flüsterte er. „Sie ist doch noch eine Trellyn, nicht wahr?"

Roc stand auf, ohne den Blick von Melinda zu nehmen. „Ich weiß nicht, ob sie das jemals war", sagte er leise, drehte sich um, obwohl Melinda ihn eindringlich ansah, und verließ die Kabine.

„Roc!" Sie war aufgesprungen und folgte ihm.

Er blieb auf der Treppe zum Oberdeck stehen und schaute zurück. Die anderen konnten sie noch hören. „Was?" fragte er ungeduldig.

„Lass mich auch tauchen."

„Bist du verrückt?"

Sie warf die Arme hoch. „Was soll ich sonst tun?" fragte sie beinah verzweifelt. „Ich bin eine Gefangene. Wohin soll ich mit meinen Informationen gehen? Wem sollte ich etwas erzählen?"

„Es gibt ein Funkgerät auf dem Schiff", erinnerte er sie.

„Du lässt es mich ja nicht benutzen."

„Ich werde nicht immer an Bord sein können ..."

„Aber deine Mannschaft."

„Sie kennen dich und deine Loyalität zu deinem Vater nicht so gut wie ich, Melinda", erinnerte er sie leise. So leise, dass die anderen ihn nicht hören konnten. Es war beinah amüsant zu sehen, wie sich alle vorbeugten, um dem Gespräch zu folgen.

„Ich habe dir schon gesagt, dass mein Vater ..."

„Richtig. Longford hat dich mitten im Meer ausgesetzt. Das macht alles noch schlimmer." Er fuhr herum, entschlossen, sich nicht länger aufhalten zu lassen.

„Roc ..."

Erneut wandte er sich ihr zu. „Mach den Abwasch!" fuhr er sie wütend an.

Sie schaute ihn an. Sie ballte die Hände zu Fäusten und hatte das Kinn vorgereckt. Ihre Augen funkelten, aber sie waren auch feucht, als würde ihr das wirklich etwas ausmachen.

Roc hatte diesen Blick schon vorher gesehen ...

Sie drehte sich um, Roc ebenfalls. Er stürzte blindlings die Treppe zum Deck hinauf, ging zur Ankerwinde und schaltete sie automatisch an, um den schweren Anker vom Meeresgrund zu heben. Bruce stand direkt an seiner Seite. „Hol ihn hoch", sagte

Roc und ließ Bruce stehen. Er ging zum erhöhten Ruderhaus und schaute auf den Horizont.

Er war in den letzten Wochen sehr vorsichtig gewesen. Er wusste genau, wo er suchen musste, aber er wollte nicht zu nahe an dem Ort ankern. Er hatte jede Nacht einen anderen Ankerplatz gesucht, damit er bei den Leuten, die ihn möglicherweise beobachteten, keinen Verdacht erregte. Offensichtlich hatte man ihn trotzdem gefunden. Melinda war ja an Bord. Aber man hatte ihn wenigstens nicht beim Tauchen beobachtet, und das war gut.

Bruce rief ihm zu, dass der Anker gelichtet sei, und Roc schaltete den Motor an. Er drehte das Ruder und nahm Kurs auf die Bahamas, auf eine verlassene Insel im Northwest Providence Channel. Dort lag ein heimtückisches Riff, das früher einmal Gefahr für die Schiffe bedeutete, die auf der Jagd nach den Reichtümern der „Neuen Welt" gewesen waren.

Die „Crystal Lee" war ein leicht zu beherrschendes, schnelles Boot, und Roc wehte nach kurzer Zeit die morgendliche Brise ins Gesicht und zerzauste sein Haar. Die Sonne stieg langsam höher. Ihre warmen Strahlen wurden durch den Wind kaum abgekühlt.

Es tat gut, in dem milden, salzhaltigen Wind zu stehen. Es half Roc, seine Gedanken nach dieser schwierigen Nacht zu ordnen, und es kam ihm so vor, als würde er sein Ziel viel zu schnell erreichen.

Er stellte den Motor ab und rief Bruce zu, dass er Anker werfen solle. Sie waren noch ein gutes Stück von dem Riff entfernt, aber das Wasser war schon hier kaum mehr als fünfzehn bis zwanzig Meter tief. Roc verließ das Steuerhaus und stellte fest, dass Melinda, bekleidet mit ihrem schwarzen Badeanzug, bei den anderen stand und ungeduldig wartete.

„Bruce, hast du die Sauerstoffflasche überprüft?" fragte er seinen Freund, während er Melinda anschaute.

„Joe und ich haben das erledigt."

Ihre Ausrüstung lag auf dem Deck. Joe Tobago, der auf dem Schiff bleiben würde, griff nach Rocs Flaschen und half ihm, sie anzulegen. Connie und Bruce halfen sich gegenseitig, und Melinda war Peter behilflich.

Roc dankte Joe, nahm seine Flossen und stellte fest, dass Melinda ihn anschaute. „Du wirst nicht tauchen", sagte er knapp.

„Aber …"

„Geh und …"

„Sag mir nicht, dass ich den verdammten Abwasch machen soll!" unterbrach sie ihn wütend. „Ich habe ihn schon erledigt. Du kannst Marina fragen."

„Du wirst trotzdem nicht tauchen."

„Du kannst mich nicht aus dem Wasser heraushalten!“ rief sie.

Er schaute Joe an. „Wenn du ein anderes Boot in unserer Nähe siehst, schließ sie irgendwo ein. Es könnte Longford sein, der sie wieder abholen will.“

„Roc, du hast kein Recht …“

„Ich habe jedes Recht!“

Er wartete nicht auf ihre Antwort, sondern setzte sich auf den Rand des Schiffs und ließ sich hintenüber ins Wasser fallen, während er das Mundstück anlegte. Sekunden später war er allein, begleitet nur von dem einlullenden Klang seines Sauerstoffgerätes, während er ein- und ausatmete. Er sank immer tiefer und immer langsamer hinunter ins Meer. Die blaugrüne Flut umschloss ihn, und das kühle, fließende Gefühl, das er so liebte, überkam ihn. Es linderte ein wenig die Spannungen seiner Glieder. Es war wundervoll. Es war eine andere Welt, in der andere Regeln herrschten und wo man fast völlig schwerelos war. Die Stille überdeckte die laute Welt an der Oberfläche.

Roc näherte sich dem Riff, dessen höchster Punkt nur fünf Meter unter der Meeresoberfläche lag, als er plötzlich ein Geräusch hörte. Ein anderer Körper war in seiner Nähe im Wasser … Es konnte ein kleiner Delfin sein. Oder eine eins siebzig große Frau.

Er schaute sich um, und da war sie. Sie hatte keine Sauerstoffflasche. Weder Joe noch Marina würden ihn so hintergehen. Sie hatte weder Maske noch Flossen. Aber es war Melinda, die unglaublich gut schwimmen und verblüffend lange die Luft anhalten konnte.

Sie schwamm unter ihm, und ihr blondes Haar zog sich wie ein Schleier hinter ihr her. Sie wirkte graziös und schwamm wie ein Meeresgeschöpf. In diesem Moment hätte man sie wirklich für eine Meerjungfrau halten können, eine Sirene, eine von Neptuns Töchtern, die überlegen die blaugrünen Fluten beherrschte.

Er würde ihr das Fell gerben!

Roc schwamm hinunter, hinter ihr her. Sie war auf die andere Seite des Riffs geschwommen, wo das Wrack aus dem zweiten Weltkrieg lag. Obwohl er sie verfolgte, verschwand sie in dem Metallkoloss.

„Melinda!" Roc hätte sich fast verschluckt, als er ihren Namen rief, und verfluchte sich für seine Dummheit.

Dann schwamm er hastig hinter ihr her.

5. KAPITEL

Roc folgte Melinda in den rostigen Rumpf durch eine Tür, die an einer Angel hing. Das Sonnenlicht war in dem alten Wrack nur noch gedämpft zu sehen. Durch verbeulte Aufenthaltsräume gelangte Roc zu der Stelle, an der das Schiff durch die Beschädigung der Zeit in zwei Teile gebrochen war. Dort gab es eine große Sandfläche, auf der einige Meerespflanzen wuchsen und über der wundervoll bunte Fische schwammen. Der Rest des Schiffes war über die Kippe gefallen und lag sieben Meter tiefer und etwa dreißig Meter entfernt. Melinda verschwand gerade über die Klippe in den Abgrund.

Roc erwischte sie auf halber Strecke. Melinda schaute ihn wutentbrannt an und versuchte sich freizumachen. Wie lange hatte sie jetzt schon den Atem angehalten? Es war unglaublich!

Roc zwang sie dazu, sein Mundstück zu nehmen. Sie holte tief Luft und versuchte dann erneut seinem Griff zu entfliehen. Doch er hielt sie fest und deutete auf die Wasseroberfläche, um Melinda klarzumachen, dass er sie nach oben bringen würde, ob sie wollte oder nicht.

Er stieß sich ab, und sie schossen gemeinsam hinauf. Ihre Beine berührten sich im Wasser, und Roc war von dem erotischen Gefühl überrascht, das ihn durchfuhr. Melinda fühlte sich hier unten geschmeidig an, verführerisch, auch wenn er ihr liebend gern den Hals umgedreht hätte. Doch vor allem war er froh darüber, dass sie nun in Sicherheit war.

Sie tauchten auf, und Roc spie sein Mundstück aus. „Was glaubst du eigentlich …?“

„Ich tauche nicht, ich schwimme!“ erwiderte sie aufgebracht.

„Was du machst, ist gefährlich, und du weißt es!“

Melinda schwieg einen Moment und schloss die Augen, so dass ihre langen Wimpern ihre Wangen berührten. Sie wusste natürlich, dass es gefährlich war, ohne Sauerstoffgerät in einem alten Wrack herumzuschwimmen. Sie konnte leicht irgendwo unter einem stürzenden Stück Schrott gefangen werden.

Dann öffnete sie die Augen wieder und schaute Roc direkt an. „Das, was du machst, ist dann aber auch gefährlich.“

„Aber ich habe Sauerstoffflaschen …“

„Du solltest dennoch mit jemandem zusammen tauchen.“

„Nun, wenn ich dich nicht hätte verfolgen müssen,

dann wäre ich auch mit jemandem zusammen geschwommen!“

„Wenn du mich nicht loslässt, dann werden wir beide untergehen.“

„So ist das!“ rief Roc, löste aber keineswegs den Griff um sie. „Jetzt kapiere ich. Du bist keine Spionin. Du bist hier, um mich zu Tode zu foltern, damit dein Vater oder Longford Zeit haben, den Fund zu machen.“

„Ich quäle dich nicht, du quälst mich. Wenn du mich nur helfen lassen würdest. Ich bin eine gute Taucherin!“

„Hinaus!“ rief er und schob sie aufs Schiff zu.

„Du herrschst nicht über den Ozean!“ erwiderte sie wütend und versuchte ihm zu entfliehen.

Roc schwamm ihr nach. Zuerst entkam sie leicht, da sie keine Ausrüstung dabei hatte, doch als Roc sein Tempo verdoppelte, hatte er sie auf der Hälfte der Strecke zur „Crystal Lee“ eingeholt.

„Ich habe gesagt, du sollst aus dem Wasser gehen!“

„Und ich sagte, es ist ein freier Ozean!“

„Nicht, solange du auf meinem Boot bist.“

„Ich bin nicht auf deinem Boot. Ich bin im Wasser.“

„Wenn du nicht aufhörst, mit mir zu streiten, dann werde ich dich aus dem Wasser ziehen und …“

„Ach, große Worte! Du würdest es nicht wagen. Deine Mannschaft würde meutern!“

„Ich wage alles, und du solltest das langsam wissen. Also beantworte mir eine Frage: Ist das eine Herausforderung, Miss Davenport?“

Sie riss sich aus seinem Griff los und versuchte wieder zu dem Riff zu tauchen, aber Roc erwischte sie vorher. Mit einer Hand packte er sie fest am Arm und schwamm mit ihr zum Schiff. Melinda kämpfte hart und zappelte wie ein Fisch an der Angel. Aber Roc erreichte das Boot und die Leiter, drängte Melinda heran und hielt sich dann fest. Er zwang sie, hinaufzusteigen. Joe und Marina warteten besorgt an Bord. Melinda sprang leichtfüßig an Deck und verschwand in der Kapitänskajüte, nachdem sie den beiden kurz zugenickt hatte.

Roc brauchte länger, um hinaufzukommen, weil er durch die schwere Ausrüstung behindert wurde. Fein, sie war in seiner Kabine. Sie würden also eine kleine Privatunterhaltung haben.

Richtig. Der alle an Bord aus kürzester Entfernung zuhören konnten.

Joe half Roc an Deck und nahm ihm die Sauerstoffflasche ab. Dann zog Roc die Maske herunter und holte tief Luft, um seine Wut zu zügeln. Während er das tat, tauchte Connie aus dem Wasser auf. „Wir kommen hoch, Roc. Wir haben nichts gefunden."

Er presste die Lippen zusammen. Was hatte Melinda vor? Er hatte es nicht bemerkt, aber es war fast eine Stunde vergangen, und sie hatte ihn die ganze Zeit abgelenkt. War das ihr Job? Seine Suche zu sabotieren?

Er ging zur Kabine, doch in diesem Moment stürmte Melinda heraus. Sie hatte ein Handtuch um die Schultern gelegt. Ihr Blick begegnete seinem, und Roc hätte beinah gelächelt. Er kannte Melinda so gut.

Sie war in die Kabine geflüchtet, um sich zu schützen. Dort hatte sie bemerkt, dass es der einzige Ort war, wo er sie allein stellen und sie die anderen nicht mit ihrem Charme um Hilfe anflehen konnte.

Roc schaute Melinda immer noch an, während Bruce und Peter an Bord kletterten und ihre Geräte abgelegten.

„Nichts", meinte Bruce missmutig, und Peter stimmte zu.

„Wir haben ein paar Schädel gefunden", informierte Connie ihn. „Das war unheimlich."

Bruce lehnte sich gegen die Wand des Steuerhauses. „Und es gibt kein Zeichen von der ‚Condesa'."

„Nun, ich glaube, ich habe etwas gefunden." Alle

schauten Melinda an. „Vielleicht gehört es zu dem deutschen Schiff, aber es könnte auch gut älter sein …“

Roc, der nicht weniger verwirrt war als die anderen, schaute ihr zu, als sie ein langes sandüberzogenes Stück aus dem Ausschnitt ihres Badeanzuges hervorholte, das von dem elastischen Band gehalten worden war. Er überquerte rasch das Deck. Melinda hielt es ihm hin und schaute ihn herausfordernd lächelnd an.

„Was ist es?“ rief Connie.

„Irgendein Besteck“, sagte Melinda, ohne den Blick von Roc zu wenden. Er hatte das Teil nicht genommen und noch kein Wort gesagt. Sie streckte es ihm hin, und es wirkte fast so, als hielte sie ihm einen Olivenzweig hin, um Frieden zu schließen.

Er zögerte. Verdammt, dachte er. Sie war unten gewesen ohne Sauerstoffflasche, ihn auf den Fersen und dann auch noch in seinem Griff. Und trotzdem war sie die Einzige, die etwas gefunden hatte, das möglicherweise von der „Condesa“ stammen konnte.

„Roc?“ Sie sagte seinen Namen leise und fragend. Er war nicht einmal sicher, ob die anderen es gehört hatten.

Schließlich nahm er das Stück. Es war stark verkrustet, aber er vermutete, dass Melinda Recht hatte. Er glaubte nicht, dass ein Stück aus dem Zweiten

Weltkrieg schon so stark verkrustet gewesen wäre. Außerdem lag es schwer in seiner Hand, und das kam nicht allein vom Sand.

Wie er immer schon eine Ahnung gehabt hatte, dass die „Condesa“ irgendwo hier in der Nähe gesunken war, sagte ihm nun sein Gefühl, dass dieses Stück in seiner Hand von dem verschollenen Schiff stammte.

„Ich werde es mir ansehen“, sagte er. „Wo hast du es gefunden?“

Sie zuckte mit den Schultern und schüttelte dann den Kopf. „Ich weiß es nicht genau. Ich muss noch einmal hin. Ich wäre vielleicht sicher, nur habe ich in dem Moment nicht genau darauf geachtet. Ich habe gedacht, dass mir ein Hai gefolgt wäre. Als ich gemerkt habe, dass du es bist, war ich nervös und habe den exakten Fundort natürlich vergessen.“

„Natürlich.“ Roc wandte sich von ihr ab. Er beachtete niemanden weiter und stürmte hinunter in den Raum mit der Ausrüstung. Er legte das Teil auf ein Stück Stoff und begann mit einem kleinen Spachtel etwas von den Algen und dem Sand zu entfernen.

Es war eine schwierige Aufgabe und erforderte unendliche Geduld. Und Roc war gut darin. Normalerweise hatte er Geduld.

Aber er war nicht allein. Die anderen waren nacheinander heruntergekommen, Melinda natürlich auch. Es gab nicht genug Platz für alle im Raum, und mit einem Seufzer schaute Roc hoch. „Lasst mir ein bisschen Luft zum Atmen, ja? Ich werde euch sofort Bescheid sagen, wenn ich etwas herausfinde."

Joe, der immer der Vernünftigste war, stimmte ihm zu. „Er hat Recht", sagte er. „Komm, Marina, wir legen uns solange ein bisschen in die Sonne, okay?"

Sie gingen alle widerwillig hinauf, bis auf Melinda. Roc schaute sie an.

„Nun, schließlich habe ich ihn gefunden", sagte sie leise.

„Du warst auf meiner Expedition", erinnerte er sie.

„Genauso wie du auf der meines Vaters warst", erwiderte sie.

„Nein!" sagte Roc. „Nicht genauso. Wenn er dir jemals die Wahrheit sagen würde, würdest du es vielleicht glauben. Aber es ist zu spät, nicht wahr, Melinda? Du hattest dich entschlossen, nicht an mich zu glauben und nicht mit mir zu kommen. Aber ich werde dir jetzt etwas sagen. Wenn dieses Stück hier wirklich von der ‚Condesa' ist, werde ich etwas für dich tun, das dein Vater für mich nicht getan hat. Ich werde dir den Fund gutschreiben."

Roc bedauerte seinen Ausbruch beinah sofort. Melinda stand aufrecht und reglos da. Sie schien unter ihrer Bräune blass geworden zu sein, und sie hatte die Augen geschlossen. Roc sah, wie ihr Puls am Hals heftig schlug. Und er sah noch mehr. Zu viel. Auch wenn ihr schwarzer Badeanzug nicht direkt erotisch war, wirkte er aufreizend, da Melinda ihn trug. Roc sah ihre langen, wohlgeformten Beine, schaute auf ihren Nacken, ihre Lippen, und wollte aufspringen, die Vergangenheit und die „Condesa" vergessen, verdrängen, dass noch fünf andere Menschen an Bord waren, und ganz bestimmt wollte er sich selbst vergessen …

„Ich will den Fund nicht zugesprochen bekommen", sagte sie würdevoll. „Aber ich habe das Stück gefunden und will wissen, ob es etwas wert ist oder nicht."

Roc schaute auf das Teil in seiner Hand und schabte erneut daran herum. Seine Finger zitterten. Dann sah er Melinda an. „Gib mir ein paar Minuten. Lass es mich genauer untersuchen. Du kannst zurückkommen, wenn wir es reinigen."

Sie senkte den Kopf und nickte dann. Als sie die Leiter hinaufstieg, ertappte Roc sich, wie er ihr nachschaute. Er betrachtete ihren Rücken, ihren Po und ihre Beine.

Er versuchte sich wieder auf den Fund zu konzentrieren. Seine Finger bebten immer noch, und sein Körper fühlte sich an, als bestünde er aus geschmolzenem Blei und wäre gleichzeitig gespannt wie eine Pianosaite.

Roc lehnte sich zurück und stellte sich erneut vor, wie es wäre, Melinda den Hals umzudrehen. Er begehrte sie, das war alles. Er musste Melinda von dem Boot herunterbekommen. Er schloss einen Moment die Augen, zwang seine Hände zur Ruhe und widmete sich wieder seiner Aufgabe.

Er hatte einen Volltreffer gelandet! Algen und Sand brachen weg, und Roc sprang auf, um eine Reinigungslösung und einen Lappen zu holen. Er tauchte etwas von dem Stoff ein und begann an dem Stück zu reiben. Es fing an, silbern zu glänzen. Vorsichtig rieb er weiter.

Schließlich lehnte er sich zurück und schaute es an. Er nahm ein Vergrößerungsglas und prüfte aufgeregt das Teil. Es war ein Löffel. Fein gearbeitet und eindeutig sehr, sehr alt …

Er musste von der „Condesa“ stammen.

Roc prüfte das Design des Löffels und legte ihn dann sehr vorsichtig hin. Dann blätterte er rasch die Kopie der Ausrüstungsliste des gesunkenen Schiffes durch. Achtundachtzig Silberlöffel waren an Bord gewesen, die mit einer Art Krone verziert waren.

Erneut betrachtete er Melindas Fund. Wieder begannen seine Hände zu zittern. Sie waren dicht dran, sehr dicht dran. Die „Condesa“ musste irgendwo hier sein …

Roc stand rasch auf und nahm den Löffel mit in den Aufenthaltsraum neben der Kombüse.

Alle waren um den Tisch herum versammelt. Sie warteten neugierig. Connie und Melinda tranken Tee, Bruce und Peter Bier. Joe klopfte nervös mit den Fingern auf den Tisch. Marina saß hinter ihm, die Arme um seinen Hals geschlungen.

„Es sieht aus, als hätten wir Glück gehabt“, sagte er. Alle fuhren gleichzeitig herum. Roc holte den Löffel heraus. „Ich habe die Ausrüstungsliste überprüft. Sieht aus, als wäre es ein echter Volltreffer.“

Sie umarmten und küssten sich begeistert, und Roc schaute über Peter hinweg Melinda an, die ruhig dastand und seinen Blick erwiderte.

„Also hast du sie gefunden!“ rief Peter begeistert. „Die ‚Condesa‘. Genau, wie du immer gesagt hast.“

„Wir haben sie gefunden“, verbesserte Roc ihn leise. Er machte einen Schritt und legte den Löffel vor Melinda auf den Tisch, ohne sie aus den Augen zu lassen. „Genau genommen hat Melinda ihn gefunden. Ich gratuliere, Miss Davenport."

Er ließ den Löffel liegen, drehte sich um und ging schnell hinaus. Er musste an Deck, musste den Wind spüren, der durch sein Haar wehte und sein Gesicht kühlte.

Roc stützte die Hände auf die Reling. Er hätte vor Freude schreien sollen. Stattdessen blieb er still und atmete tief. Zwar bewies der Löffel nichts Genaues, aber da Roc immer geglaubt hatte, dass die „Condesa" hier irgendwo liegen musste, war der Löffel ein verdammt guter Hinweis darauf, dass sie dicht davor waren, den ganzen Schatz zu finden.

Warum freute er sich dann nicht? Roc umklammerte das Geländer so fest, dass die Adern in seinen Händen hervortraten. Er sah es und ließ los.

Vielleicht würde eine kalte Dusche helfen. Er trat von der Reling zurück und ging in seine Kabine. Erst duschte er kalt, dann heiß. Er schrubbte sich, wusch sich das Haar und nahm sich vor, zum Frisör zu gehen, sobald sie wieder an Land waren. Der Dampf stieg um ihn herum auf, und Roc merkte, dass er zu viel heißes Wasser benutzte. Aber es tat gut und linderte die Verkrampfungen seiner Muskeln.

Er zuckte zusammen, als er unter dem laufenden

Wasser hörte, wie sich die Tür zur Kabine öffnete, und hielt seine Hände still.

„Wer, zum Teufel, ist da?"

Einen Moment herrschte Schweigen.

„Wer …?"

„Ich bin es", verkündete Melinda. „Verdammt, du hast darauf bestanden, dass diese Kajüte mein Gefängnis sein soll."

„Was?"

Er hatte sie gehört, ihre Worte aber nicht verstanden. Sie kam näher, und Roc schaute über die Glastür der Duschkabine. Er bemerkte, dass sie unglücklich an der Tür zum Bad stand.

„Ich sagte, dass du darauf bestanden hast, dass deine Kajüte mein Gefängnis ist. Es tut mir Leid. Ich wollte dich nicht stören, sondern nur duschen. Ich wusste nicht, dass du schon drin warst, Käpt'n!" Sie salutierte kurz und sah aus, als sei sie bereit zu fliehen. Sie wirkte nicht annähernd so zuversichtlich, wie sie zu klingen versuchte.

Doch Melinda war immer zuversichtlich …

„Ich bin in einer Minute fertig."

Plötzlich wurde die Tür zu seiner Kabine aufgestoßen, und Connie kam hereingestürmt. „Ein Picknick, das ist es! Ein Barbecue! Wir müssen feiern, und die Träneninsel ist noch nicht einmal zwanzig Minuten entfernt. Wie findest du ... Oh!"

Connie sei Dank. Wenn sie aufgeregt war, bemerkte sie nichts, noch nicht einmal, wenn es direkt vor ihrer Nase lag. Es hatte ihre ganze Rede gedauert, bis sie gemerkt hatte, dass Roc in der Dusche war und Melinda an der Tür stand.

„Oh. Oh, es tut mir Leid! Ich habe euch nicht gesehen. Entschuldigt, ich ..."

„Connie, verdammt, es gibt nichts zu entschuldigen", stieß Roc gereizt hervor.

„Ich wollte dich nicht aufregen ...", sagte sie und schaute zwischen Roc und Melinda hin und her.

„Ich bin nicht aufgeregt!"

„Warum schreist du dann?"

„Du schreist wirklich", meinte Melinda gelassen.

Roc schlug die Hände vors Gesicht und stöhnte leise. „Verschwindet hier! Beide. Bitte. Connie, ich bin nicht wütend, und ein Picknick wäre himmlisch. Melinda, ich bin in zehn Minuten fertig. Und jetzt raus!"

Connie drehte sich um und stürmte hinaus. Melinda blieb stehen und schaute ihn verärgert an.

„Du hast das arme Mädchen jetzt gerade fast zu Tode erschreckt."

„Sie ist nicht erschreckt, dafür kennt sie mich zu gut."

„Wirklich?"

Klang da etwa so etwas wie Eifersucht in ihrer Stimme mit? Schwer zu sagen. Melinda stand in ihrer üblichen majestätischen Haltung da, mit erhobenem Kinn, blitzenden Augen und ihrer fantastischen Mähne. Sie hatte die Arme vor der Brust gekreuzt und lehnte völlig unbeeindruckt am Türrahmen. Nun, warum auch nicht? Schließlich hatte Roc noch nie eine Drohung wahr gemacht, bis auf ein einziges Mal.

Er holte tief Luft. „Sie kennt mich gut genug, um zu verschwinden, wenn ich sie darum bitte", fuhr er Melinda an.

„Ah ja, der große Kapitän spricht! Lasst uns alle schnell gehorchen, oder wir werden über die Planke geschickt."

„Raus!" wiederholte er warnend.

Melinda schaute ihn nur überheblich an.

Das Wasser schien immer heißer zu werden. „Wenn du nicht in dreißig Sekunden draußen bist, wirst du mit mir duschen", sagte er.

„Ich versuche nur dir klarzumachen, dass du nicht alle Leute mit deiner schlechten Laune einschüchtern kannst, nur weil ich den Beweis gefunden habe, nach dem du gesucht hast."

„Zehn Sekunden."

„Roc, ich habe dir gesagt …"

Er stieß die Tür auf, und Melinda schaute ihn an. Sie musterte ihn von Kopf bis Fuß.

„Warte, eine Sekunde …", sagte sie.

„Die Zeit ist abgelaufen", verkündete er.

Nun, sie hatte ihn ausgiebig betrachtet. Von oben bis unten. Vielleicht hatte es sogar ein paar Erinnerungen in ihr aufgewühlt. Aber Roc konnte nicht herausfinden, welche Erinnerungen, denn Melinda hatte sich umgedreht, um zu fliehen.

Zu spät. Er hatte sie gewarnt. Er packte sie bei den Schultern, drehte sie herum, bückte sich und warf sie sich einfach über die Schulter. Sie schrie erstickt auf.

Sie ist leicht, dachte Roc. Trotz ihres durchtrainierten Körpers, trotz ihrer einssiebzig Größe war sie leicht, als er sie anhob. Ihre blonden Locken fielen über seinen nackten Rücken und seine Schultern. Ihre Nägel gruben sich in seine nackte Haut, als sie versuchte, sich zu befreien.

Roc hätte fast aufgestöhnt, weil es so schmerzte, sie zu berühren. Er war schon erregt gewesen, was Melinda sicherlich gesehen hatte, und trotzdem bemerkte er zu seiner Verwirrung, dass sein Verlangen jetzt noch stärker wurde.

Sie zu berühren … war ein Fehler gewesen!

Er ging rasch in die Duschkabine und stellte Melinda unter das fließende Wasser. Es durchnässte ihre Haare und klebte sie ihr ans Gesicht. Sie stand unter dem Strahl und stützte sich an Rocs Schultern ab.

Sie schaute ihn wutentbrannt an. „Du mieser Hund!“

„Du hast selbst gesagt, dass du duschen wolltest“, erinnerte er sie und nahm ihre Hände von seinen Schultern. „Viel Vergnügen!“

Er wandte sich schnell ab und schloss die Tür hinter sich. Tropfnass griff er nach einem Handtuch und ging in die Kajüte. Er musste sich zusammennehmen, um nicht loszuschreien. Wütend trocknete er sich ab, zog Unterhose und Shorts an und schimpfte die ganze Zeit über Melinda, zornig über das, was sie noch immer mit ihm machen konnte.

Roc starrte auf die Badezimmertür. Jetzt war er halbwegs angezogen und wieder einigermaßen bei Sinnen. Und fair war fair.

Er durchquerte den Raum und stieß die Tür auf. Wie er vermutet hatte, hatte Melinda angenommen, dass er gegangen war.

Sie hatte den sexy Badeanzug mit dem freien Rückenteil und den tief ausgeschnittenen Schenkelausschnitten ausgezogen und über die Tür gehängt. Sie stand zur Wand gerichtet und wusch sich das Gesicht.

Die beschlagene Glastrennwand der Duschkabine betonte nur die faszinierenden Umrisse ihres wohlgeformten Körpers. Melinda wirkte wie ein Kunstwerk. Ihr Rücken war lang und wundervoll geformt, mit schmalen Hüften und einem perfekt geformten Po. Ihre Beine waren lang und geschmeidig …

Sie fuhr herum und begegnete seinem Blick. „Was?“

„Ich dachte, dass du vielleicht ein Handtuch brauchen würdest“, rief er gelassen und hängte seins über den Haken. „Mach nur weiter. Ich wollte dich nicht stören.“ Er hatte schon die Hand am Türknopf, um zu gehen, als er eine Sekunde innehielt. „Du hast ein paar Pfund zugelegt, was?“ Das war eine Lüge. Sie hatte kein Gramm zugenommen.

„Was?“ wollte sie wissen.

„Nichts.“

„Wirst du nun endlich verschwinden?“

„Sicher“, erwiderte er lächelnd.

Sie fuhr herum und stellte das Wasser ab. Er wollte gehen. Wirklich. Das hatte er vor. Aber seine Füße gehorchten seinem Gehirn einfach nicht. Stattdessen ging Roc zur Duschkabine und öffnete erneut die Glastür.

Dann packte er ihre Handgelenke und zog Melinda an seine nackte Brust. Er fühlte, wie ihr Herz klopfte. Er spürte ihre nackten Brüste, deren Spitzen sich verlockend gegen seine Haut pressten, merkte, wie er sich, obwohl seine Shorts nass wurden, an sie drückte.

Sie fühlte es auch. Alles. Die Haut, die Muskeln und … eben alles. Sie schaute ihn alarmiert an. Ihre Stimme sollte mutig klingen, selbstsicher, aber ihre Worte klangen rau. „Was machst du da, Roc?"

Ja, was machte er da? „Ich habe vergessen, mich dafür zu bedanken, dass du deinen Fund mit mir teilen willst", sagte er leise. Bevor Melinda erneut protestieren oder sich bewegen konnte, drückte er sie noch enger an sich.

Er hatte sich so sehr danach gesehnt. Er umfasste ihr Kinn mit der freien Hand und hob ihr Gesicht sanft an. Zart berührte er ihre Lippen mit seinem Mund, bedeckte sie ganz. Erst behutsam, dann kraftvoll und fordernd.

Sie protestierte leise, als er mit der Zunge ihre Lippen öffnete, wand sich in seinem Griff und strich so mit ihren Brüsten verführerisch über seine Haut.

Er drang tiefer in ihren Mund ein, genüsslich, forschend, spielerisch. Sie hörte plötzlich auf, sich zu wehren, und schmiegte sich an ihn. Ihr Herz schien zu hämmern …

Was, zum Teufel, machst du da? Die Frage stieg quälend in Roc auf. Er hatte sich danach gesehnt, Melinda zu berühren, das hatte er jetzt getan. Und damit ein höllisches Feuer in sich selbst entfacht. Verdammt …

Er unterbrach den Kuss und schaute in Melindas glänzende Augen. „Danke." Er musste sich zwingen, es leise zu sagen. „Vielen Dank."

„Verdammt sollst du sein, Roc Trellyn!" rief sie. „Verschwinde endlich!"

„Ich bin schon weg, Miss Davenport", verkündete er. Blindlings stürzte er von der Duschkabine fort.

Diesmal verließ Roc nicht nur das Bad, sondern auch die Kajüte, und schwor sich fluchend, dass er das nächste Mal die Tür fest verschließen würde.

6. KAPITEL

Melinda stand noch lange, nachdem Roc gegangen war, am ganzen Körper zitternd in der Duschkabine. Sie verwünschte Roc. Sie hatte gewusst, wie es sein würde, wenn er sie berührte. Sie versuchte weiterhin sich einzureden, dass sie nur hier war, weil sie ihm etwas schuldete. Dabei war sie hier, weil sie ihn begehrte. Aber das war so verrückt, so sinnlos und … so schmerzhaft.

Sie hätte Distanz wahren sollen. Schließlich musste sie vorsichtig sein. Sie konnte nicht herumlaufen und ihn herausfordern, weil …

Weil sie diejenige war, die verletzt werden würde. Wiederum.

Schließlich griff Melinda nach dem Handtuch, das Roc ihr gebracht hatte. Sein Handtuch, dachte sie, während sie sich damit heftig trocken rieb. Es duftete noch nach ihm …

Sie warf das Handtuch weg und stellte dann fest, dass sie nichts zum Anziehen hatte als ihren schwarzen Badeanzug. Es war das Einzige, was ihr hier an Bord gehörte. Blieben noch die Sachen, die Connie ihr geliehen hatte, aber die waren schon schmutzig.

Nun, sie konnte sich ja auch etwas von Roc leihen. Schließlich musste sie etwas anziehen.

Melinda biss sich auf die Lippe und erschauerte erneut, als sie daran dachte, wie Roc sie geküsst hatte. Es war mehr als nur ein einfacher Kuss gewesen. Aber das war es bei Roc immer. Irgendwie küsste er mit dem ganzen Körper, und sie konnte ihn auch ganz an sich fühlen …

Melinda erinnerte sich noch genau daran, wie Roc sich angefühlt hatte. An seine Härte, seine Lust, an das Feuer, das er tief in ihr entzündet hatte, ganz gleich, wie sehr sie sich auch dagegen gewehrt hatte. Und er hatte es fertig gebracht, sie einfach stehen zu lassen und wegzugehen – wie schon vor drei Jahren.

Jetzt stand sie wieder da. Weil du dich falsch verhalten hast! sagte sie sich wütend.

Er hätte es verdient, wenn sie völlig nackt an Deck gehen und sich damit entschuldigen würde, eine Gefangene zu sein und nichts zum Anziehen zu haben. Roc kümmerte sich um so etwas nicht. Ohne Connies Hilfe wäre sie schon in Schwierigkeiten geraten.

Connie, die so freundlich und niedlich war. Und die Melinda so eifersüchtig machte!

Melinda straffte die Schultern und schluckte. Nun, was die Kleidung anging …

Gerade als sie dastand und über das Dilemma nachdachte, klopfte Connie an die Tür und steckte den Kopf herein. Melinda hielt sich schnell das Badelaken vor den Körper und lächelte die kleine Blondine mit den großen braunen Augen gequält an.

„Danke, dass Sie gekommen sind. Ich habe gerade meine begrenzte Garderobe durchgesehen. Ich glaube, ich verstehe jetzt den Spruch ‚Ich habe nichts anzuziehen' ganz anders."

Connie lächelte. „Das habe ich mir gedacht. Ein Glück, dass wir fast dieselbe Größe haben, auch wenn Sie größer sind. Nun", meinte sie und trat zurück, „eigentlich haben Sie überall in jeder Hinsicht … mehr."

Melinda schaute sie forschend an. „Was?"

„Sie … Sie haben mehr Formen."

Melinda war von dem eigenartigen Kompliment verwirrt. „Connie, glauben Sie mir, Sie haben nirgendwo etwas zu wenig. Sie sind sehr hübsch, das wissen Sie doch bestimmt."

Connie schien ebenfalls verwirrt zu sein. „Wirklich?" fragte sie leise.

„Sicher", erwiderte Melinda verblüfft. „Sagen Ihnen diese Schafsköpfe hier das nicht gelegentlich?"

„Nun, Bruce ist mein Bruder, Joe ist verheiratet, Peter hat immer viel zu tun und …"

„Und Roc?“ fragte Melinda leise.

Connie senkte den Blick. „Roc ist ein sehr liebenswürdiger Mann“, antwortete sie. „Und sehr beschäftigt. Und er ist der Boss.“

Und sonst nichts? Melinda hätte die Frage gern laut gestellt, aber sie tat es nicht. Roc war normalerweise sehr liebenswürdig. Und sehr nett. Sie wusste das besser als jeder andere. Er hatte sich ihr gegenüber damals sehr liebevoll verhalten, als sie zugegeben hatte, dass sie sich verletzt und verloren fühlte, obwohl sie vorher so mies zu ihm gewesen war. Und dann habe ich es fertig gebracht, ihn zu verlieren, dachte sie.

Melinda schaute schnell weg. Sie würde das endlich überwinden müssen. Sie hätte niemals herkommen sollen. Und sie war ein Dummkopf, wenn sie Roc zu nah an sich heranließ. Er glaubte, dass sie ihn betrogen hatte, und würde ihr niemals vergeben. Wenn er sie berührte, dann nur, um sie zu verhöhnen, wie er es heute getan hatte.

Er hatte gezeigt, wie leicht es ihm fiel, sie zu verlassen. Schon zweimal. Ganz gleich, was sie für ihn empfand, sie würde ihn nicht mehr so nah an sich herankommen lassen. Sie liebte Roc immer noch, aber sie konnte es sich nicht leisten, von ihm ausgenutzt zu werden. Vielleicht war es wirklich besser, wenn er glaubte, dass sie gekommen war, um zu spionieren. Wenn er ihr misstraute und sie sich vom Leib hielt, war das sogar viel besser für sie.

Vielleicht hätte ich diesen verdammten Löffel nicht aufheben sollen, dachte Melinda. Es hatte ihn irgendwie geärgert. Er glaubte nicht, dass sie wirklich wollte, dass er den Fund machte.

Möglicherweise war das auch gut so.

Roc hatte mit der „Condesa“ vollkommen Recht behalten. Melinda erinnerte sich noch an eine Nacht, als sie beide mit einem Schiff ihres Vaters einfach so hinausgefahren waren, um ein Wochenende gemeinsam zu verbringen …

Sie hatte das Abendessen gemacht und war nach dem Aufräumen an Deck gekommen. Roc hatte im Mondschein mit einem Buch über die „Condesa“ in der Hand dagesessen. Irgendwie war Melinda schließlich auf seinem Schoß gelandet und hatte ihm zugehört.

„Sie irren sich alle“, hatte er gesagt. „Sieh nur auf den Kurs, den sie genommen hat. Sie liegt hier, irgendwo zwischen der Küste von Florida und den Bahamas. Sie ist direkt hier unter unserer Nase.“

„Warum hat sie dann keiner bisher gefunden?“ hatte Melinda lächelnd gefragt.

Er hatte sie geküsst. „Weil man manchmal die Schätze, die man direkt vor der Nase hat, nicht sieht!" hatte er gesagt. Und dann hatten sie nicht mehr weitergeredet, weil er sie geküsst hatte. Sie hatten die Sterne betrachtet und sich ineinander verloren …

Das ist lange vorbei! ermahnte Melinda sich. Und heute ist heute.

Connie schaute sie immer noch an, was Melinda daran erinnerte, dass sie mitten in einem Gespräch gewesen war, als sie sich von ihren Erinnerungen hatte überwältigen lassen. Ihr fiel wieder ein, dass Connie unverständlicherweise nicht viel Zutrauen in ihr attraktives Aussehen hatte.

„Nun", sagte Melinda und lächelte Connie freundlich an, „sie sind wirklich Schafsköpfe und blind obendrein, wenn sie nicht bemerken, dass Sie eine hübsche Frau sind. Und ich bin Ihnen sehr dankbar, dass Sie mir Kleidung leihen."

„Es ist schwierig, etwas mitzubringen, wenn man vorhat, sich in einem Fischernetz fangen zu lassen, nicht wahr?"

Melinda schaute Connie prüfend an. Sie fragte sich, ob sie einen Hintergedanken bei der Frage hatte. Als sie bemerkte, dass die andere Frau das anscheinend nur amüsant fand, lächelte sie zurück. „Richtig“, gab sie zu.

Connie hielt ihr einige Kleidungsstücke hin. „Ein paar davon sind von Marina, die an ein paar Stellen mehr Formen hat als ich …“ Sie lächelte ein bisschen bedauernd und fasste sich an die Brüste. „Auf jeden Fall haben Sie hier jede Menge Sachen, Büstenhalter, Höschen, Shorts, T-Shirts und ein paar Strandsachen. Es wird nur ein paar Tage reichen, aber wir haben eine Waschmaschine und einen Trockner in der Kombüse, und Marina wäscht Ihre Sachen mit, wann immer Sie wollen.“

„Danke“, meinte Melinda leise. Sie beobachtete mit klopfendem Herzen, wie Connie die Kleidungsstücke auf das Bett legte. Bruce’ Schwester konnte einfach keine Affäre mit Roc haben. Sie hätte das Auftauchen einer Ex-Frau, die gar keine „Ex“ war, niemals so gleichgültig hingenommen, wenn etwas zwischen ihr und Roc laufen würde. Schon gar nicht, wenn diese Frau auch noch in Rocs Kabine schlief.

„Darf ich Sie etwas Persönliches fragen?“ Connie zögerte ein wenig.

„Was Sie wollen. Ich weiß allerdings nicht, ob ich antworten werde“, erwiderte Melinda gelassen.

Connie lächelte. „Haben Sie spioniert? Wussten

Sie, dass es Rocs Schiff war? Ich meine, die Ausrede mit den Delfinen …"

„Ich liebe Delfine!" versicherte Melinda ihr vehement. „Und ich bin bei Vereinigungen engagiert, die Fischern beibringen wollen, sie nicht zu töten und trotzdem gute Fänge machen zu können."

Connie lachte. „Oh, ich glaube gern, dass Sie Delfine lieben. Ich liebe sie auch. Das tun wir alle. Aber was haben Sie wirklich in unserem Netz gemacht?"

Melinda zögerte. „Ich hatte so eine Ahnung, dass das hier kein Fischerboot war. Ich habe angenommen, dass die Besatzung die ‚Condesa' sucht."

„Also haben Sie spioniert!"

Melinda schüttelte den Kopf. „Nicht richtig. Ich will, dass Roc den Schatz findet. Ich erwarte nicht, dass Sie mir glauben, aber ich will wirklich, dass er ihn findet. Ich arbeite für niemanden."

„Nicht einmal für Ihren Vater?"

Melinda lächelte. „Sie kennen meinen Vater nicht, Connie. Er braucht niemanden, der für ihn spioniert. Er sucht allein, auf seine Art. Allerdings glaube ich …"

„Ja?"

„Ich glaube", fuhr Melinda gelassen fort, „dass

auch er will, dass Roc die ‚Condesa' findet. Vielleicht schulden wir ihm das. Beide."

Connie betrachtete sie forschend. „Nun, ich glaube Ihnen", sagte sie schließlich. Sie drehte sich um und ging zur Tür. Dort blieb sie stehen. „Sie sollten sich besser anziehen. Wir fahren mit dem Beiboot zur Insel, sobald Roc die ‚Crystal Lee' ein wenig näher herangebracht hat. Wir wollen den Fund feiern."

Connie ging und schloss die Kabinentür hinter sich. Melinda prüfte ihre neue Garderobe und entschied sich für ein kariertes Top und blaue Shorts. Sie spürte, wie das Boot losfuhr, als sie gerade den letzten Knopf schloss.

Sie ging zu der Kommode an der Wand neben dem Bett und nahm Rocs Bürste. Sie zögerte kurz und begann dann, sich die Haare zu bürsten. Als sie fertig war, betrachtete sie sich im Spiegel.

Du darfst nicht zu verletzlich aussehen, ermahnte sie sich. Oder noch besser: Sei nicht verletzlich!

Aber sie war es. Die anderen schienen zu glauben, dass sie von einer Art Rüstung geschützt wäre, dass Davenports Tochter stahlhart sein müsste. Gut, sollten sie das doch denken. Sie hatte auch einen Panzer – ihren Stolz. Aber es waren Kerben darin. Sehr viele Kerben.

Das Schiff hatte wieder gestoppt, und Melinda

spürte das Schaukeln, als es anhielt. Roc ordnete an, den Anker zu werfen, und Connie rief nach Hilfe bei den Tragetaschen. Melinda verließ eilig die Kabine, um Connie zu helfen. Schließlich wollten sie heute Abend ja feiern.

Es war noch nicht richtig Abend. Es war Abenddämmerung, die schönste Tageszeit. Sie ruderten mit dem Beiboot hinüber zu der Insel, als die Sonne langsam im Meer versank. Ihre Strahlen vergoldeten den blauen Horizont und das blaugrüne Meer.

Roc sprang ins Wasser, um das Dingi an Land zu ziehen. Er war barfuß wie die anderen auch. Peter folgte ihm und nahm ein paar Taschen aus dem Boot, die Connie und Melinda gepackt hatten. Der Rest der Mannschaft folgte schnell. Roc bemerkte verärgert, wie gut Melinda sich einfügte, als wäre auch sie angestellt worden, um nach dem Schatz zu suchen.

Nachdem er das Dingi an Land gezogen hatte und die anderen ein Loch für das Feuer gruben, machte er eine kleine Pause. Er schaute von dem wundervollen Sonnenuntergang auf die Szene vor ihm. Melinda kniete neben Marina und half dabei, den Sand aufzuschichten und die Kohlen hineinzulegen, die sie mitgebracht hatten.

Roc spürte, wie die Spannung in ihm anstieg, und

Melindas Kleidung trug nicht gerade dazu bei, sie zu mindern. Sie sollte Lumpen tragen, irgendwelche schlecht sitzenden Sachen wie zum Beispiel einen Kartoffelsack. Unsinn. Selbst in einem Kartoffelsack würde sie noch anziehend aussehen.

Aber es wäre nicht so herausfordernd wie das, was sie jetzt anhatte. Kurze, sehr kurze blaue Shorts, und ein blauweiß kariertes Top, das kaum etwas verhüllte. Er hatte sie vor kurzem noch nackt gesehen, und so war es nicht schwer für ihn, sich vorzustellen, was unter diesem Hauch von Kleidung war.

Er presste die Lippen zusammen. Seine Ex-Frau – na gut, seine Frau – brachte eindeutig sein Leben durcheinander.

Roc beobachtete Melinda weiter und sah zu, wie Bruce etwas zu ihr sagte. Sie lächelte ihn kurz an. Der arme Kerl würde noch über seine eigene Zunge stolpern, wenn sie ihn weiterhin so anlächelte.

Roc ging ein wenig den Strand hinunter. Schließlich blieb er stehen, mit den Füßen im Wasser, und betrachtete den Horizont. Melinda und er hatten viele Abende wie diesen erlebt, mit rotgoldenen Sonnenuntergängen, und auf den endlos wirkenden Ozean hinausgeschaut.

Seltsam, dachte Roc. Seit er wusste, dass ihm die

Faszination des Meeres im Blut lag, hatte er nicht mehr damit gerechnet, jemandem wie Melinda zu begegnen. Einer Frau, die glücklich und zufrieden an Bord eines Schiffes leben konnte, wie ein Fisch schwamm und wie ein Engel aussah. Er hatte gedacht, dass er allein bleiben würde, doch dann hatte er Davenports Tochter getroffen …

Nun, es war nicht einfach mit ihr gewesen. Melinda war eigensinnig, woran er jetzt immer wieder erinnert wurde. Sie hatten sich oft über ihren Leichtsinn gestritten, vor allem, wenn sie sich etwas in den Kopf gesetzt hatte. Roc hatte Melinda häufig aus dem Wasser geholt, wenn sie allein auf Suche gegangen war. Sie hatten sich angeschrien und gezankt, und gewöhnlich hatte er Recht behalten. Aber er hatte auch gewusst, wie er sie zärtlich in der Nacht versöhnen konnte, wenn der Ärger, der ihn so erhitzt hatte, zu einer Leidenschaft wurde, die alles, was vorher geschehen war, umso süßer machte.

Und so war es immer weitergegangen, bis sie das Wrack der „Infanta Beatriz“ gefunden hatten. Roc erinnerte sich daran, als wäre es erst gestern gewesen, und vergaß völlig, wo er war.

Die „Infanta“ war wie die „Condesa“ ein spanisches Schiff. Es wurde überliefert, dass sie am Nordende von Kuba gesunken sei, und es hielten sich auch die Gerüchte, dass sie gefunden worden sei. Sie sollte angeblich ein wenig lohnendes Ziel sein, weil sie in flachem Wasser gesunken und schon vor langer Zeit ausgebeutet worden war.

Dennoch hatte Roc alles über sie gelesen, was er in die Hände bekam. Ihn faszinierte die Aussicht, eine ungewöhnlich große Menge Schmuck zu finden, die sie möglicherweise an Bord gehabt hatte.

Er hatte mit Jonathan Davenport über das Schiff geredet und bei der Schilderung all seine Begeisterung aufgeboten, um ihn zu einer Suche zu überreden.

Aber Davenport war nicht überzeugt gewesen, so dass Roc seine Freizeit damit verbracht hatte, nach ihr zu tauchen. Auf eigene Rechnung. Dabei hatte ihn nicht der Wert des Schatzes gelockt, auch nicht die Idee zu beweisen, dass er auch allein etwas finden konnte, der Skepsis der anderen zum Trotz. Letztlich hatte Roc wegen der Freude am Tauchen weitergemacht, nicht um des Zieles willen. Wie jeder Jäger hatte er Freude an der Jagd.

Aber zufällig war er auf Davenports Schiff, als er die Halskette einer spanischen Dame fand, die an Bord der „Infanta" gewesen war. Sie war zwar sehr stark verkrustet, entpuppte sich aber als eine wundervolle Handarbeit aus Goldmünzen. Roc hatte gerade erst angefangen, sie zu reinigen, als er erfuhr, dass Davenport eine Pressekonferenz einberufen und seinen Anspruch auf die „Infanta Beatriz" angemeldet hatte. Als Roc wütend protestierte, hatte Davenport darauf bestanden, dass es sein Suchschiff gewesen war, das Roc benutzt hatte, und dass Roc schließlich für ihn arbeitete, auch wenn er allein gesucht hatte.

Natürlich hatte Davenport gewusst, dass sie nach der „Infanta" suchten. Und trotz der Tatsache, dass er sich geweigert hatte, es zu tun, wollte er von dem Erfolg profitieren.

Roc konnte den Zorn nicht vergessen, den er damals empfunden hatte. Und auch nicht, was geschah, nachdem er in die Kabine gestürmt war. Er hatte angenommen, dass Melinda ebenfalls empört sein würde.

Sie war empört, schön. Aber nicht über ihren Vater. Sie erinnerte Roc daran, dass es das Schiff ihres Vaters war.

„Wie kannst du nur so undankbar sein? Alles, was du bisher erreicht hast, verdankst du meinem Vater!"

„Melinda, er wollte nicht, dass ich ihn mit der ‚Infanta' belästigte. Er hat alles versucht, um mich von der Suche nach ihr abzuhalten."

Roc konnte sich noch gut an ihr Verhalten an diesem Abend erinnern. Sie hatte unzweifelhaft den lauten Streit zwischen ihm und ihrem Vater mitgehört, aber sie war einfach vor dem kleinen Schminktisch sitzen geblieben und hatte sich das Haar gekämmt. Sie hatte sich nicht einmal umgedreht, als Roc hereingekommen war, sondern ihn nur im Spiegel angesehen.

Da hätte es ihm schon klar sein müssen. Sie mochte seine Frau sein, aber zuerst und am meisten war sie Davenports Tochter.

„Roc, was macht das schon für einen Unterschied? Sein Fund, dein Fund? Es gibt noch mehr Schiffe. Der ganze Meeresboden ist voll von ihnen."

Roc trat neben sie. „Es wird keine Schiffe mehr für deinen Vater und mich zusammen geben", sagte er leise. „Wir gehen morgen früh."

Immerhin legte sie jetzt die Bürste weg. „Sei nicht albern! Natürlich werdet ihr noch mehr Schiffe zusammen suchen. Mein Vater hat dir den Gefallen getan und dich nach der ‚Infanta' suchen lassen. Roc, du musst ihm seinen Anteil geben. Ich glaube ..."

„Ich glaube, dass dein Vater wütend darüber ist, dass ich Recht hatte, und das nur nicht zugeben kann."

„Und ich finde, dass du dich wie ein ungezogener

Zweijähriger benimmst. Mein Vater hat gesagt, dass er dir sozusagen freie Hand gelassen hat. Mein Vater …"

„Dein Vater ist ein Lügner und ein Betrüger."

Melinda sprang plötzlich auf und verpasste ihm einen Kinnhaken. Roc konnte sich nicht erinnern, jemals in seinem Leben wütender gewesen zu sein, aber er schaffte es, einfach ihre Handgelenke zu umfassen.

„Ich werde morgen früh gehen", sagte er barsch. „Du musst dich heute Nacht entscheiden, ob du meine Frau oder seine Tochter bist."

Melinda erbleichte bei diesen Worten. Sie warf den Kopf zurück und schaute Roc mit funkelnden Augen an. „Du hast nicht das Recht dazu, einfach wegzugehen", wiederholte sie. „Ich bin deine Frau, aber ich bin auch seine Tochter."

„Wir gehen!"

„Das werden wir nicht! Wir werden morgen früh darüber reden."

„Nein, Melinda. Ich werde gehen." Und das würde er auch tun. Er war sich völlig sicher. Sein Innerstes schmerzte, als wäre etwas amputiert worden. Davenport war sein Chef, sein Lehrer, sein bester Freund und … sein Schwiegervater. Aber Roc konnte Jonathans Verhalten nicht einfach hinnehmen. Er war zu gut in seinem Job, um sich erst lächerlich machen und dann ausnutzen zu lassen. „Hältst du zu mir?“ fragte er Melinda.

Sie rutschte von ihm weg, und da wusste Roc die Antwort. Sie hielt nicht zu ihm, sondern zu ihrem Vater.

Der Schmerz in seinem Inneren wurde stärker. Er hatte sie geliebt, wirklich geliebt. Er liebte ihre Entschlossenheit, ihren Leichtsinn, die Art, wie sie anderen etwas beibrachte, ihnen half, ihnen etwas gab. Sie war manchmal so reserviert und unabhängig, dann wiederum konnte sie sich an ihn schmiegen und sich ihm hingeben, mit ihm unter einem sternenübersäten Himmel auf einem sanft wogenden Meer träumen.

Nun, das war vorbei. Sie vertraute ihrem Vater. Also war das hier ihre letzte Nacht.

Roc war immer noch wütend und schmerzerfüllt, aber Melinda hatte ihm den Rücken zugekehrt, die Schultern gestrafft, und war entschlossen, den Streit weiter auszufechten.

Doch Roc wusste, dass es vorbei war. Er ging zu ihr, strich ihr das Haar aus dem Nacken und küsste sie. Melinda drehte sich zu ihm, um weiterzustreiten, aber er schob ihr den Frotteemantel von den Schultern. Sie wollte etwas sagen, doch er verschloss ihr den Mund mit einem heißen Kuss. Ein paar Sekunden sperrte sie sich dagegen, dann erwiderte sie seine Leidenschaft genauso heftig.

Vielleicht wollte sie ihn davon überzeugen, dass er bleiben sollte. Während er wollte, dass sie sich nachts nach ihm sehnte, nachdem er gegangen war.

Roc schlief nicht in dieser Nacht. Er stand bei Morgenanbruch auf und packte seine Sachen. Den größten Teil seiner Ausrüstung ließ er zurück. Melinda schlief immer noch. Schließlich setzte er sich neben sie aufs Bett und weckte sie. Er wusste, dass er einen Teil von sich selbst hier zurückließ, vielleicht sogar sein Herz. Oder seine Seele.

Melinda wachte langsam auf und schaute ihn schlaftrunken an. Sie war bezaubernd, wenn sie mit zerzaustem Haar aufwachte.

„Kommst du mit?“ fragte er nur.

„Du kannst Dad doch nicht einfach im Stich lassen“, rief sie. Ihre aquamarinblauen Augen waren plötzlich wach und funkelten.

Das war genug. Roc wandte sich ab und ging zur Tür.

„Komm nie, niemals wieder!“ schrie sie wütend.

Roc drehte sich herum. „Wenn du dich für mich entscheiden solltest, kannst du jederzeit nachkommen.“

„Du willst wirklich gehen? Einfach so? Nach allem, was er für dich getan hat? Nach dem, was letzte Nacht geschehen ist?“

„Ja.“

Sie hob das Kinn. „Ich hasse dich!“ flüsterte sie außer sich. Ihre Lippen zitterten, und die Decke war ihr von den Schultern gerutscht. Ihre Augen glitzerten. Vor Wut? Oder waren es Tränen?

Roc ließ seine Tasche fallen und kniete neben ihr, riss sie in die Arme, unfähig, sie loszulassen. Sie schlug mit den Fäusten gegen seine Schultern und auf seinen Rücken, dann grub sie die Nägel in seine Haut. „Ich hasse dich, ich hasse dich, ich hasse dich!“ rief sie, hielt ihn aber dennoch fest. Sie umklammerte ihn, als er sie küsste, liebkoste und ihren Körper mit Zärtlichkeiten bedeckte.

Roc versuchte sich einzureden, dass es noch mehr Frauen auf der Welt gab. Er wusste, dass er noch einmal zurückgekommen war, weil er es nicht ertragen konnte zu gehen. Er musste sich an sie erinnern können, an jeden einzelnen Zentimeter ihres Körpers, an ihren Geschmack. Doch irgendwann versiegte die Leidenschaft und auch die Wut.

Und dann flüsterte Melinda: „Ich kann nicht glauben, dass du mich wirklich verlässt.“

„Ich verlasse nicht dich, sondern deinen Vater."

Melinda erstarrte, und dann kam Leben in sie. Sie raste, warf mit Kissen und Decken um sich und wich an das Kopfende des Bettes zurück, von wo aus sie ihn unnachgiebig anschaute. „Ich dachte, du würdest ..."

„Melinda, ich habe es jetzt ein dutzend Mal gesagt. Ich werde gehen! Ich verlasse die Dienste deines Vaters, nicht dich. Wenn du hier bleiben willst, bist du diejenige, die mich verlässt."

Er musste ihr den Rücken zuwenden und zog sich mechanisch an, ohne sich zu ihr umzudrehen.

„Ich hasse dich!"

Die Worte schienen sich in seinen Rücken zu brennen. „Melinda ..."

„Wenn du gehen willst, geh! Verschwinde!"

Er griff nach ihr, aber sie wich bis zur Wand zurück. „Geh!" flüsterte sie.

Es blieb Roc nichts mehr übrig. Er wandte sich um, und diesmal verließ er sie wirklich. Aber während er über den Kai ging, hoffte er, dass Melinda hinter ihm auftauchen würde. Schreiend vielleicht, verächtlich, und dass sie ihm sagte, dass er nicht das Recht hatte, sich so zu verhalten, irgendetwas sagte, oder ihn vielleicht sogar überredete zu bleiben.

Aber sie kam nicht. In Key West machte Roc keinen

Hehl aus seinen Absichten, so dass jeder wusste, was er in den nächsten Tagen vorhatte. Jeder hätte ihn finden können, wenn er es gewollt hätte.

Melinda hatte es nicht gewollt.

„Ich hasse dich", hatte sie gesagt. Es waren leidenschaftliche Worte, ärgerliche Worte, die sie in der Erregung ausgesprochen hatte. Sie konnte sie nicht ernst gemeint haben.

Vielleicht hatte sie es doch getan. Denn zwei Tage später stach das Schiff ihres Vaters in See, und Melinda segelte mit ihm.

Roc hatte sie seitdem nicht mehr gesehen. Er hatte natürlich von ihr gehört. Sie hatte während der letzten Jahre selbst ein paar Funde gemacht, und jedes Mal, wenn ihr Vater erwähnt wurde, tauchte auch sie in den Schlagzeilen auf. Die Presse liebte Jonathan Davenport und seine schöne Tochter. Jeder mochte Meerjungfrauen …

Roc zwang sich dazu, in die Gegenwart zurückzukehren, und stellte fest, dass die Sonne beinahe schon untergegangen war.

Seine Crew hatte mittlerweile ein wunderschönes Feuer am Strand entzündet, und die gelben Flammen wetteiferten mit der Farbe des Sonnenunterganges.

Roc fror plötzlich und schaute an dem Feuer vorbei. Er fühlte sich nicht ganz wohl.

Joe hatte den Grill über die Kohlen in den Sand gestellt, und Connie und Marina legten eifrig Fischfilets und Hähnchenteile darauf. Peter bereitete etwas in einer Pfanne zu, und Bruce lag im Sand auf einem Handtuch, hatte ein Bier in der Hand und schien alles zu überwachen.

„Sei vorsichtig mit dem Fisch, Marina", sagte er. „Die frischen Filets brauchen nicht mehr als fünf Minuten von jeder Seite."

Marina schaute ihn warnend an.

Roc sprang auf die Füße, als er merkte, dass Melinda nirgendwo zu sehen war. Er trat ans Feuer. „Wo ist sie?" wollte er wissen und schaute sich finster um. Verwirrt bemerkte er, dass er plötzlich Angst und Sorge empfand.

Bruce schien die Spannung in Rocs Stimme zu verblüffen. Sie starrten alle ihren Kapitän an.

„Sie wollte um die Insel herumgehen", meinte Bruce. „Sie kann von hier aus nirgendwohin gehen, Roc. Ich meine, sie kann niemandem etwas erzählen."

„Nein, aber die Närrin könnte vielleicht wieder schwimmen gehen", erwiderte Roc finster. „Wohin ist sie gegangen?"

Bruce deutete auf den Strand zu seiner Linken.

„Das Meer ist heute ruhig, und die Bucht auf der andere Seite ist gut geschützt“, erinnerte Marina ihn gelassen.

Roc nickte knapp, wandte sich dann um und ging den Strand entlang. Er machte lange Schritte, denn es würde nicht mehr lange hell sein. Die roten Streifen am Himmel wurden von dem Grau überlagert, das die rasch heraufziehende Nacht ankündigte.

Seine Leute kannten Melinda einfach nicht. Über das Thema, ohne Begleitung zu schwimmen, hatte er sich oft mit ihr gestritten. Sie hatte immer alle gelehrt, niemals allein zu schwimmen oder zu tauchen, aber sie selbst schien sich für unverwundbar zu halten. Und wenn sie aufgeregt war, was sie im Moment unzweifelhaft war, vertrieb sie ihren Unmut oder Zorn am liebsten durch Schwimmen. Nachts gab es so viele Gefahren. Am Tage wussten sie beide, wie sie mit neugierigen Haien umgehen mussten. Aber nachts konnten sie leicht auf einen hungrigen Jäger stoßen, der Melinda appetitlich fand. Makos, Zitronenhaie, Hammerhaie, Blauhaie und noch andere Arten waren hier unterwegs.

Roc ging noch schneller. Sein Herz klopfte heftig, als er an einem kleinen Wäldchen vorbeikam, aber er sah Melinda immer noch nicht. Er überquerte eine Düne und gelangte in eine Vertiefung, die von allen Seiten von Büschen und Dünen geschützt war. Es wurde schon dunkel.

„Verdammt!“ stieß er leise hervor. Seine Angst wuchs. Er schaute hoch, als es plötzlich heller wurde. Der Mond war zu sehen, groß und voll, obwohl es immer noch ein wenig Tageslicht gab. Er war hinter einer großen Wolke verborgen gewesen, die jetzt wegtrieb.

Und dann sah Roc Melinda endlich. Sie stand da und schaute einfach aufs Meer hinaus. Groß, schlank und allein stand sie da, ihr Kinn hoch erhoben, die Schultern gestrafft, den Rücken kerzengerade. So hatte sie auch in der Nacht dagestanden, als sie sich gegen ihn entschieden hatte.

Und Roc wollte sie jetzt genauso berühren wie damals. So wie er sie damals begehrt hatte, begehrte er sie auch jetzt. Du warst ein Narr! sagte er sich, dass du das alles aufgegeben hast.

Roc ging lautlos auf sie zu und blieb dicht hinter ihr stehen, als der Wind durch ihr Haar wehte. Er trat einen Schritt näher. Ihr Top ließ die Schultern frei, und Roc legte seine linke Hand auf ihren Oberarm, während er mit der rechten das Haar ganz aus ihrem

Nacken schob. Er drückte die Lippen auf die nackte Haut und atmete tief ihren köstlichen Duft ein.

Melinda versteifte sich leicht. Sie stand immer noch hoch aufgerichtet da, und er rechnete damit, dass sie sich gleich herumdrehen und ihn ohrfeigen würde …

Aber sie tat es nicht. Er küsste ihren Nacken, dann ihre Schulter und reizte mit der Zunge ihre Haut. Roc spürte sein wachsendes Verlangen und merkte, dass auch Melinda leicht erbebte …

„Roc …“, sagte sie leise und wollte sich umdrehen.

„Nein“, meinte er. Er wollte keinen Widerspruch hören. Er ergriff den Saum ihres elastischen Shirts mit den Fingern und zog es herunter, bis ihr Busen entblößt war. Mit den Händen umfasste er sie von hinten und bedeckte ihre Brüste, streichelte die Haut um die Knospen. Melinda stöhnte leise, als er sie weiter liebkoste und küsste. Langsam küsste. Er genoss ihre Haut unter seinen rauen Händen.

Roc zog ihr Top weiter hinab, über ihren Bauch, während er sie unablässig streichelte. Er knöpfte ihre Hose auf, öffnete den Reißverschluss und legte die Hand auf ihren Bauch, glitt weiter hinab bis zu dem goldgelockten Dreieck.

Melinda stieß einen erstickten Laut aus. Roc drängte sich dichter an sie, küsste ihr Ohr und ihren Hals.

„Weise mich nicht ab“, flüsterte er heiser, als er fühlte, wie heftig sie zitterte. Sein Verlangen schien zu einem Brennen zu werden.

„Die anderen …“

„Sie werden nicht hierher kommen, das versichere ich dir.“

Melinda schwieg, als er ihr Top, Shorts und das Höschen darunter auszog und in den Sand fallen ließ. Voller Anmut stand sie vor ihm, nackt wie eine antike Göttin. Das Mondlicht schimmerte sanft auf ihren Schultern. Schließlich drehte sie sich in seinen Armen herum und schaute ihm ins Gesicht.

„Das ist ein Fehler …“, begann sie ernst, während sie ihn mit einem verwirrten und verlangenden Ausdruck ihrer aquamarinblauen Augen anschaute.

„Ich habe viele Fehler gemacht“, erklärte Roc, zog sie dann erneut an sich, hob sie hoch und legte sie auf den kühlen, einladenden Sand. Er umschlang sie, küsste sie leidenschaftlich, erforschte sie und entfachte ihr Verlangen.

Dann unterbrach Roc den Kuss, und Melinda schaute ihm in die Augen. Ihre Lippen waren noch leicht geöffnet und feucht, ihr Atem kam stoßweise, und das sanfte Senken und Heben ihrer Brüste wirkte im Licht des Mondes unglaublich verführerisch.

„Jetzt wirst du vermutlich wieder gehen“, sagte sie herausfordernd.

Roc schüttelte langsam den Kopf, während er ihren Anblick in sich aufnahm. Er musterte die perfekte Schönheit ihres Gesichts, und dann glitt sein Blick hinunter zu ihren vollendet geformten Hüften. „Nein“, sagte er heiser.

„Vielleicht sollte ich diesmal gehen“, schlug sie leise vor.

Erneut schüttelte Roc den Kopf. „Keine Chance … Keine Chance.“

Dann küsste er sie.

7. KAPITEL

Melinda hatte Rocs Gegenwart wahrgenommen, lange bevor er sie berührt hatte. Seine Schritte waren auf dem Sand zwar beinahe lautlos gewesen, aber sie hatte ihn trotzdem gehört, ihn gespürt. Sie wusste, dass er da war, hinter ihr stand, sie beobachtete und wartete. Und nachdachte.

Was dachte er? Dass sie in einem Fischernetz wieder in sein Leben gekommen war, um ihn auszuspionieren? Nein, jedenfalls nicht im Moment.

Melinda spürte die Spannung, die Hitze und das Knistern. Sie wusste, dass sie nicht streiten würden und dass Roc noch näher kommen würde. Und sie hatte sich nicht gerührt.

Irgendwie hatte sie gewusst, dass er sie berühren würde, und eine innere Stimme hatte sie davor gewarnt, ihm zu trauen. Doch es war egal, wie viel Verbitterung zwischen ihnen herrschte, wie viel Ärger oder Misstrauen … Als seine Hände ihre Haut berührten, er ihren Nacken küsste, lag in seiner Berührung so viel Zärtlichkeit, dass er sie damit wie aus einem tiefen Schlaf erweckte. Als hätte sie all die Jahre nur darauf gewartet. Vielleicht hatte sie das ja auch.

Eigenartig, wie kühl der Sand unter ihr war, fest, endlos weiß und sauber. Roc schaute sie mit derselben Leidenschaftlichkeit und Entschlossenheit an, die auch in seiner Stimme geklungen hatten. Das Kobaltblau seiner Augen schimmerte intensiv im Mondlicht. Melinda erschauerte. Der Sand war kalt und die Luft kühl, aber dennoch war ihre Haut heiß …

Dann fühlte sie Rocs Lippen auf den ihren. Er schien sie eine Ewigkeit lang zu küssen, nur ihre Münder berührten sich, so dass der Rest ihres Körpers kalt blieb, wie der Sand, sehnsüchtig und nach mehr verlangend.

Dann löste Roc sich unvermittelt von ihr. Melinda spürte die Kälte jetzt noch deutlicher und hörte die Brandung am Ufer. Sie öffnete die Augen und sah den Mond. Einen Moment fürchtete sie, dass Roc sie verlassen hätte, weil sein Zorn und seine Verbitterung so groß waren, dass er selbst jetzt noch wieder gehen könnte. Die Angst war so stark, dass ihr die Sehnsucht Tränen in die Augen trieb.

Dann jedoch war ihr nicht mehr kalt, und sie fühlte sich auch nicht mehr einsam. Roc hatte sich nur seiner Kleidung entledigt. Seine heiße Haut ließ eine verwirrende Hitze und ein Gefühl von Erfüllung in ihr aufsteigen, als er sich auf sie legte. Er verschränkte seine

Finger mit ihren, und der sengende Blick seiner Augen entfachte ihr heißes Verlangen erneut.

„Verdammt, es ist schon so lange her", flüsterte er heiser. „Sehr, sehr lange ..."

Ewigkeiten, hätte sie gern geflüstert. Viel zu lange ... Aber Melinda wagte nicht zu sprechen, und selbst wenn sie es gewollt hätte, wäre kein Laut über ihre Lippen gekommen. Sie schloss die Augen und überließ sich dem Gefühl, seine Beine zu spüren, seine Brust. Sie genoss, wie er seine Hüften hart gegen sie presste ...

Roc bewegte sich und teilte mit dem Knie ihre Beine. Als Melinda die Augen öffnete, sah sie, dass er sich wartend über sie beugte. Ihre Blicke begegneten sich, und dann drang er mit einer plötzlichen Bewegung in sie ein. Ein leiser Schrei entfuhr ihr, und Roc hielt inne, bis Melinda ihre Finger in seine Schultern grub und sich an ihn presste. Sie begehrte ihn, brauchte ihn, wollte geben und nehmen, lieben und geliebt werden.

In diesem Moment hüllte der Mond sie mit seinem sanften Schimmer ein.

Melinda hatte vergessen, wie wundervoll es sein konnte. Rocs Berührung, seine Kraft und seine Zärtlichkeit. Die Freude, ihn in sich zu fühlen, erwärmte sie und erzeugte dann eine Hitze, die sie rasch durchströmte und bis ins Innerste traf … Nein, Erinnerungen konnten das nicht ersetzen.

Roc küsste ihre Lippen, dann ihre Brüste, liebkoste und streichelte sie. Dabei bewegte er sich ständig in ihr, und jeder Stoß brachte Melinda näher an den überwältigenden Höhepunkt. Er strich über ihren Po, drückte sie noch fester an sich und wurde immer mehr eins mit ihr. Trotz des leichten Windes waren ihre Körper vor Leidenschaft erhitzt, heiß von dem Feuer, das in ihnen glühte.

Melinda hielt den Atem an und rang dann wieder nach Luft. Sie schloss die Augen, um den Moment intensiver genießen zu können, dann öffnete sie sie erneut und bemerkte die Spannung in Rocs Miene, in den Muskeln seines Nackens und seiner Arme. Erneut küsste er sie, dann versteifte er sich und drang so tief in sie ein, dass Melinda glaubte, vor Lust vergehen zu müssen. Aber das tat sie nicht. Stattdessen durchströmte sie plötzlich ein köstliches Gefühl der Erfüllung. Für einige Augenblicke nahm sie Roc kaum noch wahr, obwohl er sie fest umklammert hielt und schließlich unter der letzten Welle der Lust erbebte, bevor er neben ihr zu Boden sank.

Melinda erschauerte vor Kälte, als sein warmer Körper sie nicht mehr schützte.

Roc lag einfach da und atmete stoßweise. Dann richtete er sich auf, umschlang die Knie mit den Armen und starrte auf die dunkle Brandung hinaus.

„Verdammt!“ sagte er leise.

Melinda presste die Lippen zusammen und versuchte die Tränen zu unterdrücken, die ihr in die Augen stiegen. Nach drei Jahren erlebten sie etwas so Wundervolles, und er sagte nichts weiter als „Verdammt“?

Sie richtete sich auf. Roc war schon aufgestanden und griff nach seinen Shorts. Jetzt warf er ihr das Top zu. „Zieh dich an!“ befahl er rau.

Sie fing es auf und schaute Roc wütend an. „Das hatte ich auch vor“, versicherte sie ihm. „Du bist der rücksichtsloseste Mann, mit dem ich jemals …“

Sie ließ das Top fallen, als Roc sie plötzlich auf die Füße zog. Sie standen beide nackt im Mondlicht, und Melinda fröstelte, als Roc sie eindringlich anschaute. Nur das Rauschen des Meeres war zu hören.

„Der rücksichtsloseste Mann, mit dem du jemals was?“ wollte er wissen. „Mit dem du jemals geschlafen hast? Wolltest du das sagen? Ich vermute, dass Eric Longford wesentlich höflicher ist. Hat er dir auch so höflich vorgeschlagen, dass du allein ins Netz tauchen und herausfinden solltest, was ich über die ‚Condesa‘

weiß? Hat er vorgeschlagen, dass du so weit gehen sollst?“

„Was?“ Melinda konnte nicht glauben, was sie da hörte. Sie riss sich mit überraschender Kraft los und holte zum Schlag gegen Roc aus, aber er war vorbereitet. Doch selbst, als er ihr Handgelenk abfing und sie gegen sich presste, traf sie seine Brust mit ihrer freien Hand. Sie kämpfte immer noch entschlossen und setzte ihr ganzes Gewicht gegen ihn ein.

„Du kleine Hexe“, sagte er wütend und versuchte ihre freie Hand zu ergreifen, trat zurück und stolperte über eine Dünenpflanze.

Sie stürzten beide in den Sand und rollten hinunter.

Melinda fing sich als Erste und versuchte aufzustehen, aber Roc hielt sie fest. „Wage es nicht, mich anzufassen ...“

„Melinda ...“

„Ich meine es ernst!“ Ihr standen die Tränen in den Augen, und sie hatte keine Chance, sie wegzuwischen.

„Verdammt, Melinda, ich wünschte, ich könnte dir glauben.“

„Es ist mir völlig egal, was du glaubst. Lass mich in Ruhe, verschwinde!“

Aber das tat Roc nicht. Er war genauso wütend

wie sie und dachte gar nicht daran, sie freizugeben. „Würdest du mir erklären, welche Beziehung du zu Eric Longford hast?“ fragte er aufgebracht.

„Nein, das werde ich nicht“, konterte sie wütend. „Du hast doch schon längst entschieden, was für eine es ist. Und ich werde dir nicht das Geringste erzählen!“

Roc hockte sich mit gekreuzten Armen auf sie. Melinda kämpfte darum, freizukommen, aber seine Beine um ihre Hüften hinderten sie daran.

„Ich werde schreien“, versprach sie. „Dann werde ich dir die Augen auskratzen. Und dann werde ich ...“

„Longford“, unterbrach er sie schnell.

„Ich werde deine Brust zerquetschen, und wenn das nicht reicht, dann werde ich dich beißen.“

Roc schaute sie fragend an. „Wie hart und wohin?“ fragte er höflich.

„Oh!“ Sie holte aus, aber er fing ihre Hand ab und beugte sich dicht zu ihr hinab.

„Ich werde dich wirklich gleich verletzen“, stieß sie zwischen zusammengebissenen Zähnen hervor.

„Du hast mich vor drei Jahren wirklich verletzt“, sagte er leise.

„Du hast mich verlassen!“

„Du hast dich geweigert, mit mir zu kommen.“

Sie schloss die Augen. „Ich werde dich in dreißig Sekunden bewusstlos schlagen."

Er beugte sich noch tiefer zu ihr hinab. Sein Brusthaar kitzelte ihre nackten Brüste. „Keine Chance", versicherte er ihr.

„Bitte, steh auf!" sagte sie schließlich.

„Ich möchte wissen, was mit Longford ist."

„Wirst du mir glauben?" fragte sie.

Roc lehnte sich zurück und schaute sie an. Melinda zitterte leicht. Es war seltsam. Drei Jahre waren sie getrennt gewesen, und nachdem sie nun weniger als vierundzwanzig Stunden wieder zusammen waren, lagen sie hier nackt im Sand und stritten sich. Der nackte Teil war in Ordnung. Die Dinge, die er gesagt hatte, nicht.

„Sieh mich an", forderte Roc sie leise auf. „Schau mir in die Augen. Ich glaube dir alles, was du sagst."

Melinda zögerte. Ihr Leben ging ihn nichts an, und sie wollte ihm keine Macht über sich geben. Außerdem war sie ziemlich sicher, dass er keineswegs so lächerlich keusch gelebt hatte wie sie. Aber er war anscheinend zu allem entschlossen. Rücksichtslos und leidenschaftlich wie immer, wenn er etwas herausfinden wollte …

„Zwischen Eric Longford und mir ist nichts", sagte

sie, während sie ihm in die Augen schaute. „Wir haben ein paar Mal zusammen gegessen, sind getaucht und haben uns unterhalten."

Roc bewegte sich eine lange Zeit nicht. Er schloss einen Moment die Augen und schaute Melinda dann prüfend an. „Wirklich nicht?"

„Ich habe dir gerade gesagt …"

„Entschuldige."

„Wenn du jetzt bitte …"

„Was war das für eine Bemerkung?"

„Welche Bemerkung?" Melinda verzweifelte fast.

„Dass ich der rücksichtsloseste Mann wäre, mit dem du jemals geschlafen hast."

Wut stieg in ihr hoch, und sie ballte die Fäuste. „Du bist der dümmste Mann, den ich jemals getroffen habe!" rief sie. „Ich habe das Wort ‚geschlafen' niemals ausgesprochen, und du hast mir nicht die Chance gegeben, den Satz zu beenden. Du bist der rücksichtsloseste Mann, mit dem ich jemals etwas zu schaffen hatte. Schaffen, nicht schlafen!"

Roc schien von ihrem Ärger unbeeindruckt zu sein und hielt sie weiterhin fest. „Also, mit wem hast du dich getroffen?" wollte er wissen.

„Das geht dich nichts an. Und wenn du …"

„Mit wem?"

„Lass mich aufstehen!"

„Antworte erst."

„In zwei Sekunden werde ich schreien!"

„Du wirst hier nicht viel Hilfe bekommen", erwiderte er gelassen. „Ich habe eine sehr loyale Mannschaft. Und jetzt sag mir, mit wem, Melinda."

Sie schaute ihn an. Sie spürte den Sand unter sich, fühlte die Kraft von Rocs Schenkeln und die Intimität, die seine Sitzhaltung auf ihr hatte. Der kalte Wind strich über ihren Körper und versteifte ihre Brustspitzen, und Melinda wurde plötzlich bewusst, dass er völlig nackt auf ihr saß und dass auch sie nackt war ...

„Mit keinem", sagte sie leise.

„Mit wem?"

„Mit keinem!" fuhr sie ihn aufgebracht an. „Würdest du jetzt bitte ..."

„Du meinst, du hast mit niemandem ... Du bist mit niemandem während der letzten drei Jahre ausgegangen?"

„Wenn du damit meinst, ob ich mit jemandem während der letzten drei Jahre geschlafen habe, ist die Antwort nein. Verdammt, das hier sollte ein Barbecue werden und nicht ‚Meine wahre Geschichte'. Wenn du bitte ..."

Roc stand auf, reichte ihr die Hand und zog sie hoch. Melinda wollte an ihm vorbeigehen und ihre Kleidung aufheben, aber er hielt sie fest.

„Was hast du dann draußen auf dem Meer mit Longford gemacht?"

„Ich bin getaucht."

„Und er hat dich einfach zurückgelassen?"

Sie seufzte. „Ja. Ich dachte, dass die ‚Crystal Lee' dein Schiff sein könnte, und wenn nicht, konnte sie ja immerhin auch nach einem Schatz suchen. Ich glaubte nicht, dass sie ein Fischerboot war."

„Und wenn es nun nicht mein Schiff gewesen wäre, sondern Drogenhändlern gehört hätte? Oder jemandem, der bereit gewesen wäre, dir die Kehle aufzuschlitzen, weil du ihm in die Quere gekommen bist?"

„Ich kann auf mich selbst aufpassen."

Er stöhnte auf. „Sicher. Du schwimmst einfach in ein Fischernetz. Dass du älter geworden bist, scheint deinem gesunden Menschenverstand nicht gut getan zu haben."

„Und es hat deine Manieren auch nicht verbessert."

„Dein Leichtsinn ..."

„Geht dich nichts an."

„Das tut es wohl", sagte er leise und ließ sie los.

Er schaute sie abschätzend an. „Solange wir nichts dagegen unternehmen, bist du immer noch meine Frau."

„Das sollte dich nicht kümmern."

„Das tut es aber." Er musterte sie von Kopf bis Fuß. Melinda wurde warm unter seinem Blick, und sie errötete am ganzen Körper.

Dann schaute Roc ihr wieder in die Augen. „Wir sollten uns wirklich besser anziehen. Meine Crew kann jede Minute hier sein."

„Würden sie ihrem großen Chef folgen, wenn er den Eindruck vermittelt hat, dass er seinem Privatvergnügen nachgeht?" meinte sie spöttisch.

„Mittlerweile glauben sie bestimmt, dass wir beide von Haien gefressen worden sind", sagte er gelassen. „Zieh dich an, bevor jemand kommt."

Melinda drehte sich um und schlüpfte rasch in die Kleidungsstücke. Als sie sich dann wieder umwandte, war er bereits angezogen und ging den Weg zurück, den er gekommen war.

„Ich bin sicher, dass das Dinner schon fertig ist", rief er ihr über die Schulter zu. „Lass uns zurückgehen."

„Vielleicht gehe ich lieber noch ein wenig schwimmen", konterte sie.

Und dann machte sie den Fehler, sich von ihm abzuwenden. Sie hörte seine Schritte hinter sich. Er konnte genauso schnell laufen wie schwimmen. Melinda rang nach Luft, als er sie auf seine Arme hob. „Du kannst nachts nicht allein schwimmen, du kleiner Idiot! Verdammt, du bist die eigensinnigste und leichtsinnigste Frau, mit der ich jemals …"

„Geschlafen habe?" fragte sie.

Er schwieg einen Moment. Dann lächelte er. „Ich wollte sagen, etwas zu schaffen gehabt habe."

Er ging den Strand entlang. Melinda genoss es, getragen zu werden. Es war wundervoll. Schließlich schaute sie Roc forschend an.

„Mit wem schläfst du denn im Moment so?" fragte sie, bemüht, ihre Stimme gelassen klingen zu lassen.

Roc sah mutwillig auf sie herab. „Das geht dich nichts an."

Sie versteifte sich. „Du Mistkerl!" rief sie wütend und drückte gegen seine Brust, bis er sie halb absetzte und halb fallen ließ.

„He!" Er packte ihren Arm, als sie an ihm vorbeilaufen wollte.

Sie schaute ihm ins Gesicht und ballte die Hände zu Fäusten. Ihre Augen blitzten vor Zorn. „Du hast mich festgehalten und mich dazu gezwungen, dir mein

Leben zu erzählen, und jetzt sagst du mir, dass deins mich nichts angeht?"

Er neigte den Kopf und dachte einen Moment nach. „Richtig", sagte er schließlich. Und dann ging er weiter.

Melinda lief hinter ihm her. „Roc, du Bast..."

Er unterbrach sie, indem er einen Finger auf ihre Lippen legte. Sein Blick war eindringlich, als er mit heiserer Stimme antwortete: „Ich werde dir Folgendes sagen: Ich habe nie, niemals in meinem Leben mit jemandem wie dir geschlafen. Niemals. Und jetzt komm ... Miss Davenport."

Melinda wirbelte herum. Die Wirkung, die seine Worte auf sie hatten, verwirrte sie. Sie war den Tränen nahe. Es ging ihr besser, wenn er barsch war, wütend mit ihr war oder fordernd.

Sie ging mehrere Schritte vor ihm. Als sie schließlich die Mannschaft sah, bemerkte sie, dass Connie vor dem Feuer besorgt auf- und abging. Marina starrte hinein, und Joe, Peter und Bruce schauten in die Richtung, aus der Roc und sie kamen.

Das schlechte Gewissen plagte sie. Sie machten sich alle Sorgen. Und fragten sich natürlich, ob sie ihren Chef retten oder ihn seiner privaten ... Erholung überlassen sollten.

Connie blieb stehen. Und die drei Männer schauten angelegentlich in eine andere Richtung.

„Irgendetwas duftet hier wundervoll", rief Melinda. Ihre Stimme bebte nur leicht. Sie konnte fühlen, wie sie errötete. Wussten etwa alle, was sie gemacht hatten?

Roc war dichter hinter ihr, als sie gedacht hatte. Sie wäre fast zusammengezuckt, als er unmittelbar hinter ihr redete. „Nun, habt ihr schon mit dem Essen angefangen? Auf was warten wir? Connie, hast du ein kaltes Bier für mich?"

„Sicher. Wir … nun, wir haben irgendwie gewartet. Allerdings war der Fisch zu verführerisch. Aber Marina hat noch mehr. Wir legen ihn gleich auf den Grill."

Roc schüttelte den Kopf und nahm das Bier, das Connie ihm reichte. „Mir genügt das Hähnchen."

„Mir auch", stimmte Melinda schnell zu.

„Es gibt noch genug", sagte Marina, deren dunkle Augen keine Neugier verrieten.

„Wir essen ein andermal Fisch", versprach Melinda so liebenswürdig wie möglich.

„Fang!" sagte Roc und warf ihr ein gekühltes Bier zu.

Melinda fing die Flasche und fragte sich, was Roc seiner Mannschaft von ihr erzählt hatte. Sie wussten, dass er mit ihr verheiratet war. Und dass sie die

Tochter des alten Davenport war. Und sie waren alle misstrauisch ihr gegenüber gewesen.

Das Barbecue war köstlich und die Nacht wunderschön. Sie setzten sich alle nacheinander um das Feuer herum. Die orangeroten Flammen flackerten gegen die dunkle Nacht und ließen das Holz knacken.

Roc saß ihr gegenüber. Melinda hörte mit halbem Ohr einer von Bruce' Geisterschiffgeschichten zu und bemerkte plötzlich, dass sie innerlich zitterte.

Wie konnte Roc hier so ruhig sitzen, nachdem sie vor kurzem noch im Sand miteinander geschlafen hatten? Nachdem er sie so schlimmer Dinge beschuldigt und sie beinah wieder verlassen hatte? Und nachdem er sie dazu gebracht hatte, ihm alles zu erzählen?

Sie war eine Närrin. Melinda brauchte nur die Augen zu schließen, um seine Berührung zu fühlen. Und wenn sie über das Feuer schaute, konnte sie sehen, dass Rocs Schultern wie Kupfer im Licht glänzten, konnte seine Augen sehen, die ihren Blick gelegentlich fragend erwiderten. Sie hatte ihm die Wahrheit erzählt, aber er schien immer noch misstrauisch zu sein.

„Oh!" Connie schrie leise und sprang auf.

Ein Zweig war dort, wo sie saß, heruntergefallen. Ein sehr kleiner Zweig.

Bruce lachte. „Connie!“ ermahnte er seine Schwester.

„Es hat mich erschreckt!“ fuhr sie ihn an. Sie schaute ihren Bruder an und drohte ihm mit dem Finger. „Du hast von diesen Knochenfingern erzählt, und plötzlich …“ Sie brach ab. „Woher ist dieser Zweig gekommen?“ fragte sie finster.

Melinda drehte sich um. Die Bäume waren ziemlich weit entfernt.

Peter stand ebenfalls auf und zuckte mit den Schultern. „Der Wind muss ihn von den Bäumen dort hergeweht haben.“

Connie erschauerte und schaute sie an. „Knochenfinger und Totenaugen“, sagte sie. „Es ist fast so, als würden sie uns anschauen, nicht wahr?“

Roc stand auf und stellte sich hinter Connie. Er schaute ebenfalls zu den Bäumen. „Hast du das Gefühl, dass man uns im Dunkeln beobachtet?“ fragte er. Er klang nicht so gelassen wie Bruce.

Melinda schaute ihn an und fragte sich, was er wohl dachte.

„Es ist schon spät“, sagte Connie leise.

„Sehr spät“, stimmte Marina zu, stand auf und begann sofort die Sachen wegzuräumen.

Ohne Kommentar begannen die anderen ihr zu

helfen. Melinda sammelte das Geschirr ein, während Roc und Peter dafür sorgten, dass das Feuer vollständig gelöscht war. Schweigsam wurde alles verpackt und zu dem Beiboot gebracht.

Noch immer schweigsam, machten sie alles sauber, nachdem sie wieder auf der „Crystal Lee“ angekommen waren. Als sie fertig waren, wünschte Marina Melinda eine gute Nacht und ließ sie in der Kombüse allein.

Melinda zögerte und stieg dann an Deck. Sie konnte hören, wie Roc mit Peter und Bruce den nächsten Tauchgang besprach. Ihr war nicht danach, ihnen schon wieder zu begegnen, deshalb verschwand sie leise in der Kapitänskabine. Sie zögerte lange, dann zog sie sich aus, ging in die Dusche und wusch sich den Sand ab, der immer noch an ihr klebte.

Als sie die Dusche verließ, war die Kabine noch leer. Erneut zögerte sie, dann löschte sie das Licht auf dem Schreibtisch, kletterte in das breite Bett und lauschte auf ihren eigenen, unruhigen Herzschlag.

Einige Minuten später wurde die Tür geöffnet. Im Mondlicht sah Melinda Rocs Umrisse, während sein Gesicht im Dunkeln lag.

Wie seine Gedanken.

Schließlich trat er ein und schloss die Tür hinter sich. Er bewegte sich mit einer lautlosen, katzenhaften

Geschmeidigkeit. Melinda hätte fast aufgeschrien, als er plötzlich neben ihr auftauchte.

„Schläfst du schon?“ fragte er leise.

Sie schüttelte den Kopf, und überlegte dann, dass er diese Bewegung im Dunkeln kaum sehen konnte. „Nein“, sagte sie.

„Hast du gewartet?“

„Ich … ich habe geduscht. Der Sand, weißt du.“

„Hm, der Sand. Ich habe nicht geduscht. Sollte ich das vielleicht tun?“

Melinda spürte ihren schnellen Herzschlag. „Dein Leben geht mich nichts an, weißt du noch?“

„Also sollte ich nicht duschen?“

Sie lächelte plötzlich und senkte die Lider. Ihre Wimpern berührten fast ihre Wangen. „Das überlasse ich vollkommen dir.“

„Ah. Also bin ich nicht willkommen.“

Sie rutschte gegen die Wand und strich mit der Hand über die freie Fläche neben ihr. „Oh doch“, sagte sie sehr leise. „Du bist sehr willkommen. Mit oder ohne Sand.“

Das waren die letzten Worte, die sie in dieser Nacht redeten. Ein paar Sekunden später lag Roc neben ihr, warm und elektrisierend.

Und der Sand störte nicht im Geringsten.

8. KAPITEL

Am nächsten Tag untersuchten sie das dasselbe Gebiet in der Nähe des Wracks aus dem Zweiten Weltkrieg noch einmal. Roc bemerkte, dass es Melinda dorthin zog, und auch wenn sie bisher nichts gefunden hatten, war er mehr als bereit, ihren Instinkten zu folgen. Immerhin hatte sie bis jetzt den einzigen wirklichen Hinweis auf die „Condesa“ gefunden.

Heute schwamm Melinda vor ihm her und bewegte sich leicht und graziös durch die faszinierende und manchmal auch unheimliche Welt des Meeres. Das Korallenriff neben ihnen bot verschiedensten Kreaturen Heimat. Seltsame Wesen, bizarr geformt, starrten sie mit ihren glasigen Augen an. Einzelne große Fische schwammen vorbei, oder Schwärme von silbrigen kleinen. Auf einem kleinen Plateau wuchsen Seeanemonen, und hübsche, strahlend orange und weiß gestreifte Clownsfische schossen zwischen den langen „Fingern“ der Anemonen, die ihnen Unterschlupf gewährten, hin und her und lockten Beute für sie an.

Melinda und Roc erfreuten sich an der Vielfalt der Unterwasserwelt, der einzigartigen Flora und Fauna. Gerade als sie an den Seeanemonen vorbeischwammen, bemerkte Roc plötzlich, dass ihnen etwas viel Größeres folgte.

Instinktive Vorsicht ließ ihn stillhalten, aber seine Erfahrung sagte ihm, dass es kein Hai war. Direkt über ihm war Melinda ebenfalls ruhig, beobachtete und wartete.

Dann kam das Geschöpf in Sicht, und Roc lächelte. Sie wurden von einem Delfin beobachtet.

Diese neugierigen Säugetiere waren in diesen Gewässern kein seltener Anblick, und es war nicht ungewöhnlich, einen so nah bei sich zu haben. Aber auch wenn Roc sie oft dicht vor sich hatte schwimmen sehen, keiner von ihnen hatte sich so benommen wie dieser hier. Das Tier schwamm direkt auf Melinda zu.

Roc sah, wie sie ihn durch ihre Maske fragend anschaute, und dann die Hand zu dem Delfin ausstreckte. Anscheinend wollte er gestreichelt werden.

Melinda bewegte vorsichtig die Hand und strich mit ihren Knöcheln über den Hals des Tieres zu seinem Bauch herunter. Der Delfin machte eine Drehung und tauchte dann rasch tief unter Melinda hinunter. Roc wandte sich gerade noch rechtzeitig um, um zu sehen, dass er jetzt dicht neben ihm schwamm. Der Delfin starrte ihn aus seinen dunklen Augen an, und es schien fast so, als benähme er sich wie ein übermütiges Junges, das seine Eltern überlistet hat.

Roc war schon vorher mit Delfinen geschwommen und hatte ihre Gewohnheiten auf dem College studiert. Sie waren unglaublich faszinierende Geschöpfe, außerordentlich intelligent und eindeutig zu Gefühlen fähig. Die Delfine, die in Gefangenschaft geboren und unter Menschen aufgewachsen waren, zeigten eine verblüffende Fähigkeit, mit Menschen Freundschaften einzugehen. Aber seit Roc im Meer tauchte, hatte er noch nie einen wilden Delfin so nahe herankommen sehen, wie ihr Freund es hier tat.

Roc fragte sich, ob das Tier vielleicht zu einem Aquarium oder einem privaten Zoo gehört hatte, bevor es irgendwie die Freiheit wiedererlangt hatte. Denn es war nicht nur freundlich, es schien sogar geradezu ihre Nähe zu suchen.

Roc streckte ebenfalls die Hand aus und berührte den Delfin. Der drängte sich näher an ihn, akzeptierte die Berührung und bewegte sich, als würde er gern noch einmal gekrault werden. Er benahm sich fast wie eine Katze, die sich auf dem Schoß ihres Herrchens vor einem knisternden Kaminfeuer zusammenrollte.

Melinda schwamm fasziniert näher und strich dem Delfin erneut über den Rücken. Roc bedeutete ihr, weiterzuschwimmen, weil er neugierig darauf war, was der Delfin tun würde.

Er folgte ihnen.

Sie verbrachten ein paar Minuten damit, um das Wrack des Kriegsschiffes herumzuschwimmen, durchquerten verrottete Türen, schwammen über mit Algen und Korallen überzogenes Metall hinweg, während ihr neuer Freund ihnen folgte.

Es war zwar ein faszinierender Tauchgang, aber er führte zu nichts. Roc bemerkte, wie viel Zeit bereits verstrichen war, als er auf die Uhr schaute. Er schwamm zu Melinda und tippte auf seinen Anzeiger, um ihr klarzumachen, dass die Luft knapp wurde. Sie wirkte überrascht, und es schien, als wolle sie weitertauchen. Doch Roc schüttelte den Kopf.

Sie nickte, und dann schwammen sie beide auf ihr Schiff zu, der Delfin immer noch an ihrer Seite.

Als sie sich der „Crystal Lee" näherten, wartete Melinda erneut und streichelte den Delfin. Sie schaute Roc an, und er sah, wie sie lächelte. Er zuckte mit den Schultern. Der Delfin schwamm um sie herum, und er streichelte ihn ebenfalls. Dann paddelte er mit seinen Flossen und stieg an die Oberfläche. Dort nahm er das Mundstück ab und schwamm die fünf Meter zu der Leiter an der Rückseite des Bootes. Er zog die Flossen aus und kletterte an Bord. Bruce war sofort da, nahm ihm die Sauerstoffflaschen und die Maske ab, sobald er sie abgelegt hatte.

„Nun?" fragte Bruce gespannt.

Roc schüttelte den Kopf und schaute nach Melinda. Wenn sie unten blieb, um weiter mit dem Delfin zu spielen ...

Doch im selben Moment tauchte sie auf und schwamm rasch zum Boot. Sie erreichte die Leiter, streifte die Flossen ab und kam an Bord. Sie zog sich die Maske herunter, während Roc ihre Flaschen nahm.

„Es war wundervoll!" rief sie aufgeregt.

„Ihr habt etwas gefunden!" meinte Bruce.

„Einen Delfin!" erwiderte Melinda und nickte glücklich.

Bruce schaute sie ungläubig an, und sah dann zu Roc. „Einen Delfin?" flüsterte er enttäuscht.

„Es war wundervoll!" wiederholte Melinda.

Bruce schaute sie an, als frage er sich, ob in ihren Flaschen außer Sauerstoff noch etwas anderes gewesen sein mochte. „Aber Melinda, in dieser Gegend gibt es viele Delfine. Du musst doch schon vorher welche gesehen haben."

Sie setzte sich auf den Bootsrand, wrang das Wasser

aus ihrem Haar und schüttelte den Kopf. „Bruce, so einen habe ich noch nie zuvor gesehen. Erzähl es ihm, Roc!"

Roc lächelte, und ihm wurde warm ums Herz. Er empfand eine verwirrende Zärtlichkeit für sie. Ihre Begeisterung war ansteckend und ihre Freude über das Geschöpf so echt und herzlich, dass Roc sie am liebsten auf der Stelle in die Arme genommen hätte.

Stattdessen lehnte er sich zurück, kreuzte die Arme vor der Brust und zuckte die Schultern. „Ich denke, unser Freund da unten muss schon vorher Kontakt mit Menschen gehabt haben. Vielleicht hat er einem Zoo oder privaten Forschern gehört. Er ist …" Roc hielt einen Moment inne und schaute Melinda an. Dann lächelte er. „Wundervoll."

Kaum hatte er zu Ende geredet, tauchten Joe und Marina, die ebenfalls unten waren, hinter ihnen auf und kletterten an Bord.

„Aye, Mann! So einen Delfin hast du noch nie gesehen!" rief Joe. „Er hat sich benommen wie mein Pudel."

Melinda lachte und schaute Bruce an. „Siehst du!" rief sie.

Als die Tobagos an Bord waren, kam Connie aus der Kombüse gelaufen. Jetzt standen sie alle am Heck des Bootes, und Connie und Bruce hörten den Schilderungen der anderen zu.

„Ich würde ihn gern sehen", rief Connie.

„Vermutlich wird er wieder hier auftauchen", meinte Bruce.

„Und wenn nicht?" entgegnete Connie besorgt.

„Vielleicht ist er schon weg", sagte Roc warnend.

„Ich werde nachsehen", meinte Melinda schnell. Sie stand auf und ging zu der Leiter am Heck. Roc sagte sich, dass er nicht das Recht hatte, sie aufzuhalten, falls sie wieder ins Wasser gehen wollte. Sie trug weder eine Maske noch Sauerstoffflaschen, aber das brauchte sie auch für ihre Absicht nicht. Wenn der Delfin noch in der Nähe war, dann würde er mit ihr an der Oberfläche spielen.

Melinda schaute ihn fragend an und lächelte einladend. Roc gab nach und stellte sich neben sie. Er packte ihre Hand. Zusammen sprangen sie vom Heck ins Meer und tauchten schnell in das warme Wasser.

Ihr neues Maskottchen war da. Der Delfin hatte gewartet, als hätte er gewusst, dass sie zurückkommen würden, um mit ihm zu spielen. Melinda hielt sich an seiner Rückenflosse fest, und das Tier zog sie pfeilschnell mit sich. Es entfernte sich vom Boot, drehte dann schnell um und brachte sie an die Stelle zurück, von der aus sie gestartet waren. Melinda strahlte Roc an, blinzelnd gegen die Sonne.

Roc folgte ihr zum Schiff. Als sie an der Heckleiter waren, rief Melinda Connie zu: „Komm rein! Er ist da!"

„Bruce, bitte, lass ihn uns ansehen! Wir haben genug Flaschen!"

Bruce maulte zwar ein bisschen, holte aber bereits die Sauerstoffflaschen, um mit seiner Schwester zu tauchen.

„Okay, Miss Davenport, können wir jetzt die anderen mit unserem Seeungeheuer spielen lassen? Sonst wachsen uns noch Schwimmflossen", rief Roc ihr zu.

Melinda zögerte, als wolle sie protestieren, doch dann senkte sie rasch den Blick und nickte zustimmend.

Sie verhielt sich eigenartig. Sie war jetzt seit drei Tagen mit ihm zusammen. Und sie hatten zwei unglaubliche Nächte erlebt ... Melinda hatte sich in der ganzen Zeit wie ein Engel benommen und keinen einzigen Befehl des Kapitäns missachtet.

„Warum starrst du mich so an?" wollte sie wissen.

„Ich frage mich, was du vorhast", erwiderte er aufrichtig.

Zorn blitzte kurz in ihrem Blick auf, aber sie antwortete nicht. Stattdessen schwamm sie auf das Boot zu und kletterte leichtfüßig an Bord, gerade als Connie sich mit ihrer Ausrüstung rückwärts ins Wasser fallen ließ.

Roc folgte langsamer. Als er schließlich an Bord kletterte, war Melinda bereits verschwunden. Joe und Marina saßen immer noch am Heck und redeten über das ungewöhnliche Verhalten des Delfins. Roc begegnete Joes Blick und wusste, dass sein Freund bemerkt hatte, dass er, Roc, sich über das plötzliche Verschwinden seiner Frau Gedanken machte.

„Sie sagte, sie hätte sich erkältet, Boss", sagte Joe leise, aber sein Blick war viel sagend. „Sie brauchte eine warme Dusche und eine heiße Tasse Kaffee."

Roc nickte und schaute Joe aufmerksam an, während er sich neben Marina setzte. Melinda hatte also eine Erkältung. Großartig. Er hatte unbedingt etwas sagen müssen, was alles kaputt gemacht hatte, gerade als es so unglaublich gut lief …

Warum nur?

Roc war von dem Schmerz überrascht, der ihn plötzlich wie ein Messerstich in die Brust traf. Es war beängstigend. Roc hasste es wie die Pest, Angst einzugestehen. Angst vor einem neuen Verlust. Aber Melinda war hier. Sie verbrachte ihre Tage mit ihm.

Und ihre Nächte.

Und in diesen Tagen und Nächten fiel es so leicht, so zu tun, als wären sie niemals getrennt gewesen. Es gab Augenblicke, in denen er vergessen konnte, dass seine Frau sich auf die Seite ihres Vaters gestellt hatte ...

Dann jedoch gab es auch Momente, in denen er sich fragte, was sie hier wollte. Sie war schließlich von Eric Longfords Boot gesprungen, und Jonathan Davenport war immer noch ihr Vater.

Melinda war zwar eindeutig verblüfft gewesen, dass sie noch mit Roc verheiratet war, aber trotzdem ...

Und da waren noch die Nächte.

Roc war vernünftig genug, den Mund zu halten, wenn sie zusammen im Bett waren, aber zu anderen Zeiten überwogen die Verbitterung und das Misstrauen. Und dann musste er sie einfach fragen, was sie hier machte. Sie waren auf einer Schatzsuche. Er musste wachsam sein. Aber immer, wenn er ihr nahe war, ließ seine Aufmerksamkeit ein wenig nach.

Es bestand schließlich die Möglichkeit, dass sie nachts mit ihm schlief, am Tag mit ihm suchte – und dennoch ihrem Vater über Funk Bericht erstattete, wenn sie sich heimlich davonstehlen konnte!

Nun, man würde sehen, was die Zukunft brachte. Es tat Roc zwar Leid, wenn er Melinda mit seinem

Misstrauen verletzte, aber sie hatte es sich verdammt noch mal selbst zuzuschreiben!

Roc bemerkte, dass Joe und Marina ihn anschauten. Seine Miene verfinsterte sich.

„Mein Freund“, sagte Joe leise, „ich schlage vor, dass wir eine Pause machen.“

„Eine Pause?“

„Wir brauchen Nachschub“, erklärte Marina. „Uns geht der Kaffee, der Zucker und das Waschmittel aus.“

„Und wir haben kaum noch Benzin“, fügte Joe hinzu.

„Außerdem würde eine Nacht in Nassau uns allen gut tun“, ergänzte Marina. „Ein Dinner in einem Restaurant.“

„Tanzen“, fügte Joe hinzu.

Roc lehnte sich zurück, hob die Hände und ließ sie dann sinken. „Wir stehen unmittelbar vor einer Entdeckung“, begann er.

„Und wir werden mit jedem Tag frustrierter“, erinnerte Joe ihn. „Wir wissen, dass wir am richtigen Ort suchen. Wir schauen direkt auf die Stelle, aber wir sehen sie nicht. Vielleicht sollten wir einmal die Augen schließen, eine Pause machen und dann erneut hinschauen.“

Roc wollte protestieren, doch dann schwieg er

und dachte über Joes Worte nach. Vielleicht hatte sein Freund Recht. Sie starrten gebannt auf die Stelle, ohne sie finden zu können. Vielleicht mussten sie einfach einmal wegsehen.

„Einverstanden“, sagte er ruhig. „Bis zum Hafen von Nassau brauchen wir ungefähr zwei Stunden. Wir bleiben heute Abend da und laufen morgen früh wieder aus. Das sollte reichen, Marina, um einzukaufen und uns ein bisschen zu amüsieren.“

Marina lächelte. „Das ist Zeit genug.“

„Ich glaube ...“, begann Roc, brach dann aber ab.

„Was glaubst du?“ fragte Joe.

Roc schüttelte den Kopf.

Melinda. „Bring mich zu einem Hafen, zu irgendeinem Hafen“, hatte sie gesagt. Aber sie war entschlossen gewesen, an Bord seines Schiffes zu kommen. Sie hatte es geschafft, und jetzt tauchte sie sogar mit ihm. Roc wollte verdammt sein, wenn er ihr die Chance geben würde, ihren Vater zu treffen und ihm einen Tip zu geben. Oder Eric Longford.

„Ich brauche auch einen Kaffee“, sagte er, stand auf und ging die Treppe zur Kombüse hinunter.

Melinda war nicht in der Kombüse. Roc nahm die Thermoskanne und schenkte sich einen Kaffee ein. Er trank einen Schluck. Was wird wohl passieren, wenn wir den Hafen von Nassau erreicht haben und Melinda wieder in der Zivilisation ist? dachte er. Und ein Telefon in Reichweite hat? Und wieder in die andere Welt zurück kann, wenn sie möchte?

Er verließ die Kombüse und ging rasch zu seiner Kajüte. Er riss die Tür auf, ging hinein und schloss sie dann wieder.

Melinda saß auf dem Bett. Sie trug einen weißen Bademantel und rieb sich das Haar trocken, das sie gerade erst gewaschen zu haben schien. Sie duftete sauber, nach Seife und Shampoo. Mit ihrem glatten, zurückgekämmten Haar wirkten ihre Augen in dem gebräunten Gesicht noch verwirrender.

Sie schaute zu Roc, als er eintrat, und beobachtete aufmerksam, wie er den Raum durchquerte, sich auf das andere Ende des Bettes setzte und sich an die Wand lehnte.

„Was?“ fragte sie schließlich. Ihre Stimme klang scharf.

„Was machst du hier an Bord?“ fragte er.

Sie senkte den Blick. Als sie wieder hochschaute, funkelten ihre aquamarinblauen Augen zornig. „Ich schlafe mit dir, um deine tiefen dunklen Geheimnisse herauszufinden“, fuhr sie ihn an.

Roc packte sie, ergriff ihre Handgelenke und zog sie

zu sich heran. Die Bürste entglitt ihr. Sie protestierte nicht, kämpfte nicht gegen ihn und sagte kein Wort. Sie hielt das Kinn hoch erhoben und die Schultern gestrafft. Ihre Augen glänzten.

„Verdammt, Melinda!"

„Ist das nicht die Antwort, die du hören willst?" begehrte sie auf.

„Ich will die Wahrheit hören!" rief er. Dann presste er die Lippen zusammen, als er merkte, wie laut er schrie. Er wollte nicht, dass irgendjemand anderes etwas von seinen Angelegenheiten mitbekam.

Melinda befreite sich aus seinem Griff, stand auf und lief in der Kajüte umher, als müsse sie Abstand zu Roc gewinnen. „Es spielt keine Rolle, was ich dir jetzt sage", erklärte sie ihm. „Manchmal glaube ich, dass es wichtig ist und dass, ganz gleich, was die Zukunft bringt, diese Tage ihren Preis wert sind. Dann schaue ich dich an, und bevor du überhaupt etwas sagst, sehe ich es schon in deinen Augen. Du glaubst, dass ich nur gekommen bin, um Informationen zu sammeln und sie meinem Vater zu hinterbringen. Oder Eric."

Ihre Worte waren kühl und beherrscht. Roc kam besser mit Melinda zurecht, wenn sie wütend war. Wenigstens war dann Leidenschaft in ihr, ein Gefühl, eine

Beziehung zwischen ihnen, die sich rasch zu mehr entwickelte.

Er hasste ihre Worte. Er wollte ihnen widersprechen. Aber sie waren die Wahrheit.

Roc stand auf und ging zu Melinda. Er wollte etwas sagen. Aber es wäre besser gewesen, wenn sie nicht so gelächelt hätte. Wenn er sich nicht so nach ihr gesehnt hätte. Wenn er nicht gewusst hätte, dass sie unter dem Bademantel nackt war und er diese wundervolle, verführerische und faszinierende Nacktheit nicht gekannt hätte …

„Nein!“ flüsterte Melinda plötzlich und wich vor ihm zurück. Er bemerkte verwirrt, dass ihr die Tränen in den Augen standen, obwohl sie doch so kühl zu ihm gewesen war.

„Nein was?“ fragte er.

Sie schüttelte den Kopf. „Ich weiß … Ich kenne diesen Ausdruck in deinen Augen“, sagte sie und senkte den Blick. Sie errötete leicht. „Und das ist nicht …“

„Nicht was?“

Sie schüttelte erneut den Kopf. „Du kannst das nicht machen“, flüsterte sie erbost. „Du kannst mich nicht einfach beschuldigen und dann beschließen, dass das alles nicht wichtig ist, wenn du mit mir …“

„Schlafen willst“, beendete er rau ihren Satz. Er

wollte sie wegschieben, aber noch lieber wollte er sie in die Arme nehmen. Er hob resigniert die Hände. „Verdammt“, flüsterte er. Dann wiederholte er es lauter. „Verdammt! Ich kann nichts dagegen tun, Melinda. Was willst du von mir? Du hast dich für einen anderen Mann entschieden ...“

„Meinen Vater.“

„Das ist nicht wichtig. Du warst meine Frau!“

Sie fuhr herum und drehte ihm den Rücken zu. Roc betrachtete sie einen Moment. Er sehnte sich danach, sie zu berühren, aber er schaffte es, es nicht zu tun.

„Nun“, sagte er schließlich leise. „Du bist am Zug, Miss Davenport. Wir werden heute Abend in Nassau bleiben.“

Sie drehte sich um und schaute ihn an. „Was?“

„Wir werden in Nassau übernachten. Solltest du verschwinden und deinen Vater suchen, oder Longford, dann werde ich dich finden und dir den Hals umdrehen.“

„Mit welchem Recht ...?“

„Du bist immer noch meine Frau!“

Sie ging entschlossen an ihm vorbei zur Kabinentür, aber er packte sie am Arm.

„Lass mich los!“ forderte sie wütend.

„Das habe ich nicht vor.“

„Ich brauche deine Gegenwart nicht und deine …"

„Warum bist du hier, Melinda?"

Sie riss sich von ihm los. Erneut glänzten ihre Augen feucht. „Ist dir schon einmal der Gedanke gekommen, dass die Welt nicht schwarz und weiß ist, Kapitän Trellyn? Vielleicht hat mein Vater sich falsch verhalten, vielleicht hat er mir auch die Wahrheit nicht erzählt."

„Er hat gelogen."

„Einverstanden, verdammt noch mal, vielleicht hat er gelogen. Er hat sich falsch verhalten und etwas getan, das nicht sehr großartig war. Aber du hast dich in dieser Sache auch nicht gerade perfekt benommen. Du bist hereingekommen und hast mich aufgefordert, meinem Vater den Rücken zu kehren."

„Er hat sich geirrt!"

„Aber er war immer noch mein Vater!" rief sie.

Roc hatte seine Finger so fest um Melindas Handgelenk geklammert, dass er sich wunderte, warum sie nicht laut aufschrie. Er zwang sich, seinen Griff zu lockern. „Also, warum bist du hier?" wollte er wissen.

„Weil wir uns falsch verhalten haben!" rief sie aufgebracht aus. Sie versuchte vergeblich, sich aus seinem Griff zu befreien. Sie warf den Kopf zurück, und ihre Augen schienen blaugrünes Feuer zu sprühen. „Deswegen habe ich gedacht", stieß sie atemlos hervor, „dass ich dir etwas schulde. Ich wollte, dass du diesen Fund machst. Ich wollte, dass du die ‚Condesa' findest!" Melinda zitterte unter der Leidenschaft ihrer Worte, unter der Wut und dem Gefühl, mit dem sie sie hinausstieß.

Roc versuchte wieder klar zu denken. Aber es verschwand hinter seinem Verlangen, über ihre nackten Schultern zu streichen und den Frotteemantel zu Boden zu werfen. Seine Finger zitterten, als er Melinda festhielt, und er presste die Zähne fest zusammen.

„So, Miss Davenport, wenn ich in Nassau einlaufe, wirst du dann bei mir bleiben? Als meine Frau in meinem Zimmer?"

„Ja, deine Frau!" fuhr sie ihn an. „Aber du nennst noch nicht einmal mehr meinen Namen. Du sagst immer nur ‚Miss Davenport'!"

Verwirrt trat Roc einen Schritt zurück. Er hatte sie beinah automatisch Miss Davenport genannt, seit sie an Bord gekommen war. Vielleicht war es ein Abwehrmechanismus gewesen, ein Teil der Mauer, die er gegen sie errichtet hatte. Aber jetzt … Jetzt war er überrascht, dass sie es bemerkt hatte und dass es sie zu treffen schien.

Der Ärger fiel von ihm ab, als er ihre angespannte

Miene und ihre verwirrenden Augen betrachtete. „Gut, Mrs. Trellyn“, sagte er leise. „Wenn ich in Nassau einlaufe, wirst du ein Zimmer mit mir teilen? Vielleicht mit mir essen gehen und am Strand tanzen? Oder willst du mich bei der ersten Gelegenheit verlassen?“

Sie senkte schnell den Blick.

„Melinda!“

Sie schaute zu ihm hoch. „Ja!“ zischte sie.

„Ja was?“ fragte er heiser.

„Ich werde bei dir bleiben“, rief sie ärgerlich. Ihre Unterlippe zitterte. „Ich habe dir schon gesagt, dass ich hier bin, damit du deinen Anspruch auf die ‚Condesa‘ geltend machen kannst, damit du …“

Ihre Stimme versagte ihr den Dienst, aber das war nicht wichtig. Roc legte den Zeigefinger auf ihre bebende Lippe und schaute sie fasziniert an.

Schließlich gab er der Versuchung nach, fuhr mit den Händen unter ihren Bademantel auf ihre nackten Schultern. Er berührte ihre glatte Haut und streifte ihr den Bademantel herunter. Er senkte den Kopf und küsste sie zärtlich, dann nahm er sie in die Arme und vertiefte den Kuss leidenschaftlich.

Einen kurzen Moment versteifte Melinda sich und widerstand ihm … Dann schlang sie die Arme um seinen Nacken, und Roc strich mit den Fingern durch ihr seidiges langes Haar, das seine Schultern streifte. Melinda drängte sich dicht an ihn, und er spürte die harten Knospen ihrer Brüste verführerisch an seinem Oberkörper. Roc stöhnte laut auf, küsste sie, schmeckte sie und fühlte ihre weiblichen Rundungen. Er spürte die Hitze in sich hochsteigen und ein beinah verzweifeltes Verlangen.

Dann unterbrach Melinda plötzlich den Kuss. Sie glitt mit den Fingern über seine Schultern, während sie den Mund gegen den heftig pochenden Puls an seinem Hals drückte. Sie rutschte an ihm herab und liebkoste mit Lippen, Zähnen und Zunge seine Brust. Sie massierte seinen muskulösen Körper, seine Brustspitzen, zeichnete die Linien seiner Rippen nach. Sie glitt noch tiefer, zog an dem elastischen Band seiner Badehose und streifte sie ihm über die Hüften hinab. Roc trat sofort von Melinda weg und fegte die Hose achtlos mit dem Fuß beiseite.

Melinda ließ sich plötzlich vor ihm auf die Knie nieder. Roc holte überrascht Luft, als er spürte, wie sie ihn liebkoste. Es durchfuhr ihn wie ein Blitz, als sie seine intimste Stelle berührte und ihn streichelte. Sie senkte den Kopf und umschloss ihn mit den Lippen.

Roc hatte das Gefühl, dass die Welt aus den Angeln

geriet. Er bückte sich, hob Melinda in die Arme und küsste ihre Lippen, während er sie rasch zur Koje trug. Dort ließ er sie hinabsinken und legte sich dann auf sie, rutschte an ihre Seite. Sein Pulsschlag hatte sich beschleunigt, und Roc spürte ihn nun überall, im Kopf, im Herzen und in seinen Lenden.

Erneut presste er seine Lippen auf Melindas und fuhr dann mit dem Mund die pochende Ader an ihrem Hals entlang. Sie schauten sich an. Ihre Augen waren feucht, wunderschön und faszinierend.

„Ich …“, flüsterte sie.

„Ja?“ fragte er heiser.

Sie schloss die Augen. „Ich will dich“, sagte sie sehr leise.

„Nun, Mrs. Trellyn, du hast mich“, versicherte er ihr rau.

Tatsächlich, sie hatte ihn … Roc ließ seinen Blick über ihren Körper gleiten. Er war schlank und perfekt geformt. Mit den Händen umfasste er ihre Brüste. Er senkte den Kopf und reizte die Spitzen mit der Zunge, genoss es, sie zu schmecken und zu liebkosen. Sie vergrub die Finger in seinem Haar, strich dann langsam über seinen Rücken und presste erneut die Finger in seine Haut, als sie leise stöhnte und sich unter ihm bewegte.

Roc legte die Hand auf ihren Bauch. Er sah den weißen Hautstreifen, der von ihrem Bikinihöschen bedeckt wurde und sich gegen die honigbraune Haut ihres übrigen Körpers abhob. Er presste die Lippen darauf und umkreiste mit der Zunge Melindas Nabel. Dann glitt er langsam weiter hinunter und schaute zu, wie seine Finger in dem lockigen goldenen Dreieck zwischen ihren Schenkeln verschwanden. Er fühlte, wie Melinda sich unter ihm bewegte, wie sie hin und her rutschte und sich wand.

Schließlich legte Roc sich über sie, teilte ihre Schenkel und war mit den Knien zwischen ihr. Er senkte den Kopf, streichelte und liebkoste sie mit sengendem, intimem Verlangen. Sie erschauerte, rang nach Luft und schrie auf. Roc glitt hinauf, nahm Melinda in die Arme und drang in sie ein, bis sie erneut erschauerte. Dabei flüsterte er unablässig ihren Namen.

Roc wusste nicht, wie lange es gedauert hatte, doch dann schien die ganze Welt sich zu drehen und zu versinken. Melinda bäumte sich in seinen Armen auf, und dann erlebten sie gemeinsam den Gipfel der Lust. Melindas Zittern wurde zu einem Erschauern, als die kühle Luft des Nachmittags über ihre erhitzten Körper fuhr, die jetzt abkühlten. Roc hielt Melinda zärtlich an sich gedrückt, und keiner von ihnen sagte ein Wort.

Roc sah, dass Melinda an die holzverkleidete Decke über sich schaute. Er streichelte ihre Wange, und sie wandte sich ihm zu und blickte ihn mit feuchten Augen an. „Was ist los?“ fragte er zärtlich.

Sie schüttelte den Kopf.

„Melinda?“

„Ich …“

„Was?“

Sie bewegte die Lippen und schüttelte erneut den Kopf. Sie schloss rasch die Augen. „Ich schwöre dir“, sagte sie leise, „dass ich dir helfen will, deinen Fund zu machen.“

Schweigend umschlang er sie und presste sie an sich. Er streichelte ihr Haar und spürte das leise Wiegen des Bootes. Plötzlich stöhnte er auf.

„Was?“

„Nun, wenn wir heute Abend noch nach Nassau wollen, dann sollte ich mich lieber fertig machen.“

Er stand auf, und Melinda drückte sein Kissen gegen die Brust. Sie schaute ihn besorgt an.

„Warum fahren wir nach Nassau?“

„Marina braucht Nachschub. Und sie glaubt, dass wir den Wald vor lauter Bäumen nicht sehen können.“

Melinda nickte. Sie verstand Roc auch ohne eine weitere Erklärung.

„Ich werde duschen", sagte er.

Sie nickte wieder. Er ging zur Badezimmertür und wünschte sich, dass er noch in der Koje liegen bleiben könnte. Dennoch hatte er es plötzlich eiliger als zuvor, nach Nassau zu kommen. Die Aussicht eines luxuriösen Hotelzimmers beflügelte ihn ebenso wie ein wundervolles Dinner irgendwo einzunehmen und dann die Nacht mit Melinda zu verbringen. In einem Raum mit Klimaanlage, vielleicht eine Flasche Champagner neben ihnen ...

„Roc!" rief sie ihm nach.

Er blieb stehen und drehte sich um. Sie hatte sich halb aufgerichtet und beobachtete ihn mit einem Blick, der ihre Augen vor Gefühl und Leidenschaft verdunkelte.

„Ich habe gemeint, was ich gesagt habe. Ich habe dir die Wahrheit gesagt. Ich will, dass du deinen Fund machst."

Roc ging zu ihr hinüber und küsste sie auf den Scheitel. Dann schaute er ihr in die Augen. „Weißt du, was ich möchte?" fragte er sie leise.

Sie schüttelte den Kopf, und er küsste sie sanft auf die Lippen.

„Nun, ich möchte sehr, dass du heute Abend Mrs. Trellyn bist“, erklärte er ihr.

Sie suchte mit ihrem Blick seine Augen. „Es scheint so“, sagte sie dann leise, „als wenn das auch so ist.“

So schien es …

Roc schaffte es schließlich, sich wieder umzudrehen und in die Dusche zu gehen. Immerhin lag ein viel versprechender Abend vor ihnen …

9. *KAPITEL*

Schon als Melinda den Hafen von Nassau zum ersten Mal betreten hatte, hatte sie eine seltsame Anziehung und Zuneigung zu diesem Ort empfunden. Damals war sie ein kleines Mädchen gewesen und hatte den Sommer bei ihrem Vater verbracht. Die Sommer waren wundervoll gewesen. Der Rest des Jahres war ihr immer sehr hart und anstrengend vorgekommen. Sie hatte ihre Mutter zwar geliebt, sie aber niemals richtig gekannt. So hatte Melinda während des Jahres dagesessen und vom Sommer geträumt, sich vorgestellt, auf den Schiffen ihres Vaters mit dem Wind um die Wette zu segeln oder mit den Motorbooten auf die eine oder andere Schatzsuche zu gehen und dabei immer dem Ruf des Abenteuers zu folgen.

Ihr Vater hatte sie zu den vielen Inseln der Bahamas mitgenommen, zu den dicht besiedelten, den weniger besiedelten und sogar zu den menschenleeren. Melinda hatte schnell die ruhigen blauen Fluten lieben gelernt, den freundlichen, zurückhaltenden Singsang der Menschen, die Sonne, die oft und heiß schien, die zauberhaften Strände und die geheimnisvollen Riffe. Melinda liebte viele der Inseln. Aber sie fand, dass es am schönsten war, nach Nassau zu kommen. Sie freute sich sehr, wieder einmal hier zu sein.

Nassau, die Hauptstadt der Bahama-Insel New Providence, war von Touristen und Attraktionen überfüllt, doch es schien so, als wäre hier die Geschichte noch am lebhaftesten. Es war eine interessante Geschichte, erfüllt von schönen und nicht so schönen Vorkommnissen, aber selbst ihre Schattenseiten schienen die Anziehungskraft der Stadt noch zu erhöhen. Früher einmal war Nassau der Hafen für unzählige Piraten gewesen. Schmuggler, Diebe und Mörder hatten sich hier versammelt, und die Stadt hatte sie alle überlebt.

Es war immer wundervoll, den Hafen anzulaufen. Häufig lagen große Kreuzfahrtschiffe dort vor Anker, während die Passagiere die Insel erkundeten oder einkauften, alte Forts besichtigten oder in ruhigen Restaurants Tee tranken. In der Altstadt standen noch viele Häuser aus der Kolonialzeit, die in weichen Pastellfarben gestrichen waren. Es war ein gemütlicher Ort für amerikanische Touristen, und die Einreiseprozedur war einfach.

Roc setzte Melinda und die ganze Mannschaft bis auf Peter Castro auf der Pier ab, damit sie Hotelzimmer für die Nacht reservieren konnten. In der Zwischenzeit würden Peter und er die „Crystal Lee“ für die Nacht fertig machen und Benzin und einige andere Dinge für das Schiff besorgen.

Marina hatte Verwandte in Nassau, die sie besuchen wollte. Zum Dinner würde sie wieder zurück sein.

„Lasst uns ein bisschen über die Bay Street gehen", schlug Connie vor, als sie auf der Pier standen.

Bruce stöhnte.

„Einverstanden", stimmte Melinda rasch zu.

„Was haltet ihr davon, wenn ich uns anmelde und ihr beide ein bisschen bummeln geht?" schlug Joe vor.

Connie lächelte. „Großartig", sagte sie zu ihrem Bruder.

Melinda und sie gingen los, drängten sich mit den übrigen Touristen durch die Straßenmärkte, wo Connie sich einen Hut kaufte, um sich während der heißen Tage auf der „Crystal Lee" gegen die sengende Sonne zu schützen. Dann gingen sie über die Bay Street, wo die meisten Läden Klimaanlagen hatten. Dort wurden exquisite Parfums, Importwaren und Kleidung angeboten und noch mehr Souvenirs.

Melinda schnupperte in einem Geschäft an einer Parfumflasche und bemerkte, dass Connie hinter ihr ebenfalls den Duft einsog. „Das ist wundervoll. Was ist es?"

„Irgendetwas Einheimisches, glaube ich. Hier, es heißt ‚Blume der Leidenschaft'", erklärte Melinda.

Connie nahm den Flakon und betrachtete dann das Regal. „Sie haben Badeöl, Parfum, Körperpuder und den ganzen anderen Kram von dieser Serie." Sie umfasste Melindas Handgelenk und roch an der Stelle, an der diese das Parfum aufgetragen hatte. „Oh, das duftet fantastisch an dir."

„Ich will nichts kaufen. Ich mache nur einen Schaufensterbummel", erwiderte Melinda glcichgültig.

„Aber es …", begann Connie und hielt dann inne. „Ach so, ich verstehe. Du hast ja deine Brieftasche nicht dabei. Aber ich habe meine."

„Connie, ich werde mir von dir kein Geld leihen."

„Aber ich habe eine Kreditkarte von deinem Ehemann."

Melinda schaute sie überrascht an.

„Wir alle benutzen sie", erklärte Connie schnell. „Roc ist ein ganz besonderer Chef. Er gibt uns Kredit, teilt sehr gerecht die Funde auf … Und er übernimmt trotzdem die Spesen. Natürlich nutzt keiner von uns diese Privilegien aus, weißt du …"

„Connie, ich kann mir nicht vorstellen, dass du irgendjemanden ausnutzt", versicherte Melinda der hübschen Blondine schnell.

„Dieses Parfum ist großartig. Du solltest es kaufen. Lass es mich mit der Karte bezahlen."

Melinda schüttelte den Kopf. „Nein."

„Er ist doch dein Mann …"

Diesmal schüttelte Melinda den Kopf noch nachdrücklicher.

Plötzlich lächelte Connie. „Weißt du, du bist nicht halb so schrecklich, wie ich geglaubt habe. Nicht, dass Roc jemals etwas über dich erzählt hätte. Aber irgendwie kannten wir alle die Geschichte. Und ich habe das auch nicht so gemeint. Dass du nur halb so schrecklich bist. Du bist überhaupt nicht schrecklich, und selbst andere Taucher reden bewundernd von deinen Fähigkeiten. Ich glaube, dass Männer meinen, eine erfolgreiche Frau muss hart und … oh, irgendwie rede ich mich da ziemlich in die Bredouille, was?"

Melinda schüttelte lächelnd den Kopf.

„Ich werde das Parfum kaufen, einschließlich der Seife und des Schaumbades."

„Nicht für mich."

„Für dich. Und mit der Kreditkarte deines Ehemannes."

„Aber …"

„Du schläfst doch auch wieder mit ihm, oder?" wollte Connie wissen.

Es war absurd. Melinda hatte das Gefühl, herauslachen zu müssen, während sie gleichzeitig tiefrot anlief. Sie schaute sich um, um zu sehen, wer Connies Frage noch gehört haben könnte. „Connie …“

„Vertrau mir! Es wird Roc nichts ausmachen.“

Es gab keine Möglichkeit, diese Frau aufzuhalten. Melinda blieb bei ihr, damit Connie nicht den ganzen Laden leer kaufte. Dann gingen sie, und in einem anderen Geschäft fand Connie einen Bikini, der ihrer Meinung nach perfekt für Melinda war. Sie argumentierte, dass Melinda ja nicht die ganze Zeit nur in ihrem schwarzen Badeanzug tauchen konnte, so dass Connie ihn am Ende schließlich kaufte. Aber Melinda bestand darauf, ihr alles zurückzuzahlen, wenn sie erst an ihr eigenes Geld kam.

„Roc zahlt sehr gut …“, begann Connie.

„Mein Vater auch“, versicherte Melinda ihr.

Sie bummelten noch eine Stunde lang wie Touristen herum. Melinda stellte fest, dass Connie nicht viel von der Geschichte Nassaus wusste, obwohl sie schon dutzende Male hier gewesen war. Also erzählte Melinda ihr von den Zeiten der wilden Piraten. Die Insel war in einem schlechten Zustand gewesen, als Woodes Rogers, der erste königliche Gouverneur auf den Bahamas, 1718 in Nassau angekommen war. Er war entschlossen gewesen, die Insel zu einem angenehmen Ort zu machen. Und zwar so entschlossen, dass er es schaffte, dass die Piraten die Insel schließlich räumten.

Sie gingen an einigen wunderschönen Gebäuden des späten achtzehnten Jahrhunderts vorbei. Melinda erzählte Connie, dass viele amerikanische Kolonisten, die Großbritannien während des Revolutionskrieges die Treue gehalten hatten, hierher gekommen waren, nachdem ihre Sache verloren war. Schließlich gingen die beiden Frauen zu ihrem Hotel.

In der Lobby trafen sie Bruce. Er hatte bereits geduscht, sich rasiert und eingerichtet, und, wie es schien, nur auf sie gewartet, um ihnen die Schlüssel für ihre Zimmer zu geben. Danach wollte er auf die Terrasse gehen und unter den kühlenden Ventilatoren ein paar Drinks nehmen. Connie versprach, dass sie ihm bald Gesellschaft leisten würde.

„Wir haben eine Tischreservierung zum Dinner um acht Uhr im ‚Turtle Room'. Seid pünktlich", ermahnte er sie.

Melinda und Connie ließen Bruce in der Lobby zurück und gingen zum Aufzug. Connie stieg im zweiten Stock aus, und als der Lift im siebten Stockwerk, dem höchsten, hielt, dachte Melinda über

Rocs Wahl nach. Normalerweise mochte er Dinge, die alt waren und Atmosphäre hatten, aber dieses Hotel war neu. Es war schön, doch sehr modern.

Nachdem sie die Tür zu ihrem Zimmer geöffnet hatte und eingetreten war, blieb sie stehen und staunte. Jetzt verstand sie Rocs Entscheidung völlig.

Das Zimmer war himmlisch. Von den hohen Fenstern konnte man den ganzen Hafen und die wunderschönen alten Häuser überblicken und hatte einen Ausblick auf den ganzen Trubel dort. Eine Tür links führte zu einem großen Badezimmer, und das breite Bett stand rechts neben den großen Fenstern. Links war ein geräumiger Whirlpool. Eine Bar befand sich an der hinteren Wand, und ein großes Fernsehgerät und ein Videorecorder waren gegenüber dem Bett platziert.

„Wow!" flüsterte Melinda.

Sie ließ ihre Tasche mit der geliehenen Kleidung fallen, trat an die Wanne, ließ Wasser einlaufen und füllte dann von dem duftenden Schaumbad „Blumen der Leidenschaft" hinein. Sie wollte sich gerade ausziehen und hineinsteigen, als sie ein leises Klopfen an der Tür hörte.

Melinda öffnete. Es war ein Bote mit einem Paket für sie.

„Das muss ein Irrtum sein …“, begann sie.

„Nein, Madam. Ihr Ehemann hat das geschickt. Es ist eine Karte dabei.“

„Oh“, erwiderte Melinda. Wo ist Roc? dachte sie. Und was hatte er vor? Sie spürte, wie ein viel zu vertrautes Beben sie durchlief. Es gab Momente, die einfach zu perfekt waren. Und dann würde sie wieder seinen misstrauischen Blick registrieren und sich fragen … nein, sie würde wissen, dass er sie erneut verdächtigte. Ihr Mut würde sinken, weil sie so sehr fürchtete, dass er ihr niemals wieder vertrauen könnte.

Schließlich nahm Melinda dem Boten das Paket ab. „Es tut mir Leid“, sagte sie verlegen. „Aber ich habe im Moment keinen einzigen Cent dabei. Wenn Sie mir Ihren Namen nennen …“

„Ich bin bereits entlohnt worden, Madam“, versicherte er ihr rasch mit einem breiten Lächeln. „Viel Vergnügen.“

Melinda schloss die Tür und betrachtete das Paket. Dann ging sie zum Bett und riss mit wachsender Neugier das Papier ab.

Es war ein Kleid. Der Stoff war weiche Seide in wilden bunten Farben, türkis, blau und grün. Es war trägerlos, mit einem kurzen, ausgestellten Rock und einem Unterrock. Außerdem lagen noch einige Seidenhöschen in dem Paket und ein Paar weißer Sandaletten.

Und ein Zettel.

„Größe achtunddreißig für das Kleid, neununddreißig für die Schuhe. Ich bin sicher, dass ich mich richtig erinnert habe. Bitte, nimm das an, weil ich möchte, dass Mrs. Trellyn heute Abend in ihrer eigenen Kleidung erscheint. Es kommt von Herzen. Bis bald, Roc.“

Melinda ließ das Paket langsam sinken und strich über die kühle Seide. Es war ein wundervolles Kleid, und es würde ihr perfekt stehen. Roc hatte schon immer einen guten Geschmack, was Kleidung betraf.

„Es kommt von Herzen“, flüsterte sie. „Was glaubst du, soll das bedeuten?“ fragte sie das Kleid. „Ich will kein Geschenk, ich will ein ganzes Leben mit ihm haben.“

Melinda legte das Kleid zur Seite. Sie war sicher, dass es nicht richtig war, solch ein Geschenk von einem Ehemann anzunehmen, von dem sie gerade erst erfahren hatte, dass er immer noch ihrer war.

Oder war er das nicht?

Melinda überlegte angestrengt, ob sie eine Beziehung wollte, die von ständigem Misstrauen begleitet wurde. Einen Moment lang stieg Verzweiflung in ihr hoch, als sie sich fragte, ob es jemals einen Weg zurück geben würde.

Doch an diesem Nachmittag … Es könnte alles so wunderbar sein. Vielleicht hatte sie doch eine Chance. Sie hatte sich bemüht, Rocs Bemerkungen einfach zu übergehen. So, wie sie an diesem Nachmittag auch versucht hatte, die Worte nicht über ihre Lippen kommen zu lassen. „Ich liebe dich …“

Melinda war kurz davor gewesen, sie zu flüstern, hätte beinahe die Wahrheit verraten. Sie hätte damit ihr Herz, ihre Seele und ihren Stolz verloren. Sie wusste, dass es noch nicht so weit war. Sie musste warten, bis Roc wieder an sie glaubte.

Vielleicht würde er sich dann ja erneut in sie verlieben. Sie hatte viel davon erzählt, wie sie während ihrer Trennung gelebt hatte, und er hatte nicht ein einziges Wort darüber verlauten lassen.

Von Gefühlen überwältigt, setzte Melinda sich auf das Fußende des Bettes. Dann schaute sie zur Wanne hinüber, aus der betörender Parfumduft stieg, streifte ihre Shorts und das Hemd ab und stieg hinein.

Das Wasser war heiß. Sie zuckte zusammen und spürte, wie die Hitze sie umschloss. Es war ein wunderbares, beruhigendes Gefühl. Melinda ließ sich hineinsinken, schloss die Augen und genoss es. Dann öffnete sie die Augen wieder. Die Wanne war wirklich sehr groß. Sie war oval, von hübschen Kacheln eingefasst und von schmalen Messingregalen umgeben, auf die man Seife und Shampoo stellen konnte. Die Schaumblasen um sie herum zerplatzten, angenehmer Duft stieg Melinda in die Nase.

Bitte, flehte sie plötzlich inständig, lass mich diesmal nicht scheitern. Sie machte die Augen zu und erinnerte sich erneut an die Nacht, in der Roc sie verlassen hatte, daran, wie sicher sie sich gewesen war, dass er nicht gehen würde …

Ihr Vater hatte ihr nach ein paar Wochen erzählt, dass er die Wahrheit ein wenig verdreht hatte, und ihr geraten, Roc anzurufen. Damals war sie sehr verletzt gewesen. Am Boden zerstört. Und entschlossen zu verhindern, dass jemand es merken würde.

Andererseits war das, was sie heute zu Roc gesagt hatte, auch die Wahrheit gewesen. Ihr Vater hatte sich falsch verhalten, aber er war deswegen trotzdem kein schlechter Mensch. Er hatte Roc wie einen Sohn geliebt und ihn unter seine Fittiche genommen.

„Dickkopf“, sagte sie leise.

Mit geschlossenen Augen ließ sie die Hitze auf sich einwirken. Da hörte sie, wie die Tür mit einem Schlüssel geöffnet wurde, und schaute rasch hoch.

Roc war gekommen.

Er trat ein und schaute sich im Zimmer um. Er trug seine abgeschnittenen Jeans, ein kariertes Baumwollhemd und braune Sandalen. Sein Haar war zu lang und fiel ihm in die Stirn.

Melinda spürte, wie sie am ganzen Körper erbebte. Dann stieg die Sehnsucht in ihr hoch, die sich schnell in Verlangen verwandelte. Sie hatte Roc so sehr geliebt. Und sie tat es immer noch.

„Gefällt dir das Zimmer?“ fragte er und warf seine Tasche auf das Fußende des eleganten Bettes.

„Es ist großartig“, erwiderte Melinda begeistert. Sie hatte die Arme auf den Wannenrand gestützt und war von einem kleinen Meer von Schaum umgeben.

Roc ging hinüber zu den Fenstern, um sich den Blick über die Stadt anzusehen, über die sich jetzt langsam die Schatten des Abends senkten und deren Lichter allmählich aufflammten.

„Danke für das Kleid“, sagte sie.

Roc fuhr herum. Melinda stellte fest, wie sehr sie jede kleine Einzelheit an ihm liebte. Sie mochte sein eigensinnig vorgerecktes Kinn, sein tintenschwarzes Haar, das lebhafte Blau seiner Augen und seine breiten Schultern.

„Magst du es?“ fragte er forschend.

Sie wollte etwas Schnippisches sagen, nickte dann aber nur.

Unvermittelt begann Roc, sein Hemd aufzuknöpfen, doch dann gab er auf und zog es sich über den Kopf. Er kickte seine Sandalen weg, öffnete seine Shorts und streifte sie sich zusammen mit der Unterhose ab. Dann trat er an die Wanne.

Melinda versuchte das Erschauern zu unterdrücken, das heiß über ihren ganzen Körper lief. Roc war fast vollkommen braun, bis auf den weißen Streifen um seine Hüften. Und er hatte nicht den kleinsten Ansatz von Fett auf dem Körper. Überall waren Muskeln, selbst auf seinem flachen Bauch.

Melinda senkte schnell den Blick und wünschte sich, dass er sie nicht so erregen würde. Warum hatte sie nur keinen Abstand zu ihm gewahrt?

Vielleicht begehrte er sie erneut, aber sie wollte mehr. Sie wollte, dass Roc sie liebte. Sie wollte nicht seine Frau sein, weil sie beide zufällig vergessen hatten, sich scheiden zu lassen. Sie wollte seine Frau sein, weil er sie liebte. So sehr, wie sie ihn liebte.

Doch sie konnte ihm das jetzt unmöglich sagen. Dafür stand zu viel zwischen ihnen. Dennoch lächelte sie, als Roc zu ihr ins Wasser glitt.

„Das Kleid ist wundervoll“, hörte sie sich heiser

sagen. „Danke. Ich meine, unter diesen Umständen habe ich wirklich nicht viel zum Anziehen. Ich werde es dir zurückzahlen."

„Du gehörst im Moment zu meiner Mannschaft", sagte Roc. „Du schuldest mir nichts." Er zuckte kurz zusammen, weil das Wasser so heiß war, dann glitt er ganz hinein. Melinda sah, wie allmählich die Anspannung aus seinem Gesicht wich, als er einen leisen Laut des Behagens ausstieß.

„Nun, wir werden sehen", erwiderte sie kaum hörbar.

Roc hatte die Augen geschlossen und den Kopf an die Kacheln zurückgelehnt. Unvermittelt öffnete er sie. „Hast du es schon anprobiert?"

„Noch nicht. Ich habe die Wanne gesehen und …"

Roc lächelte, verschränkte die Finger hinter seinem Kopf und lehnte sich wieder zurück. „Du fandest sie zu einladend."

Melinda nickte.

Rocs Miene verfinsterte sich plötzlich, dann holte er tief Luft und schaute sie fragend an. „In was bade ich da eigentlich?"

Melinda lächelte. „‚Blumen der Leidenschaft'."

Roc stöhnte.

„Magst du den Duft nicht?“ flüsterte sie. „Connie meinte, er sei großartig. Außerdem hat sie mir gesagt, dass ich als dein Mannschaftsmitglied etwas kaufen und dein Konto belasten könnte.“

Roc schwieg, jedoch sein Lächeln verstärkte sich, während er sie unverwandt anschaute. „Ich mag den Duft an dir.“

„Kaufst du immer Schaumbad für deine Crew?“

„Das hängt vom Crewmitglied ab.“

Melinda wollte aufstehen, doch Roc bewegte rasch einen Fuß, und verblüfft sank sie wieder in die Wanne zurück.

„Ich versichere dir, dass du das einzige Crewmitglied bist, dem ich jemals ein Schaumbad gekauft habe.“

Sie saß still da und schaute ihn an. Einen Moment später fühlte sie seine Zehen erneut, die sanft über ihre Wade glitten. Melinda schaute Roc an und sah, wie er verführerisch lächelte. Dann spürte sie seine Zehen die Innenseite ihres Schenkels entlanggleiten, ihres Oberschenkels. Die Berührung war sehr intim. Sie gab sich ganz ihrem Empfinden hin.

„Roc …“, flüsterte sie.

Er lächelte und kam in der Wanne zu ihr. „Wir werden miteinander schlafen“, versicherte er ihr und umschlang sie in dem wogenden Wasser. „Schließlich riechen wir beide wie ‚Blumen der Leidenschaft'."

Melinda wollte lachen, aber seine Lippen auf ihrem Mund hinderten sie daran. Sie spürte seinen Körper an ihrem. Er erhitzte sie ebenso wie das heiße Wasser um sie herum. Ihr Gelächter wurde von der Lust unterdrückt, die sie erfüllte, dem Hunger und der Freude.

Es kam ihr vor wie eine Ewigkeit, als sie später in der Dunkelheit benommen, befriedigt und entspannt in Rocs schützenden Armen auf dem großen Bett lag. Sie hörte ihn seufzen.

„Ich habe Bruce aufgetragen, für acht Uhr Plätze für das Dinner zu reservieren. Ich glaube, ich sollte besser das Parfumbad abduschen, bevor wir die anderen treffen, nicht wahr, Miss Daven ... Mrs. Trellyn?"

Melinda spürte, wie ihr die Tränen in die Augen traten, und nickte nur, trotz der Dunkelheit. Sie hoffte, dass Roc es nicht bemerken würde.

Er stand auf und ging in die Dusche. Melinda wartete ein paar Minuten, bevor sie zu ihm trat. Sie hatte die Parfumseife dabei, während Roc die Hotelseife benutzte. Er schaute sie neugierig an.

„Nun, es hat schließlich schon einmal gewirkt", sagte sie auf seine unausgesprochene Frage hin mutwillig und lächelte verführerisch.

Roc nahm sie in die Arme. „Melinda, der Duft ist sehr schön. Sexy. Anregend. Aber soll ich dir etwas verraten?“

„Was?“

„Du brauchst nicht einen einzigen Hauch davon.“ Dann küsste er sie.

Warum waren wir nur so lange getrennt? fragte sie sich und wich vor ihm zurück, am ganzen Körper bebend. „Dinner um acht“, erinnerte sie ihn.

„Um acht Uhr“, pflichtete er ihr bei.

Melinda trat aus der Duschkabine und ließ Roc zurück. Sie machte reichlichen Gebrauch von der Bodylotion ihrer Parfumserie. Dann zog sie eines der neuen Seidenhöschen an, das elegante Kleid und die Sandaletten. Als Roc schließlich aus dem Bad kam, saß sie da, bürstete sich das Haar und wartete auf ihn.

Roc stieß einen leisen Laut der Bewunderung aus. Melinda stand auf und drehte sich um ihre eigene Achse.

„Du hattest immer schon einen großartigen Geschmack“, versicherte sie ihm ein wenig keck.

„Ja“, erwiderte er leise. „Das habe ich, nicht wahr?“ Melinda lächelte, als er zu ihr herüberkam und sie zärtlich küsste. „Warum gehst du nicht lieber schon einmal hinunter? Sonst könnte ich in Versuchung kommen, mich gar nicht erst anzuziehen. Ich wette, dass Connie schon ganz ungeduldig auf dich wartet."

„Ich werde auf dich warten", erklärte Melinda.

Roc stöhnte auf. „Nein. Tu mir den Gefallen und geh!"

Melinda lächelte. Es fiel ihr schwer, ihn zu verlassen. „Einverstanden", meinte sie schließlich. Als sie zur Tür ging, fühlte sie Rocs Blick auf sich ruhen. Sie blieb stehen und drehte sich um. Ich liebe dich, hätte sie fast gerufen, aber sie hielt die Worte zurück. „Wir warten auf dich", sagte sie nur.

Sie fuhr mit dem Lift in die Lobby und eilte in den „Turtle Room". Es war leicht, ihren Tisch zu finden, denn die anderen saßen bereits da. Bruce sah gut aus in seinem lässigen weißen Leinenanzug. Connie trug ein bezauberndes geblümtes Kleid, und die Tobagos wirkten schick. Er trug Beige und sie ein auffälliges Rot.

„Komm, setz dich her", rief Marina durch den Raum, als Melinda eintrat.

Sie ging rasch zu dem Tisch hinüber. Er war mit leuchtenden tropischen Blumen geschmückt. Als sie sich setzte, bemerkte sie, dass Connie ihr bereits die Spezialität des Hauses, einen tropischen Drink, bestellt hatte. Sie wusste nicht, was darin war. Die Flüssigkeit sah orange aus, und in dem Glas waren

Ananas-, Kirsch- und Orangenstückchen. Sie nippte daran. Es schmeckte ein bisschen süß, aber gut. Am anderen Ende des Raums spielte eine Calypso-Band. Es schien ein wundervoller, perfekter Abend zu werden.

„Schildkrötensteak ist die hiesige Spezialität", erklärte Connie ihr.

Melinda schüttelte ablehnend den Kopf. „Ich habe es schon einmal probiert. Ich mag es nicht besonders. Mir tun einfach die Schildkröten Leid."

„Und was ist mit Kühen? Hast du schon einmal Tiere mit einem seelenvolleren Blick gesehen?" wollte Connie wissen.

Melinda lachte. „Darüber habe ich noch nie nachgedacht", gab sie zu.

Einen Moment später kam Roc herein. Er trug ein leichtes blaues Sportjackett und ein gestreiftes Hemd ohne Krawatte, dazu eine dunkelblaue Hose. Obwohl er die Sachen in einen Matchbeutel gepackt hatte, wirkten sie frisch gebügelt. Roc sah großartig und entspannt aus, und die Farbe seines Jacketts unterstrich das faszinierende Blau seiner Augen.

Er setzte sich auf den Stuhl neben Melinda. „Habt ihr schon das Essen bestellt?"

Sie schüttelte den Kopf. „Delfin?" schlug sie scherzhaft vor.

Er grinste. „Wir können doch keine Verwandten unseres Freundes verspeisen. Ich habe übrigens etwas über ihn erfahren."

Sie schaute ihn neugierig an.

„Sie nennen ihn Hambone und glauben, dass er irgendwo hier in der Gegend in einem See-Aquarium gewesen sein muss. Er hat schon mit vielen Tauchern und Harpunenjägern hier gespielt."

„Vielleicht bleibt er ja bei uns", meinte Connie.

„Vielleicht bedeutet er Glück", fügte Marina hinzu.

„Vielleicht", sagte Roc. Melinda fühlte, wie er unter dem Tisch ihren Schenkel drückte. Dann nahm er ihr Glas und probierte einen Schluck. „Was ist das denn?" fragte er überrascht.

„Ich habe keine Ahnung."

Roc lächelte. Der Kellner kam, und Roc bestellte ein Bier und Haisteak. Melinda ebenfalls. Die anderen entschieden sich für Scholle.

Dann redeten sie über den Delfin und übers Tauchen. Roc, der seine Hand nicht von Melindas Schenkel genommen hatte, sagte, wie froh er sei, dass Melinda den Löffel gefunden hatte. Sonst würde er wohl annehmen, doch nur einem Produkt seiner Fantasie nachzujagen. Dabei schaute er sie mit einem zärtlichen Blick an.

Es war eine wundervolle Nacht. Nachdem sie ihr Essen beendet hatten, bestellten sie exotischen Kaffee. Die Band spielte immer noch, und die Leute tanzten.

Roc stand auf, als ein langsames Stück gespielt wurde, und reichte Melinda die Hand. Sie nahm sie, erhob sich rasch und folgte ihm auf die Tanzfläche. Dort lehnte sie sich an seine Brust, während er sanft über ihr Haar strich.

„Ein schöner Abend“, sagte er leise.

„Sehr schön“, flüsterte sie an seinem Jackett.

Doch sie hatte diese Worte kaum ausgesprochen, als sie spürte, wie Roc sich plötzlich versteifte. Dann erst bemerkte sie, dass ihm jemand auf die Schulter geklopft hatte.

„Entschuldigung, darf ich abklatschen, Trellyn? Sieht so aus, als würden Sie mit einer Freundin von mir tanzen.“

Melinda wurde es innerlich kalt, und sie verkrampfte sich, noch bevor sie hochsah und Eric Longford neben Roc erblickte.

Er war fast so groß wie Roc, genauso breitschultrig und muskulös. Nur dass er blond war und Roc schwarzhaarig. Seine Augen waren hell, und er hatte einen hellblonden Schnurrbart. Longford sah gut aus …

Aber kein Vergleich zu Roc! sagte Melinda sich.

Und dann überfiel sie Panik, als sie den Blick sah, den Roc Eric zuwarf. Er war eiskalt.

„Longford", sagte er gefährlich leise. Die Musik spielte immer noch, aber Roc hielt Melinda nicht mehr fest. Er hatte seine Arme vor der Brust gekreuzt, während er Eric anstarrte. „Sieh mal an, Longford. Welcher Zufall führt Sie hierher?"

„Ich versuche zu tanzen", erwiderte Longford und legte Melinda die Hand auf die Schulter.

Sie wäre ihm ausgewichen, nur dass er sie eisern festhielt. Außerdem war das auch nicht mehr wichtig. Roc legte nämlich seine Hand auf ihre andere Schulter.

„Trellyn, ich wollte abklatschen …"

„Und ich lasse das nicht zu", erwiderte Roc kalt.

Ein Funke hätte genügt, um die Spannung explodieren zu lassen, und Melinda war kurz davor zu schreien. Sie kannte Roc, kannte seine Gedanken. Er glaubte zweifelsohne, dass Eric nur hier sein konnte, weil sie ihn angerufen hatte, weil sie ihm erzählt hatte, wo er sie finden könnte …

Aber so war es nicht!

„Trellyn, Melinda und ich …"

„Longford, wen interessiert das? Verstehen Sie kein Englisch mehr? Sie klatschen nicht ab. Nicht diesen Tanz, Kumpel!"

Mittlerweile hatten beide Männer eine Hand von Melinda gepackt und begannen in verschiedene Richtungen davonzugehen.

Das ist also die Strafe für meinen Leichtsinn, dachte sie in wachsender Panik. Ich werde auf der Tanzfläche auseinander gerissen! „Eric …“, begann sie. Sie wollte sich die Situation nicht aus der Hand nehmen lassen. Sie musste Roc klarmachen, dass sie niemanden angerufen hatte.

Dieser verdammte Kerl! Melinda war wütend. Ganz gleich, worum es ging, er misstraute ihr sofort! „Wartet gefälligst einen Moment!“ rief sie und zog wütend an den Händen der beiden.

Doch bevor sie weitermachen konnte, legte ihr jemand die Hände auf die Schultern. Und eine dritte männliche Stimme mischte sich plötzlich zu ihren Gunsten ein.

„Gentlemen! Würden Sie bitte meine Tochter loslassen?“

Vater! dachte sie. Oh nein!

Ihre Hände waren plötzlich frei, und sie fuhr herum. Ja, da stand er vor ihr. Er sah ebenso gut aus wie die beiden anderen Männer. Sein gebräuntes Gesicht war alterslos, sein Haar beinah weißblond, weil es so oft der Sonne ausgesetzt war. Und seine Augen, die die gleiche

Farbe wie die ihren hatten, funkelten faszinierend. Sie schaute ihn völlig überrascht an.

„Dad!“ stieß Melinda hervor.

„Oh, natürlich, Dad!“ sagte Roc leise.

„Das ist eine nette Begrüßung nach so langer Zeit, Trellyn“, erwiderte Jonathan grimmig.

„Wir machen hier mitten auf der Tanzfläche eine Szene“, bemerkte Melinda gereizt.

„Dann tanz mit mir“, schlug Longford vor und packte ihren Arm. „Lass die beiden doch ihre alten Streitigkeiten erledigen.“

„Eric, wenn du nur …“

„Verdammt, Longford!“ unterbrach Jonathan ihn entschlossen. „Ich habe gemeint, was ich gesagt habe. Nehmen Sie Ihre Hände von meiner Tochter.“

„Genau“, stimmte Roc zu. Er packte erneut Melindas Hand und zog sie zu sich. Sie flog heftig gegen ihn.

„Nun, Trellyn …“, begann Jonathan Davenport.

„Nun gar nichts!“ Rocs Stimme war beinah ein düsteres Grollen. „Ihr lasst gefälligst beide die Hände von meiner Frau“, befahl er.

Bevor irgendjemand die Möglichkeit hatte, etwas zu sagen, wirbelte er herum und verließ die Tanzfläche. Und zog Melinda dabei entschlossen hinter sich her.

10. KAPITEL

Roc konnte sich nicht erinnern, in seinem ganzen Leben jemals so wütend gewesen zu sein wie in dem Augenblick, als Eric Longford plötzlich aufgetaucht war und ihm auf die Schulter geklopft hatte. Melinda war also hier, um ihm zu helfen! Richtig! Und hatte gleich ein paar nahe Verwandte und Freunde mitgebracht.

Die Versuchung, Longford einen Kinnhaken zu geben, war beinah überwältigend gewesen. Aber irgendwie hatte Roc es trotz seiner Wut geschafft, den Mann nicht anzurühren. Vielleicht hatte das etwas mit Jonathan Davenports plötzlichem Auftauchen zu tun. Er konnte schließlich nicht mit beiden fertig werden.

Und auch wenn es ihn sehr danach gelüstete, konnte er Melinda nicht niederschlagen. All das musste gerade in dem Moment geschehen, in dem er angefangen hatte zu glauben …

„Was machst du eigentlich, um Himmels willen?“ rief Melinda ihm erbost zu.

Ja, was machte er? Roc wusste es selbst nicht so genau. Er musste nur so schnell wie möglich weg, bevor etwas passierte.

Er musste vor allem Melinda wegbringen. Aber als

er ihr ins Gesicht schaute, bemerkte er, dass sie hinter ihrer bleichen und angespannten Miene genauso wütend war wie er. Er zog sie von der Tanzfläche, an dem Esstisch vorbei, durch die Lobby und zu den Aufzügen.

„Ich habe noch nie im Leben jemanden erlebt, der so grob ist", fuhr sie ihn erbost an. Es waren Menschen in der Hotelhalle, deshalb redete sie leise, aber ihre Stimme klang dennoch aufgebracht.

„Grob?" fragte er. „Grob?"

„Das eben war mein Vater ...", begann sie.

„Oh ja, das stimmt!"

Melinda riss an ihrer Hand, aber Roc hielt sie eisern umklammert und ließ sie nicht los.

„Er ist Bergungstaucher wie du, erinnerst du dich noch? Er verbringt viel Zeit auf dem Meer, er war in der Nähe, als wir ihn angefunkt haben, und es ist sicherlich nicht ungewöhnlich, ihn hier in Nassau zu treffen."

„Wie passend."

Melinda stieß die Luft aus und schaute Roc scharf an. „Du denkst also, dass ich ihn hierher bestellt habe, ist es das? Ich durfte dein Funkgerät nicht allein benutzen, weißt du noch?"

„Du hättest nach deinem ersten Tag an Bord alles

machen können, was du wolltest. Du hast die ganze Crew ebenso um den Finger gewickelt wie mich.“

Melinda versuchte ihre Hand zu befreien, aber es war zu spät. Die Aufzugtür hatte sich geöffnet, und Roc zog Melinda mit sich hinein. Dann drückte er die Nummer ihres Stockwerks. Er lehnte sich an die Liftwand, als der Aufzug hinauffuhr, die Finger fest mit ihren verschränkt. Melinda stand hoch aufgerichtet da. Sie wirkte wütend und verächtlich.

„Wenn du glaubst, dass ich nach all dem, was du gesagt hast, noch das Zimmer mit dir teile, musst du den Verstand verloren haben.“

„Wenn du glaubst, dass du mit Longford oder deinem Vater wegfahren kannst, musst du deinen Verstand verloren haben!“

„Ich habe meinen Vater nicht herbestellt. Du kannst ihn fragen.“

Der Aufzug war mittlerweile auf ihrem Stockwerk angekommen, und die Tür öffnete sich. Roc ging über den Flur und suchte in seiner Tasche nach dem Zimmerschlüssel. Erst als sie den Raum betreten hatten, ließ Roc endlich Melindas Hand los.

Sie ging weiter ins Zimmer hinein, um ein wenig Abstand zu Roc zu gewinnen, und wirbelte dann herum. „Ich sage dir …“

„Gib dir keine Mühe." Roc lehnte sich gegen die Tür, schaute Melinda an und spürte einen dumpfen Schmerz im Magen. Melinda behauptete immer noch, dass sie unschuldig sei. Aber sowohl Davenport als auch Longford waren beide da unten, und beide hatten sich immer schon für die „Condesa" interessiert.

Außerdem hatte Melinda zugegeben, dass sie von einem von Longfords Schiffen direkt in sein Netz geschwommen war. Und heute Abend hatte der große blonde Kerl kaum erwarten können, sie anzufassen …

„Ich bleibe nicht bei dir", sagte Melinda ruhig. Sie stand hoch aufgerichtet mit gestrafften Schultern da. Ihr blondes Haar wirkte wie gesponnenes Gold, ihre Augen funkelten wie zwei Edelsteine, und sie hatte das Kinn kämpferisch vorgereckt.

Roc wünschte sich, dass die Hitze, die ihn durchströmte, bald aufhören möge. Er hätte seine Wort so gern zurückgenommen, er wollte Melinda glauben. Aber er war schon einmal von ihr verletzt worden. Er konnte das nicht noch einmal riskieren.

Es war alles so glatt gelaufen. Sie war sprichwörtlich aus dem Blauen heraus aufgetaucht. Sie hatte zugegeben, dass sie auf Longfords Boot gewesen war. Sie war nur mit ihm, Roc, geschwommen, hatte den

Löffel gefunden. Dann hatten sie weitergesucht und nichts mehr gefunden. Und kaum hatte sie sein Schiff verlassen und befand sich wieder an Land ... waren plötzlich alle versammelt.

Roc schüttelte den Kopf und schaute sie immer noch eindringlich an. „Du wirst hier bleiben“, sagte er tonlos.

„Ich werde bei niemandem bleiben, der sich so benimmt, wie du es getan hast.“

„Weil du so unschuldig bist. Weil du so darauf bedacht bist, dass ich die ‚Condesa‘ finde“, stieß er höhnisch hervor.

„Weil dein Verhalten einfach miserabel ist.“

Roc lehnte immer noch an der Tür. Das schien ihm irgendwie Kraft zu geben. „Du hast gesagt, du wolltest hier bleiben“, erinnerte er Melinda.

„Ich gehe nicht zu meinem Vater oder jemand anderen!“ fuhr sie ihn ungeduldig an. „Ich kann nur einfach nicht bei dir bleiben, nach all dem, wessen du mich beschuldigt hast!“

Roc deutete auf das immer noch zerwühlte Bett, auf dem sie einige wundervolle Momente der Hingabe erlebt hatten. „Es gehört dir“, sagte er. „Ich habe schon sehr oft auf dem Boden geschlafen. Ich nehme mir nur Bettzeug und ein Kissen.“

„Du verstehst mich nicht!“ rief sie. „Ich kann die Nähe eines Menschen nicht ertragen, der überzeugt ist, dass ich ihn belüge und hintergehe.“

„Und ich glaube, dass du mich nicht verstehst. Du wirst nicht gehen!“

Melinda fuhr herum und ging zu den Fenstern. Dort starrte sie hinunter auf die Stadt zu ihren Füßen. „Gut, Käpt’n Trellyn“, stieß sie dann hervor. Ihre Stimme war so kalt wie Eis. „Fein. Ich werde also dieses Zimmer nicht verlassen. Ich werde die ganze Suche beenden, ohne ein einziges Wort zu irgendeiner lebenden Seele zu sagen. Aber dann halte dich auch von mir fern, hast du verstanden?“

Sich von ihr fern halten … Und das ausgerechnet in dem Moment, wo er bereits hasste, was er angefangen hatte. Wo er bereit war, die ganze verdammte Schatzsuche aufzugeben, nur um Melinda wiederzubekommen. Er wollte sie nicht länger festhalten müssen, sondern sie sollte aus freiem Willen bleiben, um einfach mit ihm zusammen zu sein.

Roc fühlte sich elend, aber er hielt sich gerade. Er fühlte sich innerlich kalt und fern von Melinda. Das war doch, was sie wollte.

Plötzlich klingelte das Telefon. Es war ein nervendes Geräusch. Melinda zuckte zusammen, starrte dann jedoch den Apparat ohne eine einzige weitere Regung an.

Es klingelte weiter.

„Ich werde bestimmt nicht rangehen und eines der großen, tiefen Geheimnisse verraten“, rief sie schließlich aus.

„Warum nicht? Es ist dein Vater oder dein guter Freund Longford.“

Da Melinda sich aber nicht rührte, ging Roc schließlich durch den Raum und riss den Hörer förmlich von der Gabel. „Was ist?“

„‚Hallo‘ ist die gebräuchlichere Begrüßungsfloskel“, bemerkte Jonathan Davenport gelassen.

„‚Was willst du?‘ ist unter den gegebenen Umständen wohl wesentlich passender. Abgesehen davon nehme ich an, dass ich weiß, was du willst. Mit deiner Tochter reden. Nun, es tut mir Leid. Sie kann heute Abend nicht mit dir sprechen.“

Melinda warf Roc einen Blick zu, der verriet, dass sie vor Wut beinahe explodierte. Doch Jonathan Davenports nächste Worte ließen Roc Melinda einen Moment vergessen.

„Sie kann nicht mit mir reden, was? Ist sie gefesselt und geknebelt? Vergiss es, das wäre nicht dein Stil. Ich wollte eigentlich nur wissen, ob es ihr gut geht.“

„Es geht ihr großartig, für eine Frau, die einen Knebel trägt."

„Warum treffen wir uns nicht auf einen Drink?" schlug Jonathan vor.

„Warum?"

„Vielleicht, weil du mir die Chance geben möchtest, mit dir zu reden. Oder die Möglichkeit, mich zu entschuldigen."

Roc schaute immer noch Melinda an. Er war verwirrt. Der alte Davenport wollte sich entschuldigen? Es konnte stimmen. Vielleicht hatte er sich irgendwann eingestanden, dass er Unrecht gehabt hatte. Vielleicht hatte er es sogar seiner Tochter erzählt.

„Ja", sagte Roc schließlich zögernd. Melinda starrte ihn immer noch an.

„Neben der Lobby ist eine kleine Bar. Ich werde dort warten", sagte Davenport.

Roc legte den Hörer auf, ohne den Blick auch nur eine Sekunde von Melinda gewandt zu haben. Er machte eine Handbewegung, die den Raum umfasste. „Er gehört dir."

„Was hast du vor?" wollte sie wissen. Sie lief hinter ihm her, als Roc das Zimmer verlassen wollte. Ihr Blick war plötzlich besorgt, und ihre Stimme klang nicht mehr so kalt.

„Nun, ich werde mich nicht mit deinem Vater in die Haare bekommen. Hat dir das Sorgen gemacht?“

Melinda verstummte und sah ihn nur an.

Roc drehte sich um und verließ das Zimmer mit langen Schritten. Draußen wartete er darauf, dass Melinda ihm folgte. Aber das tat sie nicht.

Roc fand die Bar schnell, und Jonathan Davenport noch einfacher. Connie saß neben ihm auf einem der Barhocker.

Die beiden gaben ein sehr attraktives Paar ab. Sie waren beide schlank, blond und braun gebrannt. Jonathan wirkte natürlich reifer, auch wenn er für sein Alter ausgesprochen gut aussah. Sein Gesicht war gebräunt und wettergegerbt. Connie lachte gelöst über etwas, das er sagte. Sie strahlte, und ihre samtbraunen Augen glänzten. Das rote Kleid stand ihr gut und betonte ihr helles Haar und ihre dunklen Augen.

Jonathan war tatsächlich ein sehr attraktiver Mann. Und Melinda hatte sein gutes Aussehen geerbt. Trotz des Altersunterschiedes von fast zwanzig Jahren schienen Jonathan und Connie gut zusammenzupassen.

Doch plötzlich verlangsamte Roc seinen Schritt. Er fragte sich, was Connie eigentlich mit dem Mann zu schaffen hatte. Wo, zum Teufel, war Bruce?

Bruce ist ihr Bruder, nicht ihr Aufpasser, dachte Roc. Er musste zugeben, dass er wirklich verdammt schlechte Laune hatte und immer noch wütend war. Nur die Neugier hatte ihn veranlasst, herunterzukommen. Wenigstens konnte Melinda nicht zu ihrem Vater laufen und mit ihm reden, solange er, Roc, sich mit ihm unterhielt.

Blieb natürlich noch Eric Longford.

Dieser Gedanke schien geradezu nach einem Scotch zu rufen. Roc ging durch die Bar und setzte sich auf den freien Hocker neben Jonathan.

Connie schaute ihn überrascht an. „Roc! Ich habe nur … Ich vermute, ihr beide wollt miteinander reden. Es ist wohl besser, wenn ich mir ein bisschen die Lobby anschaue."

Bevor die beiden protestieren konnten, war sie aufgesprungen und verschwunden.

Roc bestellte sich einen Drink, nahm einen Schluck und schaute seinen alten Freund und Lehrer an. Davenport sieht gut aus. Und das liegt sicherlich nicht an seinem ruhigen Leben, dachte Roc.

„Sie ist ein nettes Mädchen", sagte Jonathan gelassen. Er meinte Connie.

„Ein bisschen jung für dich", bemerkte Roc.

„Vielleicht", erwiderte Jonathan unbeeindruckt.

„Aber ich habe immer gefunden, dass Interesse und Fähigkeiten wichtiger sind als das Alter."

Roc hob ihm sein Glas entgegen. „Das liegt daran, dass du älter wirst", meinte er.

Jonathan lachte, nicht im Geringsten gekränkt. Er fuhr mit den Fingern über sein Bierglas und schaute auf die braune Flüssigkeit. „Also ist sie gefesselt und geknebelt, was?" Diesmal meinte er Melinda.

„Willst du nicht hochlaufen und deine Tochter retten?" fragte Roc.

Jonathan drehte sich mit einem Schulterzucken um und schaute Roc endlich an. Der Blick seiner Augen, die so sehr denen seiner Tochter ähnelten, war forschend. „Das kommt darauf an."

„Worauf?"

„Stimmt es, dass meine Tochter immer noch deine Frau ist?" wollte er wissen.

Jetzt war Roc an der Reihe, mit den Schultern zu zucken. „Ich habe die Scheidung nicht eingereicht, Davenport. Wenn Melinda es auch nicht getan hat, ist sie wohl noch meine Frau."

Jonathan nickte. „Nun, dann …", sagte er leise.

„Nun dann was?"

„Dann werde ich nicht hinaufgehen und sie retten. Das ist eine Sache, die nur euch beide angeht."

Roc trank einen Schluck Scotch. „Sie kam von einem von Longfords Schiffen, als sie in mein Netz geschwommen ist, weißt du.“

Davenport schien zusammenzuzucken. „Sie hat diese leichtsinnige Ader. Ich hätte ihr so etwas Riskantes niemals erlaubt, und das wusste sie sehr genau. Sie muss Longford beschwatzt haben …“ Er brach ab. Vielleicht hatte er instinktiv gespürt, was Roc für den anderen Mann empfand. „Nun“, fuhr er dann gleichgültig fort, „sie war nicht lange bei ihm. Wir waren an dem Morgen, als du mich angefunkt hast, zusammen in Miami. Also ist sie nur auf eine Tagestour mit ihm gegangen.“

„Ich gestehe dir zu, Jonathan, dass du dich mehr um eine Erklärung für ihr Verhalten bemühst als sie selbst.“

„Vielleicht wusste sie wirklich nicht, dass sie ihr Verhalten erklären musste. Ihr beide wart schließlich lange getrennt.“

„Es war ihre Entscheidung“, erinnerte Roc ihn.

Jonathan nickte und schaute einen Moment zu Boden. „Ihre Entscheidung und mein Fehler“, sagte er und schaute Roc wieder an. „Ich habe mich falsch verhalten. Der Fund war deiner. Obwohl wir die Belohnung geteilt haben, hätte ich dir den Fund gutschreiben müssen. Vielleicht war ich so verdammt wütend darüber, dass du Recht behalten hast, obwohl alles gegen dich sprach. Vielleicht konnte ich auch nur nicht glauben, dass ich mich so irren könnte. Es ist zu spät. Zu spät für mich, aber nicht für Melinda ..."

Roc spürte, wie sein Herz heftig schlug. „Was meinst du damit?"

„Nun, du hast gesagt, dass es damals ihre Entscheidung war. Jetzt ist es auch ihre Entscheidung, nicht wahr? Und sie ist auf dein Boot gekommen, richtig?"

„Sie ist von einem von Longfords Schiffen gekommen", erinnerte Roc Jonathan.

„Vielleicht solltest du darüber noch einmal nachdenken. Longford war immer schon hinter ihr her, dabei hat Melinda ihn nicht im Geringsten ermutigt. Sie war immer höflich, und ich lüge dich nicht an. Wir waren während der letzten Jahre genug zusammen. Sie ist immer noch höflich. Sie sind befreundet. Mehr nicht."

„Warum erzählst du mir das alles?"

„Weil meine Tochter oben in deinem Zimmer gefesselt und geknebelt ist", erwiderte Jonathan liebenswürdig.

Roc lehnte sich zurück und lächelte. War es der

Scotch, der ihn innerlich erwärmte und die Kälte vertrieb?

„Sie war in einer ziemlich ausweglosen Situation, weißt du“, sagte Jonathan plötzlich.

„Wie bitte?“

„Nun, du hast sie in eine Zwickmühle gebracht. Sie musste sich zwischen ihrem engsten Blutsverwandten und dem Mann, den sie liebte, entscheiden.“

„Sie hat sich für den Verwandten entschieden“, meinte Roc gelassen.

„Es gab einmal eine Zeit, da war ich der einzige Mensch, den sie hatte. Und, zugegeben, ich habe damals alles versucht, um sie auf meine Seite zu ziehen.“

„Und jetzt?“ wollte Roc wissen.

„Und nun, tja ...“ Jonathans Stimme erstarb. Dann trank er sein Bier aus und schaute Roc wieder an. „Jetzt war ich einfach erleichtert, als ich feststellte, dass sie auf deinem Schiff war und nicht auf Longfords.“

„Also treibst du sie jetzt in meine Richtung?“

Jonathan schüttelte den Kopf. „Ich habe meine Lektion gründlich gelernt. Ich würde niemanden mehr in irgendeine Richtung treiben.“

„Also ...“

„Sie war auf deinem verdammten Schiff, und sie ist

jetzt in deinem verflixten Zimmer, richtig?“ wollte Jonathan wissen.

„Gefesselt und geknebelt“, erinnerte Roc ihn.

Jonathan lächelte. „Ich wollte dir nur sagen, dass sich ein Schafskopf von Schatzsucher einmal geirrt hat, dem es sehr Leid tut. Und dass ich hoffe, dass du deine ‚Condesa‘ findest. Wobei ich schon gehört habe, dass du auf dem besten Wege bist.“

„Melinda hat also doch Kontakt mit dir aufgenommen?“

„Nein.“ Davenport schüttelte den Kopf. Er deutete auf den nun leeren Hocker neben sich. „Dein Crewmitglied hat mir erzählt, dass meine Tochter einen Löffel von dem Schiff mit hochgebracht hat.“

Connie? Roc wurde nachdenklich. „Ja, Melinda hat einen Löffel gefunden.“

„Sie ist eine gute Taucherin. Die Beste. Hüte, was du bekommen hast.“

Roc stand auf. Drei Jahre waren eine lange Zeit. Davenport hatte sich geändert. Melinda ebenfalls, und er selbst auch. „Danke für das Gespräch“, sagte er und legte Davenport die Hand auf den Rücken.

Davenport lächelte und nickte. „Viel Glück.“

„Mit dem Schatz? Oder deiner Tochter?“

„Wenn du noch nicht gemerkt hast, dass sie der

wahre Schatz ist, dann tappst du reichlich im Dunklen, mein Junge."

Roc lachte. „Ich werde mir das zu Herzen nehmen, Jonathan. Gute Nacht."

Er verließ die Bar und hatte es eilig, in sein Zimmer zurückzukommen. Zu dem wundervollen Ausblick, der kühlen Luft, dem breiten Bett …

Zu seiner Frau.

Wenn sie ihm verzieh. Er hatte die schreckliche Vision, dass sie gegangen sein könnte, dass er die Nacht allein verbringen müsste in dem bequemen Bett.

Aber wenigstens hatten sie vorher eine schöne Zeit miteinander verbracht … Bevor du dich wie ein Neandertaler benommen hast, gestand er sich ein und ging rasch auf den Aufzug zu.

Vielleicht war Melinda ja immer noch wütend auf ihn und wollte ihm nicht vergeben. Aber andererseits war es nicht so schwer, sich zu entschuldigen. Das hatte er gerade von seinem Schwiegervater gelernt. Sollte er es selbst auch einmal versuchen?

Plötzlich tippte ihm jemand auf die Schulter, und Roc fuhr herum. Die Wärme in seinem Inneren verwandelte sich in derselben Sekunde in Eis.

Eric Longford. Sehr groß und sehr blond. Seine Miene war wutverzerrt.

„Du hast vielleicht Nerven, Trellyn!“ stieß er aufgebracht hervor.

„Ich habe dir nichts zu sagen, Longford“, begann Roc. Doch dann sah er, dass Melinda keineswegs oben auf ihn wartete. Sie stand unmittelbar hinter Longford.

Rocs Mut sank in dem Maße, in dem seine Wut stieg. „Verschwinde, Longford“, sagte er und wollte sich umdrehen. Sollte Melinda doch gehen, wohin sie wollte. Roc trat vor den Aufzug.

„Davon träumst du wohl, Trellyn!“

Erneut packte Longford ihn an der Schulter und drehte ihn herum. Roc duckte sich gerade noch rechtzeitig, um Erics Schwinger auszuweichen. Das hätte schiefgehen können.

„Verdammt, Longford!“ rief er, aber Eric schwang erneut den Arm.

Das war mehr, als Roc hinnehmen konnte. Er duckte sich und traf den anderen Mann mit einem Haken direkt am Kinn. Longford stürzte ohnmächtig zu Boden.

„Roc!“

Das war Melindas Stimme. Sie war wütend und fiel neben Longford auf die Knie. „Roc, so kannst du nicht ...“

„Wir gehen!“ sagte er, bückte sich und packte ihre Hand. Dann zog er sie hoch.

Es hatte sich bereits eine Menge um sie herum gebildet, aber glücklicherweise hatten die meisten der Leute gesehen, dass Eric den Streit angefangen hatte.

Jemand anderes sollte sich um ihn kümmern. Melinda würde es jedenfalls nicht tun. Roc zog sie in den Aufzug. Als die Tür sich schloss, waren sie allein, und Melinda fuhr zu ihm herum.

„Du hättest ihn nicht niederschlagen müssen! Es ist keine Lösung, wenn man jemanden einfach …“

„Er hat mich angegriffen.“

„Du …“

„Zweimal. Und du … Was, zum Teufel, hattest du hier unten mit ihm zu suchen?“

„Was? Also gut, du Dummkopf! Ich bin heruntergekommen, um ihm so genaue Ortsangaben wie möglich von der Stelle zu geben, an der ich den Löffel gefunden habe!“

„Wirklich?“

Melinda stürzte sich auf ihn, aber er packte sie und umschlang sie fest mit den Armen. „Du würdest jeden dazu bringen, dich zu schlagen!“ schrie sie aufgebracht.

„Was hast du da unten gemacht?“

„Ich habe ihn nicht aufgesucht!“ rief sie und versuchte sich zu befreien.

Die Aufzugtür öffnete sich. Roc hielt Melinda fest, während er nach seinem Schlüssel suchte, die Zimmertür öffnete und Melinda mit sich hineinzog.

Drinnen lehnte er sich gegen das Holz. „Also, was hast du unten gemacht?“

„Ich schulde dir keine Erklärung. Dein Verhalten wird immer unausstehlicher!“ Roc ging durch den Raum auf sie zu, und Melinda versuchte vor ihm zurückzuweichen. „Bleib mir vom Leib. Ich meine es ernst!“ Aber Roc kam näher, und Melinda ging um den Whirlpool herum. „Du hast kein Recht dazu!“

„Ich stelle dir ja nur eine Frage“, meinte Roc, während er unaufhaltsam näher kam. Er musste sie einfach wieder berühren.

„Und ich …“, begann sie, doch Roc packte ihre Oberarme und zog Melinda an sich heran.

„Was?“ fragte er.

„Connie hat angerufen und erzählt, dass du mit meinem Vater in der Bar sitzen würdest“, rief sie empört. „Ich bin nur runtergefahren, um sicherzugehen, dass ihr beide klarkommt.“

Tränen standen Melinda in den Augen. Roc presste den Mund auf ihre Lippen, als er sie auf seine Arme hob und mit langen Schritten zum Bett trug. Zusammen fielen sie auf die weichen Seidenlaken.

Melinda drückte die Hände gegen seine Brust. „Roc, du kannst mir das nicht antun. Das ist nicht fair. Und nicht richtig. Es ist …“

„Ja, tut mir Leid“, sagte er leise.

„Was?“ Sie schaute ihn erstaunt an. Ihre feuchten Augen waren hinreißend.

Wie habe ich nur so lange ohne sie leben können? fragte sich Roc. Er küsste sanft ihre Lippen, nahm dann ihre Hände in seine und küsste ihre Finger. „Es tut mir Leid“, wiederholte er leise.

„Aber du wirst erneut misstrauisch werden …“

„Ich werde versuchen, es nicht zu sein. Melinda, du bist urplötzlich wieder in meinem Leben aufgetaucht, gerade, als ich dabei war, über deinen Verlust hinwegzukommen. Meine Manieren sind nicht besonders gut, und ich verhalte mich vielleicht noch häufiger wie ein Mistkerl.“

„Dann reicht es nicht, wenn es dir Leid tut“, rief sie anklagend.

„Melinda, verdammt, ich liebe dich!“ stieß Roc hervor. „Ist das nicht genug?“

Sie schwieg und hielt den Atem an. „Oh mein Gott“, flüsterte sie schließlich.

„Nun?“

Sie schlang die Arme um seinen Nacken, küsste ihn, umspielte seine Lippen mit der Zunge, bis sie in seinen Mund eindrang. Es war ein verlangender, leidenschaftlicher Kuss.

Doch Roc löste sich von ihr und musterte sie eindringlich. „Nun?“

„Es ist genug“, rief sie. „Es ist wirklich genug.“

Diesmal küsste Roc sie.

„Roc?“ flüsterte sie später, sehr viel später.

„Ja?“

„Ich …“

„Ja?“

Sie richtete sich auf. Ihr Haar war zerzaust, ihre Augen glänzten verwirrend, und ihre nackte Haut berührte warm seinen Körper.

„Ich liebe dich“, sagte sie schließlich. „Ich habe dich immer geliebt. Ich habe versucht, es zu lassen, wirklich versucht, aber …“

Roc schlang einen Arm um sie und zog sie zu sich herunter. Dann küsste er ihre Stirn.

Davenport hat Recht, dachte er. Ich werde natürlich weiter nach der „Condesa“ suchen. Aber den wahren Schatz halte ich schon in meinen Armen. Jetzt kommt es nur darauf an, sie auch zu behalten.

11. KAPITEL

„Gut, macht euch fertig.“ Melinda schaute zu Roc, der drei Meter links neben ihr war, dann zu Joe, drei Meter rechts von ihr. Connie war weitere drei Meter neben Joe und Bruce drei Meter neben seiner Schwester. Sie traten alle Wasser und warteten darauf, dass Marina ihnen das Zeichen gab.

„Wir sind fertig“, rief Roc verärgert aus.

„He!“ schrie Marina und hob das Kinn. „Ich bin hier der Starter! Also, denkt daran! Wer als Erster das Schiff berührt, hat gewonnen, klar?“

„Wir haben es verstanden, Marina“, rief Bruce. „Aber wir werden noch zu Backpflaumen werden, wenn wir nicht …“

„Los!“ schrie Marina.

Bruce musste natürlich erst Luft holen, bevor er losschwimmen konnte. Damit gab er den anderen bereits einen Vorteil.

Melinda wusste, dass sie schnell war, aber sie war nicht ganz so schnell wie Roc. Sie hatte vom Start weg einen kleinen Vorsprung vor ihm und schwamm wie um ihr Leben. Sie war weit vor Connie und Bruce und auf der gleichen Höhe wie Joe Tobago, aber als sie sich dem Schiff näherte, unmittelbar bevor sie es berührte, zog Roc kraftvoll an ihr vorbei und schlug als Erster an.

Er hielt sich an der Leiter fest, rang nach Luft und stieß die Faust in die Luft. Dabei ließ er so etwas wie einen Siegesschrei hören. Melinda klammerte sich an die andere Seite der Leiter.

„Ich habe dich geschlagen“, sagte er.

Melinda zuckte mit den Schultern und lächelte.

„Prima! Du hast eine fünfundvierzig Kilo schwere Frau geschlagen“, rief Marina verächtlich von oben.

„Oh, Marina, sie wiegt viel mehr als fünfundvierzig Kilo“, meinte Roc und kletterte aus dem Wasser.

„He!“ rief Melinda protestierend.

„Gut, vielleicht nicht sehr viel mehr.“ Er ging an Deck, reichte Melinda die Hand und half ihr an Bord.

Joe kletterte hinter ihnen hinauf. „Die Lady hat mich beschämt“, erklärte er, schüttelte den Kopf und lächelte.

Melinda lächelte ebenfalls. „Aber ich bin heute im Gegensatz zu dir nicht getaucht“, erinnerte sie ihn.

Sie waren den ersten Tag wieder an der alten Stelle über dem Wrack des Kriegsschiffes, nachdem sie Nassau verlassen hatten. Sie waren nach ihrer Übernachtung nicht annähernd so früh losgekommen, wie Roc es eigentlich vorgehabt hatte. Das hatte vor allem daran gelegen, dass Melinda und er erst kurz vor Mittag aufgewacht waren. Und da keiner von der Mannschaft es für nötig befunden hatte, ihnen zu sagen, wie spät es war, hatten sie noch ein bisschen mehr Zeit verschwendet.

Es war eine sehr angenehme Art der Zeitvergeudung gewesen, fand Melinda. Doch nachdem sie dann aufgestanden waren, hatte Roc sich darum kümmern müssen, dass ihr Nachschub an Bord kam. Sie hatten die Listen überprüfen und gegenchecken müssen, und es wurde schließlich dunkel, als sie endlich den Hafen von Nassau hinter sich ließen.

Heute Morgen war Melinda noch recht müde. Aber das störte sie nicht. Im Moment war sie einfach zufrieden, die Zeit genießen zu können. Sie wusste nicht, was ihr Vater Roc gesagt hatte, denn es gab keine Gelegenheit mehr, mit ihm zu reden. Dennoch war sie sicher, dass ihr Vater damit zufrieden war, wie sich die Dinge entwickelten. Wenn nicht, hätte er sicherlich die Wände des Hotels eingerissen. Roc und er waren sich verblüffend ähnlich, was ihre Beschützerinstinkte und Macho-Gewohnheiten betraf.

Sie hatte mit Roc auch nicht mehr über die Vergangenheit geredet. Vielleicht vertraute er ihr ja noch nicht völlig. Oder ihrem Vater. Aber obwohl Melinda es für verständlich hielt, dass sie sich auf die Seite ihres Vaters stellte, musste sie zugeben, dass sie es so direkt und vollständig getan hatte, dass sie Roc nicht die geringste Chance ließ. Vielleicht dauerte es einfach lange, so etwas zu überwinden.

Nun sah es allerdings so aus, als stünde ihnen genug Zeit zur Verfügung. Selbstverständlich war Roc immer noch hinter der „Condesa“ her. Aber er schien die Jagd jetzt etwas langsamer angehen zu lassen. Sie ließen sich mehr Zeit bei den Mahlzeiten, blieben länger an Deck und schauten auf die Sterne. Sie erwachten zwar immer noch bei Morgendämmerung, doch sie standen nicht mehr sofort auf. Die ganze Crew der „Crystal Lee“ schien entspannter zu sein.

Es gab möglicherweise aber immer noch eine Mauer zwischen Melinda und Roc. Er redete nicht von der Zukunft. Ganz gleich, wie nahe sie sich kamen, er hielt immer einen gewissen Abstand ein. Sie mochte zwar seine Frau sein, und er mochte auch mit ihr sein Leben, sein Bett und jetzt auch seine Arbeit teilen. Doch Melinda wusste überhaupt nicht, was passieren würde, wenn sie die „Condesa“ fanden – oder bei dem Versuch scheiterten.

„He! Hilft mir vielleicht jemand?“ rief Connie, während sie die Leiter hinaufkletterte.

Roc reagierte sofort und half dann auch Bruce nach ihr hinauf.

„Ich finde, es sollte eine Revanche geben“, beschwerte sich Bruce.

„Ich finde, wir sollten lieber mit dem Essen anfangen“, meinte Marina.

„Und ich meine, es ist Zeit für ein Bier!“ rief Peter vom Steuerhaus aus. Von dort aus hatte er die ganze Zeit mit einem Fernglas Ausschau gehalten.

Melinda lächelte ihm zu und bemerkte dann, dass ihn trotz seiner gelassenen Stimme etwas zu bedrücken schien.

Peter gesellte sich ein paar Sekunden später zu den anderen, als sie in die Kombüse gingen, Wasser- und Bierflaschen öffneten und vorgaben, Marina zu helfen, ihr dabei aber eigentlich nur im Weg standen.

„Melinda“, sagte Marina, „macht es dir etwas aus, Gemüse zu putzen?“

„Sag mir einfach, was ich putzen und schneiden soll“, erwiderte Melinda liebenswürdig. „Ich meine, außer dem Käpt’n, natürlich“, fügte sie hinzu.

Roc warf ihr einen warnenden Blick zu, den sie ignorierte. Dann ging er mit Peter wieder an Deck.

Heute Abend wurde es schnell dunkel. Die Sonne ging schon unter, während sie noch im Wasser waren, und mit einem Mal war es dunkel. Melinda drehte sich herum und versuchte durch die Bullaugen der Kombüse etwas zu erkennen. Draußen auf dem Meer schien ein Licht zu brennen.

Sie verteilte das Gemüse auf der Platte, die Melinda ihr gegeben hatte, und überließ es Connie und Bruce, den Tisch zu decken. Joe Tobago markierte eine der Seekarten, die sie für ihre Tauchgänge benutzten.

Marina schaute hoch, als Melinda aufstand, und sie versprach Joes Frau, gleich wieder zurückzukommen.

„Es ist alles fast fertig“, erwiderte Marina. „Lass dir Zeit.“

Melinda nickte und ging an Deck. Sie erschauerte ein wenig, als sie hinter Roc und Peter trat. Sie hatte noch keine Gelegenheit gehabt, zu duschen und sich umzuziehen, und die Nachtluft war kühl.

Die beiden Männer unterhielten sich leise, verstummten aber, als Melinda sie erreichte. Roc hatte die Zähne fast zusammengepresst. Das war ein sicheres Anzeichen dafür, dass etwas nicht nach seinem Geschmack war, auch wenn er es nicht immer direkt sagen würde.

„Was ist los?“ fragte Melinda.

„Da ist noch ein anderes Boot“, erklärte er.

Sie mochte den Klang seiner Stimme nicht. Sie hatte einen scharfen Unterton. Melinda überlief es kalt, und sie ging sofort auf Abwehrhaltung. Er hatte kein Recht dazu, sie immer noch so zu behandeln. Sie wollte ihm zeigen, was sie davon hält.

„Wie verblüffend“, sagte sie kühl. „Das hier sind wundervolle, verlockende Gewässer. Warum um alles in der Welt sollte wohl jemand auf die Idee kommen, ausgerechnet hier zu segeln?“

Roc verstand ihren Sarkasmus sehr wohl und warf ihr einen kurzen, warnenden Seitenblick zu.

„Sie hält Abstand“, bemerkte Peter schließlich. „Sie wird nicht mehr als ein Fleck am Horizont sein. Wir werden sehen, was sie morgen früh macht, nicht wahr, mi amigo?“

„Si“, erwiderte Roc. Er war in Südflorida lange genug zwischen den Inseln gekreuzt, um mit den Jahren genug Spanisch und das Inselfranzösisch zu verstehen. Dann sagte er etwas auf Spanisch zu Peter, das Melinda nicht verstand. Ärgerlich begriff sie, dass sie es auch nicht hatte verstehen sollen.

Sie presste die Lippen aufeinander. Sie war heute eine Zeit lang allein auf dem Schiff gewesen. Selbst

Marina war getaucht, als Hambone, ihr Delfinfreund, wieder aufgetaucht war.

Also war sie wieder schuldig. Ganz gleich, was passiert war, Roc dachte offensichtlich, sie wäre sofort ans Funkgerät gegangen, als sie einen Moment allein war. Und wen sollte sie angerufen haben?

Irgendjemanden. Ihren Vater. Eric.

Sie wandte sich ab, weil sie keinem der beiden etwas zu sagen hatte, auch wenn der mitfühlende Blick, den Peter ihr zuwarf, ihr klarmachte, dass er auf ihrer Seite war. Nun, sie brauchte keine Hilfe. Denn sie war unschuldig. Sie eilte zur Schiffstreppe.

„Melinda!“ rief Roc ihr scharf hinterher. „Ich würde gern mit dir reden.“

„Später“, erwiderte sie kühl. „Wenn es dir nichts ausmacht. Ich friere, und ich würde gern vor dem Essen noch duschen.“

Sie ging geradewegs in die Kabine, wühlte in einer von Rocs Schubladen nach etwas Anziehbarem, griff sich ein Handtuch und trat in die kleine Duschkabine.

Melinda war froh, dass das Wasser so heiß war. Sie hob das Gesicht dem Strahl entgegen und hätte fast laut aufgeschrien, als der Duschvorhang plötzlich zur Seite gerissen wurde.

Natürlich war es Roc. Er schaute sie mit seinen kobaltblauen Augen forschend und scharf an. „Was soll das?“ fragte er.

Melinda griff nach dem Duschvorhang und versuchte ihn wieder zuzuziehen. Doch Roc hielt ihn fest. „Wenn du gestatten würdest …?“

„Nein, das würde ich nicht“, erklärte er. „Warum bist du so davongestürmt?“

„Da draußen ist ein Schiff. Natürlich kann nur ich es über Funk gerufen haben, nicht wahr?“

„Es ist ein Boot da draußen. Und ich glaube, es ist das Schiff deines Vaters.“

Melinda stieß laut die Luft aus und zog dann noch stärker an dem Vorhang. „Du hast mit meinem Vater gesprochen, nicht ich!“ meinte sie empört. „Erinnerst du dich? Ich durfte nicht mit ihm reden, weil du mir ja nicht vertrauen konntest.“

„Ihr beide steht euch ja auch sehr nah.“

Sie verwünschte ihn, als er zu ihr in die Duschkabine trat. Er trug nichts weiter als seine Badehose. „Mach das nicht!“ meinte sie anklagend. „Roc, ich warne dich …“

Das Wasser spritzte über ihre Gesichter, als Roc Melinda in die Arme nahm und sie verlangend küsste. Er strich mit den Händen verführerisch über ihren

Körper, hinunter bis zu ihrem Po, und presste sie enger an seinen halb nackten Körper.

Melinda wich seinen Lippen aus und spürte das Wasser, das zwischen ihnen herabfloss. „Du kannst mich nicht in einem Moment beschuldigen und dann im nächsten ..."

„Ich habe dich überhaupt nicht beschuldigt", erklärte er heiser.

Melinda hörte ein klatschendes Geräusch, und ihr wurde klar, dass er seine Badehose auf den Boden hatte fallen lassen. Im nächsten Moment lag sie wieder in seinen Armen.

„Aber du hast gesagt ..."

„Ich habe gesagt, dass es das Boot deines Vaters sein könnte", meinte er und schaute sie eindringlich an.

„Weil ..."

„Weil er dort draußen ist", rief er ärgerlich. Das Wasser strömte immer noch wunderbar warm über sie. Roc drückte Melinda sanft an die Wand und küsste sie leidenschaftlich. Seine Berührung und das Wasser erregten sie, und Melinda atmete schwer. Sie wollte sich weiter streiten, aber sie hatte vergessen, worüber.

Plötzlich legte Roc seine Hände auf ihre Hüften und hob Melinda hoch. Dann ließ er sie dicht an seinem Körper herabgleiten, drang in sie ein und brachte sie dazu, ihn mit ihren Beinen zu umklammern. Die Empfindungen machten sie benommen, und sie gehorchte sofort. Sie umschlang ihn auch mit den Armen und grub die Finger in sein dichtes Haar. Dann packte sie seine Schultern. Sie stöhnte leise auf, als Roc sie nahm, immer und immer wieder. Er erregte sie maßlos, und seine raschen Bewegungen schienen wie ein Sturm zu sein, der sie in einem unvermittelten, erschütternden Moment mitriss.

Dann ließ Roc Melinda langsam an sich heruntergleiten. Das Wasser lief ihr über das Gesicht und die Brüste. Ihre Beine waren zittrig, aber das spielte keine Rolle, denn Roc hob sie hoch und trug sie aus der Dusche. Dann wickelte er sie in ein Handtuch und hielt sie zärtlich fest.

Einen Moment später schaute er auf die Uhr. „Verdammt!“ stieß er leise hervor.

Melinda hatte ihr Gesicht gegen seine Brust gelehnt und schaute jetzt hoch. Sein Blick ruhte zärtlich spottend auf ihr.

„Ich fürchte, wir haben das Abendessen verpasst.“

Melinda griff nach seinem Handgelenk, schaute auf seine Uhr und stöhnte auf. Sie konnte nicht glauben, dass sie schon vor einer Stunde mit Roc an Deck über das andere Schiff geredet hatte. „Du scheinst eine besondere Begabung zu haben, dafür zu sorgen, dass ich mein Dinner verpasse", sagte sie.

„Wie bitte?"

„Du hast mich in Nassau auch von meinem Abendessen weggezogen", erinnerte sie ihn, trocknete sich schnell ab und wollte an ihm vorbeigehen.

„Da haben wir nicht mehr gegessen, sondern getanzt, und du wolltest mit Longford wegtanzen."

„Ich wollte mit niemandem wegtanzen", erwiderte sie gepresst. Sie ging an ihm vorbei, um sich in der Kabine anzuziehen.

Roc folgte ihr, aber er zog sich nicht an, sondern legte sich nackt aufs Bett, während er Melinda zusah. „Ich frage mich, warum er wohl da gewesen ist."

Sie schaute ihn rasch an. „Ich habe dir gesagt …"

„Ich habe dich ja gar nicht beschuldigt!"

„Aber immer, wenn etwas passiert, hast du so eine Art, mich anzuschauen."

„Ich sehe dich gern an", versicherte er ihr.

Sie zog ein langärmeliges T-Shirt und eine Jeans an. „Würdest du jetzt bitte mitkommen? Was soll deine Crew denken, wenn wir beide verschwinden …"

„Oh", sagte Roc geradeheraus, „vermutlich werden sie jetzt alle denken, dass wir in meiner Kabine miteinander schlafen."

„Verdammt, Roc!“

Er lachte und sprang auf. Dann legte er ihr die Hände auf die Schultern und küsste zärtlich ihre Lippen. „Ich werde gleich mitkommen“, versicherte er ihr.

Melinda nickte. Aber aus irgendeinem Grund mochte sie den Ausdruck in seinen Augen überhaupt nicht. Ganz gleich, was er sagte, die Mauer zwischen ihnen war immer noch da. Und dabei hatte sie doch schon wieder so viel Gefühl riskiert.

Melinda erschauerte plötzlich und dachte daran, dass das alles viel gefährlicher geworden war, als es am Anfang ausgesehen hatte. Schließlich war sie nur einfach ins Meer gesprungen und hatte darauf gewartet, dass sie in einem Fischernetz an Bord gezogen wurde.

Jetzt dagegen …

Jetzt stand wirklich sehr viel auf dem Spiel. Viel, viel mehr als alle Reichtümer, die die „Condesa“ zu bieten hatte.

Melinda wachte am nächsten Morgen vor Roc auf und zog sich schnell an. Als sie merkte, dass sie als Erste aufgestanden war, bereitete sie schnell Kaffee und das Frühstück. Sie trank bereits Kaffee, der Schinken war schon fast fertig, und sie hatte es geschafft, eine Riesenportion Rührei mit Pilzen und Peperoni zu machen, als Marina gähnend in die Kombüse kam. Sie lächelte Melinda erfreut zu und bot an, weiterzumachen.

„Weck den Käpt'n liebevoll mit Kaffee“, schlug Marina vor. Melinda lächelte und wollte die Kombüse gerade verlassen, als Marina sie plötzlich zurückrief.

Sie drehte sich neugierig um. Marina schaute sie ernsthaft an. „Du bist wirklich eine Bereicherung an Bord“, sagte sie nachdrücklich.

Melinda lächelte. Von Marina war das ein großes Kompliment. „Danke“, sagte sie leise.

Sie verließ die Kombüse und brachte Roc den Kaffee in die Kapitänskajüte. Als sie eintrat und die Tür hinter sich geschlossen hatte, erinnerte sie sich daran, wie schrecklich eifersüchtig sie auf Connie gewesen war. Das war noch gar nicht so lange her. Und jetzt erwies Connie sich als eine gute Freundin.

Und nun brachte sie, Melinda, Roc immerhin schon den Kaffee ans Bett ... Der Blick seiner kobaltblauen Augen enthielt allerdings immer noch eine Spur Skepsis.

Er war wach, hatte sich gemütlich auf die Kissen aufgestützt und die Decken bis an die Hüften hochgezogen. Er lächelte wie ein König, und Melinda wusste, dass er geduldig und erfreut darauf gewartet hatte, dass sein Kaffee kam.

„Danke“, sagte er, nahm seinen Becher und zog Melinda neben sich. „Ich freue mich, dass eine Frau an Bord ist. Kaffee am Bett. Der reine Luxus.“

„So schlecht war es vorher doch auch nicht“, erinnerte sie ihn herausfordernd. „Connie hat dir deinen Kaffee gebracht.“

„Aber nicht ans Bett.“

Melinda zuckte mit den Schultern. „Ich glaube, das hätte sie getan, wenn du es gewollt hättest.“

„Vielleicht.“

„Ich sollte dir den Kaffee über den Kopf schütten!“

Er lachte und bot ihr einen Schluck an. „Du bist ein ganz schön eifersüchtiges kleines Ding“, sagte er.

„Weder eifersüchtig noch klein“, meinte sie und trank einen Schluck.

„Für mich schon klein, und ich finde ein bisschen Eifersucht schön.“

„Das schmeichelt dem Ego, nicht wahr?“

Er nickte ernsthaft. „Dein Ego muss ganz schön aufgeblasen gewesen sein.“

Melinda schaute ihn fragend an. Rocs Stimme klang gespannter, als ihr lieb war.

„Longford! Ich habe es wirklich genossen, den

Kerl niederzuschlagen.“ Er streckte die Hand aus und strich Melinda übers Haar. „Wenn ich mir vorstelle, dass er dich jemals berührt hat …“

„Was?“ fragte sie.

Er schüttelte den Kopf. Der Blick seiner Augen erfüllte sie mit Wärme. Es war ein sehr angenehmes Gefühl.

„Das Frühstück ist fertig. Du musst aufstehen.“

„Ich bin bereits aufgestanden“, erwiderte er unschuldig. „Jedenfalls teilweise.“

Melinda sprang lachend vom Bett hoch. „Ich kann es mir nicht leisten, noch eine Mahlzeit zu verpassen, oder ich werde wirklich ein ‚kleines Ding‘ werden!“ meinte sie warnend.

„Ich bin gleich soweit“, versprach er und schlug die Decke zurück. Melinda achtete sorgfältig darauf, nur in seine Augen zu schauen. „Tauchst du heute Morgen mit mir?“ fragte er.

„Ja.“

„Gut.“

Anderthalb Stunden später waren sie bereit. Peter stand im Steuerhaus mit seinem Fernglas, aber es war heute kein anderes Boot in Sicht. Es schien so, als wären sie mit dem endlos weiten blauen Himmel und dem Meer allein. Es war noch nicht einmal eine einzige Wolke am Horizont zu sehen. Gemeinsam bereiteten sie sich auf den Tauchgang vor.

Sie wollten jeweils zu zweit tauchen. Bruce und Connie gingen als Erste von Bord, und Melinda und Roc folgten ihnen ein paar Minuten später in die wundervolle Welt der Tiefe, die sie beide so sehr faszinierte.

Sie schwammen direkt zu dem Riff über dem alten Wrack. Bunte Fische schossen vorbei, und eine Qualle glitt in einiger Entfernung gespenstisch an ihnen vorüber.

Irgendetwas Glänzendes im Sand erregte Rocs Aufmerksamkeit. Er schwamm hin und lauschte auf die vertrauten Geräusche seines Mundstücks und der Luftblasen, die daraus aufstiegen. Er fühlte einen Wasserschwall und drehte sich gerade noch rechtzeitig herum, um zu sehen, wie Hambone hinter ihm tauchte. Er beobachtete den Delfin kurz und richtete seine Aufmerksamkeit dann wieder auf den Meeresgrund. Roc tauchte tiefer um den verrosteten Schornstein des Kriegsschiffes herum.

Hambone war immer noch in seiner Nähe. Als Roc sich nach einer Weile umschaute, sah er, wie Melinda mit dem Delfin spielte, ihn streichelte, dann seine Flosse packte und sich von ihm ein Stück ziehen ließ.

Roc konzentrierte sich wieder auf den Meeresgrund

und tauchte dann noch tiefer. Nichts. Er konnte nicht sagen, was er gesehen hatte.

Dann blickte er sich nach Melinda um und bemerkte sie, als sie am Heck des Schiffes tauchte. Sie verschwand, und der Delfin schien ihr zu folgen.

Roc seufzte. Er mochte nicht, wenn Melinda außer Sicht war. Er schwamm rasch in ihre Richtung und bewegte sich mit seinen Flossen rasch vorwärts.

Da war Melinda. Sie schwamm direkt auf ihn zu. Als sie ihn erreicht hatte, versuchte sie ihm etwas mitzuteilen. Dann hob sie die Hände. Sie hielt ein kleines Kästchen darin. Es war so überwachsen, dass es ein Wunder war, dass Melinda es überhaupt gesehen hatte. Es hatte ungefähr die Größe eines Schmuckkästchens. Vielleicht war es das Schmuckkästchen einer Lady aus einer schon längst vergangenen Zeit …

Roc nickte Melinda zu. Sie traten beide Wasser, stiegen schnell zur Oberfläche hinauf und schwammen zum Schiff. Roc rief, und Joe half ihnen sofort aus dem Wasser. Er nahm Melinda das Kästchen aus der Hand, während sie an Bord stieg und sich aus ihrer Ausrüstung schälte.

„Roc! Das ist etwas, nicht wahr?“

„Etwas? Natürlich“, stimmte er zu und nahm es in die Hand. Es war ungefähr dreißig Zentimeter lang, zwölf breit und zwölf hoch. Der Deckel war gewölbt. Roc klopfte vorsichtig darauf und schaute Melinda an. „Messing, glaube ich."

Er drehte sich um und ging in den Ausrüstungsraum, um einen Schraubenzieher zu holen. Den konnte er in den kleinen Spalt stecken, den er in dem Kästchen entdeckt hatte.

Melinda war hinter ihm, zusammen mit Marina und Joe. Peter war oben im Steuerhaus und rief Connie und Bruce, die ebenfalls gerade aufgetaucht waren, zu, sie sollten sich beeilen.

Das Kästchen öffnete sich. Drinnen war keine Spur von Algen zu sehen. Die Edelsteine funkelten überwältigend. Der kleine Behälter quoll beinah über von Halsketten, Ohrringen, Broschen und Armbändern.

„Mein Gott!" stieß Melinda hervor.

Roc schaute sie an. „Was für ein Fund!" sagte er leise. Er schüttelte den Kopf. „Wie hast du das geschafft?"

„Wie hast du die richtige Stelle im Meer gefunden?" fragte sie zurück.

„Ich muss das hier mit der Ausrüstungsliste der ‚Condesa' vergleichen", sagte er. „Aber ich bin ganz sicher, dass wir eine unglaubliche Entdeckung gemacht haben."

„Dann sollten wir unseren Anspruch anmelden ...“

„Ich möchte erst eine genauere Vorstellung davon haben, wo sie liegt“, sagte Roc leise. „Dieser Fund wird uns weiterhelfen, die Stelle zu finden. Wir sollten in ein oder zwei Tagen soweit sein.“

„He, wie sieht es da unten aus?“ rief Bruce herunter.

„Wir kommen hoch. Warte nur, bis du es mit eigenen Augen siehst“, gab Roc zurück.

Sie gingen die Treppe zum Deck hinauf. Plötzlich sahen sie Peters Gesicht direkt über sich.

„Und ihr“, sagte er sehr leise, „solltet euch ansehen, was wir hier oben entdeckt haben.“

Roc schaute Melinda an. Sein Blick löste erneut dieses kalte Gefühl in ihrem Inneren aus.

„Was?“ fragte Roc Peter. „Ein weiteres Boot?“

„Nein, kein weiteres Boot“, antwortete Peter. „Zwei weitere Schiffe. Und sie kommen sehr schnell näher.“

12. KAPITEL

Es waren tatsächlich zwei Boote, die sich ihnen näherten. Das eine von Süden und das andere von Norden.

Als Roc an der Reling der „Crystal Lee“ stand, reichte Peter ihm das Fernglas, und er schaute hindurch.

Melinda sah, wie er sich versteifte, als er nach Norden schaute. Doch als er sich in die südliche Richtung wandte, schien er zu versteinern.

Melinda brauchte kein Fernglas, um die Schiffe zu erkennen. Das im Norden war das neueste ihres Vaters. Und von Süden näherte sich Eric Longfords gut ausgerüstetes Suchschiff.

Sie war verdammt. Auch ohne dass Roc den Mund aufmachte, war sie schon verurteilt.

„Wir bekommen Gesellschaft“, sagte Peter gelassen.

„Das ist nicht mehr wichtig“, sagte Bruce, der dicht neben Roc stand. „Wir haben den Löffel und das Kästchen. Wir sollten an Land gehen, die Papiere ausfüllen und unsere eigene Ausrüstung herausholen.“

Roc senkte das Glas und deutete über das Wasser. „Sie tauchen schon von Longfords Schiff“, bemerkte er. „Und wir haben die Position der ‚Condesa‘ immer noch nicht genau festgestellt. Es ist verdammt verblüffend, dass nach dieser wochenlange Suche Davenport und Longford ausgerechnet jetzt so genau unsere Position herausgefunden haben." Roc schaute Melinda nicht an, aber das war auch nicht nötig. In seiner Stimme war ein scharfer Unterton, kalt und sarkastisch.

Einen Moment lang fragte Melinda sich, ob ihrem Vater klar war, was er ihr da eigentlich antat. Dann erschauerte sie tief im Inneren. Die Kälte fing an ihrer Wirbelsäule an und legte sich dann wie eisige Finger um ihr Herz.

Sie konnte nichts mehr ändern. Sie konnte nicht mehr zurück. Irgendetwas war vor Jahren zwischen ihnen zerbrochen, und jetzt hatte Roc für immer eine Mauer zwischen ihnen aufgebaut. Er würde sie dafür verantwortlich machen, wenn nur ein Hut herunterfiel.

Sie konnte es nicht ändern, und sie konnte auch nicht damit leben.

Melinda wandte sich von der Gruppe ab. Sie trug heute zufällig ihren schwarzen Badeanzug, denselben, den sie bei ihrer Ankunft angehabt hatte. Sie würde nicht mehr länger mit Roc kämpfen. Und sie konnte ihn auch nicht mehr länger anflehen, ihr zu glauben. Vielleicht wurde es Zeit zu gehen.

„Man funkt uns an!" rief Connie plötzlich und lief

zum Steuerhaus. Roc war dicht hinter ihr. Melinda, die unten in dem kühlen Wind stehen geblieben war, konnte ihr Gespräch nicht mithören. Aber kaum eine Minute später kam Roc wieder herunter. Seine Miene war finster, und der Blick seiner Augen dunkel und funkelnd. Zunächst sagte er nichts, sondern blieb nur an der Reling stehen und schaute auf Longfords Schiff.

Dann wirbelte er herum und starrte Melinda an. „Es war für dich“, sagte er sehr höflich. „Longford sagt, dass er jetzt hier ist, und schlägt vor, ob du nicht zu ihm zurückschwimmen willst.“

Melinda fühlte, wie sie erbleichte, aber sie hielt ihr Kinn hoch erhoben. „Ich habe niemals ...“

„Dann ist da natürlich noch dein Vater. Nur einer von ihnen musste wissen, wo wir waren. Der andere ist ihm einfach gefolgt! Vielleicht hast du Longford wirklich nicht angerufen, sondern nur deinen lieben alten Dad benachrichtigt.“

„Roc!“ stieß Connie hervor.

„Roc, vielleicht ...“, begann Peter.

„Das geht nur uns beide an!“ fuhr Roc sie an und schaute unverwandt Melinda an. „Verdammt, meint ihr nicht, dass ich ihr die ganze Zeit glauben wollte? Sie musste nur mit den Fingern schnippen, und ich bin ihr wie ein Hundebaby an der Leine hinterhergelaufen. Auf allen sieben Meeren ist sie das einzige Wesen, das mich wirklich schachmatt setzen kann."

Er war eindeutig wütend, aber es war noch etwas anderes in seiner Stimme. Vielleicht so etwas wie Furcht. Doch das war nicht wichtig. Er konnte nicht so verletzt sein wie Melinda. Er konnte nicht das Gefühl haben, dass man ihm ein Messer mitten in die Kehle gestoßen hatte, so wie sie es hatte. Vielleicht hatte Melinda sein vollkommenes Vertrauen wirklich nicht verdient, aber dies hier ebenfalls nicht.

Roc schaute sie mit einem eisigen Blick an. „Nun?" sagte er. Seine Stimme war plötzlich sehr leise.

Nun. Das war es.

„Hast du nichts zu sagen?" wollte er wissen.

Sie ging ein paar Schritte auf ihn zu. Ihr Herz schien in tausend Stücke zu zerspringen, während sie das tat. Sie blieb direkt vor ihm stehen und schaute ihn offen an. „Nein", sagte sie schlicht.

„Also", flüsterte er, „gibst du es zu …"

Melinda hatte eigentlich mit Würde gehen wollen, aber das war einfach zu viel. Sie holte aus und schlug ihn gegen das Kinn. Es klatschte laut, und ihre Handfläche schmerzte.

Diesmal, dachte sie flüchtig, haben wir ein richtiges

Publikum für das Ende unserer Beziehung. Jetzt würden alle wissen, dass sie wirklich die eiserne Jungfrau war, die Meereshexe. Sie konnte nichts daran ändern, genauso wenig wie an den Tränen, die ihr wie Säure in den Augen brannten.

Roc reagierte auf ihren Schlag nur, indem er seine Finger zu der geröteten Stelle hob. Melinda konnte sein Gesicht nicht mehr sehen, sie konnte gar nichts sehen.

Aber sie wusste genau, wo Norden war. Sie drehte sich um, lief zu der Öffnung der Reling am Heck, von wo sie immer tauchten, und sprang ins Wasser.

Sie tauchte tief hinunter und schwamm eine weite Strecke unter Wasser, bis sie wieder an die Oberfläche kam. Als sie das tat, hörte sie, wie Roc ihr hinterherschrie.

„Oh nein! Das machst du nicht! Komm zurück!"

Melinda schaute zu ihm hin. Er beugte sich gerade über die Reling und sprang dann ebenfalls. Dann schaute sie zu dem Schiff ihres Vaters. Es schien ein wenig näher gekommen zu sein, seit sie ins Wasser gesprungen war.

Melinda schwamm, so schnell sie konnte. Sie hatte immerhin einen Vorsprung und war fast so gut wie Roc. Sie schwamm mit aller Kraft und glitt wie ein

Delfin durch das Wasser. Doch obwohl es fast unmöglich war, hatte Roc sie zehn Sekunden später beinah eingeholt. Er umschlang ihre Taille und zog sie mit sich unter Wasser.

Dann ließ er sie los, und Melinda schoss wieder an die Oberfläche. Roc überholte sie. Sie schaute ihn ungläubig an, und dann sah sie die Flosse des Delfins.

Hambone! Hambone war genau im richtigen Moment gekommen, um Roc mitzunehmen. Und jetzt, nachdem Roc sie eingeholt hatte, war immer noch der harte Ausdruck in seinen Augen. „Zurück!“ befahl er ihr.

„Warum?“

„Um das zu Ende zu bringen.“

Melinda schüttelte den Kopf, und erneut traten ihr die Tränen in die Augen. „Es ist beendet. Es war schon vor drei Jahren zu Ende. Ich war nur zu dumm zu bemerken, wie sehr es zu Ende war. Ich …“

„Zurück!“ wiederholte Roc hartnäckig.

„Ich werde dir keine Erklärungen geben …“

„Du wirst weder zu deinem Vater noch zu Longford gehen.“

„Ich werde wohl zu meinem Vater gehen“, rief sie. Sie wandte sich um und begann, ganz fest entschlossen weiterzuschwimmen.

Roc erwischte ihren Knöchel, und Melinda wurde erbarmungslos zurückgezogen.

Melindas wütender Widerstand hätte jeden anderen unter Wasser gezogen, aber nicht Roc. Er schaffte es, sie festzuhalten, und ganz gleich, wie sie sich drehte oder auf ihn einschlug, konnte sie ihm keinen besonderen Schaden zufügen. Fuchsteufelswild rang sie schließlich erstickt nach Luft und ermattete in seinem Griff. Sie hatte sich in ihrem ganzen Leben noch nie so elend gefühlt. Sie spürte seine Berührung, seine kraftvollen Hände, und wusste, dass er ihr niemals zuhören würde. Er würde ihr nie vertrauen, und obwohl sie ihn trotz ihrer Wut liebte, würde sie ihn verlassen müssen.

Roc hatte die Leiter am Heck der „Crystal Lee" erreicht. Melinda hatte keine große Wahl. Sie musste vor ihm hinaufklettern. Connie wartete schon auf sie. Ihr hübsches Gesicht war besorgt, als sie ihnen ein Handtuch reichte. Roc kam direkt nach Melinda hoch, sie fühlte ihn an ihrem Rücken. Er legte ihr die Hand auf die Schulter, und Melinda fuhr herum.

„Fass mich nicht an! Berühr mich nicht und rede nicht mit mir! Ich habe dich so lange angefleht, wie es nur ging. Ich habe …"

„Da draußen sind zwei Boote!" schrie er. Sie wollte

an ihm vorbeigehen, aber er packte ihren Arm und drehte sie herum. Dann umklammerte er unnachgiebig ihre Oberarme. „Sag mir, wie sie hergekommen sind!"

In seinen Worten und seinem Griff lag etwas Verzweifeltes. Er hielt sie in einem eisernen Griff, aber seine Hände und Finger zitterten, so stark war er innerlich aufgewühlt.

„Fahr zur Hölle!" schrie Melinda zurück.

„Hört auf!" rief Connie plötzlich. Sie lief zu ihnen, blieb dann stehen und biss sich auf die Lippe. Ihr Blick verriet, wie elend sie sich fühlte. „Ich war es!" sagte sie. „Roc, es ist meine Schuld!"

„Oh, Connie, nicht!" flüsterte Melinda.

„Connie ...", begann Roc.

„Du verstehst das nicht!" sagte Connie schnell. Sie schaute rasch zwischen den beiden hin und her. Dann schüttelte sie den Kopf und musterte Roc. „Ich habe neulich abends viel Zeit mit Jonathan Davenport verbracht. In der Bar, als du hereingekommen bist. Und auch später noch ..." Sie verstummte.

Melinda schaute sie fassungslos an. Connie, dachte sie, und mein Vater?

„Roc, er versucht wirklich nur, dir zu helfen. Er will die ‚Condesa' nicht. Er will nur, dass alles gut für dich läuft. Und natürlich hatte er sich auch Sorgen um seine Tochter gemacht. Er ist lediglich hier, um zu helfen. Ich bin mir dessen völlig sicher! Es tut mir Leid, Roc. Ich wollte dir keine Schwierigkeiten machen."

Roc schüttelte den Kopf und lockerte den Griff, mit dem er Melinda hielt. „Es ist schon gut, Connie. Wir sind beide verführt worden."

„Ahoi, da drüben!"

Sie fuhren alle herum und schauten zum Heck, wo Jonathan Davenport gerade sein Dingi festmachte. Dann griff er nach der Leiter. Er trug abgeschnittene Jeans, hatte einen nackten Oberkörper und war barfuß. Sein helles Haar hing ihm ein wenig zerzaust in die Stirn, und seine Augen strahlten sehr hell.

Melinda schaute ihren Vater finster an, und dann bemerkte sie, dass er ein faszinierender Mann in den Vierzigern war. Vielleicht war er genau richtig für Connie, und Connie für ihn.

Wenn einer von ihnen die nächsten Momente überleben konnte …

Jonathan ging über das Heck auf Roc und Melinda zu. „Diesmal wäre sie beinahe schneller gewesen und hätte dich fast geschlagen", informierte er Roc sachlich. „Habe ich den Verstand verloren, oder hast du da Hilfe von einem Delfin bekommen?"

„Ich hatte ein wenig Hilfe“, sagte Roc.

„Wie geht es dir, Kleine?“ fragte Jonathan seine Tochter leise.

„Kleine?“ Roc stieß einen verächtlichen Laut aus. „Barrakuda!“ versicherte er ihm.

Melinda trat ihm gegen das Schienbein. Er zuckte zusammen, nahm aber keine Revanche.

„Hallo, Dad“, sagte Melinda leise. Er hätte auch seinen eigenen Angelegenheiten nachgehen können, aber stattdessen stand er hier und überschlug sich fast, um ihr zu helfen. Sie fühlte eine überwältigende Zärtlichkeit für ihn und hätte ihn gern fest gedrückt.

„Nun“, sagte Jonathan sachlich. „Ich möchte wirklich nicht unterbrechen, was auch immer hier vorgehen mag, doch ich denke, du solltest erfahren, dass Eric Taucher runtergeschickt hat. Hast du irgendetwas, das einen Anspruch rechtfertigen würde?“ fragte er Roc.

Roc nahm seine Hände von Melindas Schultern. „Melinda hat einige Sachen gefunden“, sagte er. „Aber wir haben immer noch keine Spur von dem Schiff selbst.“

„Und das Radar …“, begann Jonathan.

„Das Radar zeigt uns nur das Wrack eines Kriegsschiffes aus dem Zweiten Weltkrieg“, meinte Roc.

„Nun, ich will dir einen Vorschlag machen", erklärte Jonathan. „Ich werde Melinda mit auf mein Schiff nehmen, mit noch einem oder zwei Tauchern. Lass mich zurückfahren, damit es so aussieht, als wäre ich nur gekommen, um meine Tochter aus deinen Klauen zu retten. Dann kannst du an Land fahren und deinen Anspruch bei den Behörden anmelden. Melinda wird unterdessen tauchen und weitersuchen. Wenn du so nah gekommen bist, dann muss es direkt unter deiner Nase sein."

„Ich glaube nicht, dass Melinda noch einmal für mich tauchen wird", sagte Roc schnell.

„Doch, das wird sie", verkündete Melinda eisig. „Melinda würde dafür sterben, damit du deinen Fund machen kannst. Sie würde ihren Eckzahn dafür geben, damit du das Schiff finden und es dir in …"

„Melly", unterbrach ihr Vater sie rasch. „Wir haben nicht mehr allzu viel Zeit."

„Ich will nicht, dass sie das tut", erklärte Roc. „Ich werde meine Frau nicht einfach hier draußen zurücklassen."

„Ich bin nicht mehr wirklich deine Frau."

„Das bist du verdammt noch mal wohl!"

„Ich werde nicht …"

„Entschuldigt uns eine Minute, ja?" bat Roc unvermittelt die Runde. Mit einem wütenden Seufzer packte er Melinda fest mit beiden Händen und sprang mit ihr ins Wasser.

Ihr Gewicht zog sie tief hinunter. Dann trat Roc sich kräftig ab, um wieder nach oben zu kommen.

Melinda hustete und schaute ihn wütend an. „Du Mistkerl!“ rief sie. „Du hast mich heute schon einmal beinah ertränkt! Was …“

„Es war die einzige Möglichkeit, um mich ungestört mit dir unterhalten zu können.“

„Mich zu ertränken?“

„Ich habe nicht versucht, dich zu ertränken. Ich habe nur versucht, ein paar Minuten lang mit dir allein zu sein. Du wolltest ja nicht hören.“

„Ich wollte nicht hören? Das ist zu komisch! Ich habe gebettelt und gefleht und mich zum Narren gemacht. Ich war ehrlich …“

„Von dem Moment an, als du aus diesem Netz gekrochen bist, ja?“

Melinda achtete nicht darauf. „Du hast mich nicht angehört, seit ich an Bord kam, nicht ein Mal, ganz gleich, was ich gesagt habe.“

„Ich versuche dir ja begreiflich zu machen, dass es mir Leid tut.“

„Aber das bedeutet nichts!“

„Verdammt, Melinda! Du hast Fehler gemacht, und ich auch, das Entscheidende jedoch ist …“

„Du hast in letzter Zeit entschieden mehr Fehler gemacht als ich!“

„Ja“, stimmte er zu. „Ja, das habe ich.“

„Ich werde zu meinem Vater aufs Schiff gehen, so wie er es vorgeschlagen hat. Ich werde diese verrottete ‚Condesa‘ für dich finden. Und dann …“

„Und dann wirst du mit mir reden, oder ich werde die ganze Sache sofort aufgeben und Eric Longford den Fund überlassen.“

Melinda schaute Roc an und sah die Leidenschaft und die Wut in seinem Blick. In diesem Moment wusste sie, dass er meinte, was er sagte. Sie senkte die Lider. Vielleicht hatte er Recht. Vielleicht mussten sie beide die Vergangenheit überwinden.

„Einverstanden“, sagte sie leise. „Wir werden erst die ‚Condesa‘ finden und dann miteinander reden.“

Roc hielt ihr in schweigender Zustimmung die Hand entgegen.

„Ich kann sehr gut allein schwimmen, danke.“

„Das weiß ich“, sagte er, packte aber trotzdem ihre Hand, und mit ein paar kraftvollen Schwimmstößen brachte er sie zur Leiter am Heck der „Crystal Lee“.

„Ich verstehe das alles nicht ganz“, begrüßte Jonathan Davenport sie, als er sich hinunterbeugte, um seiner Tochter hinaufzuhelfen. Er schaute über ihre Schulter hinweg Roc an. „Du hast jahrelang über die ‚Condesa' geredet. Monate hast du mit der Suche verbracht und bist seit Wochen kurz davor, sie zu entdecken. Und jetzt, wo sie direkt unter deinen Füßen ist, vergeudet ihr beide Zeit mit Streitereien." Sein Blick wanderte zwischen den beiden hin und her.

„Wir streiten nicht", sagte Roc.

„Wir diskutieren", meinte Melinda nachdrücklich.

„Und?"

„Roc wird mit der ‚Crystal Lee' in den nächsten Hafen einlaufen. Ich komme mit dir und tauche."

„Fein", sagte Jonathan entschlossen. „Dann lasst uns endlich damit anfangen, ja? Eric hat Taucher im Wasser, und man kann ja nie wissen. Auch ein blindes Huhn findet manchmal ein Korn."

„Roc, Bruce und ich werden ebenfalls tauchen", sagte Connie. Sie wirkte immer noch schuldbewusst.

Roc seufzte verärgert auf und ließ die Schultern hängen. „Es ist schon gut, Connie. Schon gut."

„Roc …", begann Connie.

„Lass uns gehen, Connie", forderte Melinda sie auf. Sie schaute Roc noch einen Moment an, presste die Lippen zusammen und unterdrückte ihre Tränen und das wilde Verlangen, den geringen Abstand zwischen ihnen zu überwinden und sich in seine Arme zu werfen.

Noch nicht. Jetzt noch nicht! Es tat ihr immer noch weh ...

Sie zwang sich, sich abzuwenden, aber sie schien Rocs Blick auf ihrer Haut zu spüren, während sie die Leiter hinunter in das Beiboot ihres Vaters kletterte.

Erst folgte Connie, dann Bruce. Jonathan kletterte als Letzter hinunter, nahm die Ruder und ruderte kräftig auf sein Schiff zu.

„Danke", sagte Melinda plötzlich.

„Du brauchst dir keine Sorgen zu machen, das verspreche ich dir", sagte ihr Vater.

„Melinda", meinte Connie plötzlich. „Es tut mir Leid. Es tut mir so Leid."

„Niemand muss sich im Augenblick für irgendetwas entschuldigen", verkündete Jonathan. „Ende gut, alles gut, aber wir haben das hier noch nicht zu Ende gebracht."

„Die ‚Condesa' ist irgendwo direkt unter uns", erinnerte Bruce sie ruhig.

Die Ruder klatschten ins Wasser, und das war das einzige Geräusch, das sie hörten, bis sie die Fahrt zu

Jonathans Schiff beendet hatten. Jinks half ihnen an Bord. Er hatte mit den Sauerstoffflaschen am Heck gewartet.

Vater muss seiner Sache ja sehr sicher gewesen sein, dachte Melinda. Fast hätte sie gelächelt. Doch dann drohte ein Gefühl des Elends sie zu überwältigen, nachdem Jinks, groß, brummig und so liebevoll wie immer, sie herzlich begrüßt hatte.

Melinda fand sich plötzlich in den Armen ihres Vaters wieder. „Er hat mir nicht geglaubt", flüsterte sie. „Er hat mir nicht vertraut, Dad."

Jonathan hob ihr Kinn, und sie sah die Zärtlichkeit und die Entschlossenheit in seinem Blick. „Roc ist ein bisschen rau, Melly. Er hat gedacht, dass seine Wunden geheilt wären, doch dann sind sie wieder aufgerissen. Aber es wird am Ende doch klappen."

„Woher weißt du das?"

„Weil er dich liebt."

Melinda lächelte. Sie konnte darauf nichts antworten. „Jinks, hilf mir bei den Flaschen", sagte sie stattdessen. „Hast du meine Lieblingsflossen da?"

„Ja, Melly, das habe ich", erklärte Jinks.

In Sekundenschnelle war sie fertig, setzte sich auf den Bootsrand und wartete auf Connie und Bruce. Dabei schaute sie zur „Crystal Lee" hinüber.

In wenigen Sekunden würde sie aus ihrer Sicht verschwinden.

Und Melinda war plötzlich sehr entschlossen, zurückzukehren und Roc die „Condesa“ auf einem Silbertablett präsentieren zu können.

„Irgendetwas stimmt mit diesem Mundstück nicht“, meinte Jinks zu Jonathan und betrachtete finster Connies Ausrüstung.

„Dann nimm ein anderes“, sagte Jonathan.

Melinda lächelte ihren Vater an. Sicherheit ging ihm über alles. Er hatte genau wie Roc oft über ihren Leichtsinn geschimpft. Aber plötzlich dauerte ihr das alles viel zu lange. „Ich gehe runter“, sagte sie.

„Melinda, Roc mag es nicht, wenn du allein tauchst“, begann Bruce.

„Du wirst in einer Minute ebenfalls unten sein“, erwiderte sie beruhigend.

„Melinda!“ rief ihr Vater, aber es war schon zu spät. Sie hatte sich bereits über Bord fallen lassen.

Das Wasser war wundervoll. Die Strahlen der Nachmittagssonne drangen durch die Oberfläche, und Melinda bewunderte die herrlich leuchtenden Farben und die exotischen Lebewesen. Sie sah das Riff und das Wrack des Kriegsschiffes vor sich, das sie faszinierte. Sie hatte das Juwelenkästchen darin eingeklemmt gefunden. Vielleicht könnte sie hier noch etwas anderes entdecken.

Sie schwamm tiefer, untersuchte das Riff und packte dann einen hervorstehenden Stahlträger und zog daran. Zunächst passierte gar nichts, doch dann zog sie mit aller Kraft noch einmal daran. Er gab nach. Nicht viel, aber ein bisschen. Ein paar Zentimeter. Also biss sie auf das Mundstück und zog erneut.

Plötzlich bewegte sich das Wrackteil, das halb über den Rand des Riffs hing. Melinda ließ hastig den Träger los, als sich das verrottete Teil löste und auf sie zu stürzen drohte. Es gab ein stöhnendes Geräusch, und dann fiel das morsche Stück hinab und wirbelte den Sand des Meeresbodens auf.

Melindas Herz schlug hämmernd, während sie versuchte, ihr Gleichgewicht in dem strudelnden Wasser zu behalten. Sie sah eine Planke aus dem Sand emporragen und packte sie.

Langsam beruhigte sich das Wasser um sie herum wieder. Melinda starrte auf das Holz in ihrer Hand und erbebte erwartungsvoll.

Dann schaute sie genauer hin. Sie hielt ein altes Stück Holz mit einem gezackten Ende in der Hand. Es war eine sehr alte Holzplanke! Und nachdem jetzt eine Öffnung in dem Kriegsschiff klaffte, beschloss

Melinda, das Innere zu erforschen. Sie tauchte hinein, hielt dabei das Stück Holz fest und hielt nach weiteren Hinweisen Ausschau.

Sie wäre fast zusammengezuckt, als sie an einem hölzernen Kopf vorbeischwamm. Seine Gesichtszüge waren zwar stark verwittert, aber es war eindeutig eine Galionsfigur mit geschnitztem, langem welligen Haar.

Melindas Herz schlug heftig. Sie hatte sie gefunden. Die „Condesa“. Sie schwamm aus dem Wrack des Kriegsschiffes, um aufzutauchen.

Doch plötzlich verdunkelte sich das Wasser rings um sie herum. Erstaunt schaute sie sich um.

Befand sich ein Schiff direkt über ihr, so dass die Strahlen der Sonne nicht mehr durch das Wasser dringen konnten? Nein, es war nicht das Schiff, nicht allein. Es war noch etwas anderes. Melinda konnte es nur schwer erkennen. Es schien zu schäumen – und es war dunkel. Es war ...

Es war rot!

Melinda hätte sich beinah verschluckt, als sie begriff, was da vor sich ging.

Über ihr war ein Boot. Und das Wasser war rot. Es war rot, weil jemand das Wasser aufwühlte und literweise Blut, Abfälle und tote Fische ins Meer schüttete und damit versuchte, alle Haie in der Gegend anzulocken.

Schon während Melinda zusah, kamen die Haie heran. Melinda schnürte sich die Kehle zu. Sie hatte noch nie zuvor Angst vor Haien gehabt. Sie hielt sich von ihnen fern, und die Haie hatten sie gemieden. Außerdem war sie nie in Gewässern getaucht, in denen große weiße Haie verbreitet waren. Sie hatte noch nie einen gesehen, auch wenn sie schon Erfahrungen mit Zitronenhaien, Blauhaien, Tiger- und auch Hammerhaien gesammelt hatte. Manchmal schienen sie interessiert gewesen zu sein, aber irgendjemand in der Tauchgruppe hatte sie gewöhnlich mit einem Haistab weggescheucht.

Melinda hatte noch niemals Angst vor ihnen gehabt, jedenfalls nicht wirklich. Doch jetzt war sie entsetzt.

Sie waren nicht allzu weit über ihr. Keine fünfzehn Meter. Und es wurden immer mehr … Einige waren klein, vielleicht zwei Meter lang. Einige größer, so um die drei Meter … Und alle fraßen wie im Blutrausch, schnappten sogar nach ihren Artgenossen.

Melinda starrte erschrocken zu ihnen hinauf. Einer schwamm plötzlich hinunter, dann jedoch schoss er wieder hoch, um weiterzufressen. Melinda drückte sich gegen den Rumpf des Schiffes. Endlich hatte sie die „Condesa“ entdeckt – nur um ein Opfer der Haie zu werden?

Und es sah so aus, als hätte Eric sie offensichtlich auch gefunden. Oder wäre sicher gewesen, dass sie sie aufspüren würde.

Melinda konnte einfach nicht glauben, dass jemand, den sie kannte, den Schatz so sehr wollte, dass er …

Mich dafür umbringen würde, dachte sie.

Sie hatte keine Möglichkeit zur Verteidigung gegen diese Haie. Überhaupt keine. Und das Wasser wurde mit jeder Minute mehr mit Blut getränkt.

Mit Tränen in den Augen kämpfte Melinda gegen das trostlose Gefühl an. Es war so schrecklich! Sie konnte nur noch daran denken, wie sie vor wenigen Stunden über das Deck hatte laufen und sich in Rocs Arme werfen wollen. Sie sah noch den Blick seiner leuchtenden kobaltblauen Augen vor sich und konnte sich fast an seine Wärme erinnern.

Aber sie war nicht zu ihm gelaufen, sie war vor ihm weggelaufen. Sie hatte ihm nicht verziehen.

Und jetzt würde es vielleicht zu spät sein. Er würde zurückkommen und das Wrack der „Condesa“ finden, gut. Aber er würde auch nur noch Stücke von seiner Frau vorfinden …

Melinda holte tief Luft und unterdrückte verzweifelt ihre Angst. Sie musste warten und aushalten. Sie überprüfte ihre Uhr, um festzustellen, wie viel Luft sie noch in den Flaschen hatte.

Dann stieß plötzlich etwas mit überraschender Wucht gegen ihren Rücken, und in den blutgetränkten Tiefen des Meeres schrie Melinda erstickt auf.

13. KAPITEL

Es war verblüffend, wie schnell sich alles ändern konnte. Roc fühlte die Wärme der Nachmittagssonne auf seinen Schultern, während er den Anker lichtete, doch gleichzeitig war er niedergeschlagen. Diesmal hatte er wirklich es geschafft, alles zu zerstören.

Die Zeit hatte ihn gelehrt, dass Stolz nicht zählte, wenn man nachts allein lag. Nun, er hätte seine Lektion besser lernen sollen. Er hatte Melinda einmal verlassen, weil er sicher war, unverschämt betrogen worden zu sein. Vielleicht hatte er damals Recht gehabt, aber das war nicht mehr besonders wichtig. Diesmal hatte er vollkommen Unrecht. Nicht, dass das viel mehr Bedeutung hatte.

Roc konnte sich nicht vorstellen, dass er es ertragen würde, Melinda ein zweites Mal zu verlieren. Er dachte über diesen Verlust nach, als er plötzlich sah, dass Jonathan wie verrückt zu ihm herüberwinkte.

„Hey, Käpt'n!" rief Peter gleichzeitig aus. „Heilige Jungfrau! Schau dir das Wasser an!"

Roc tat es und sah das Blut dort, das immer mehr zu werden schien. Sein Herz schlug ihm bis in den Hals. Im selben Moment bemerkte er, dass das unwillkommene dritte Schiff, Eric Longfords Schiff, bereits die Flucht ergriffen hatte und schnell durch das Wasser davonglitt.

Panik ergriff Roc, als er sich vorstellte, dass einer der Taucher vielleicht in die Schraube geraten sein könnte und in Stücke gerissen worden wäre.

Bruce? Connie? Melinda!

Oh nein …

Dann sah Roc, dass Jonathan mit seinem Schiff rasend schnell auf ihn zufuhr und erst im letzten Moment den Motor drosselte, um einen Zusammenstoß zu vermeiden. Er hörte, wie Jonathan etwas rief.

„Der Bastard! Der verdammte Bastard!"

„Was ist denn los?" rief Roc hinüber.

„Er hat das Wasser verseucht. Der Idiot muss etwas gefunden haben, und er versucht, als Erster seinen Anspruch anzumelden. Sieh dir das Wasser an! Melinda ist da unten!"

Erneut schlug Rocs Herz heftig gegen seine Brust. Vor einer Sekunde hatte er noch Angst gehabt, sie zu verlieren, jetzt drohte allen, sie zu verlieren … als Haifutter.

Der verlässliche Jinks, der mit Davenport fuhr, solange Roc zurückdenken konnte, hatte bereits die Ausrüstung herausgeholt. Roc schaute Jonathan ins Gesicht und hatte einen Augenblick den Eindruck, dass der Mann ohne Maske und Sauerstoffgerät ins Wasser springen würde, so verzweifelt schien er seine Tochter erreichen zu wollen.

„Warte!" rief Roc.

„Dafür haben wir keine Zeit!" rief Jonathan zurück. „Sie hat nur eine Stunde Luft! Ich habe ..."

„Ich werde zu ihr runtergehen!"

„Ich werde gehen ..."

„Verdammt, Jonathan! Sieh es doch ein! Ich bin der Schnellere und vermutlich auch der Bessere."

„Aber sie ist meine Tochter!"

„Und meine Frau!"

„He, Freunde!" unterbrach Joe Tobago sie schnell. „Wer auch immer runtergeht, sollte vorbereitet sein. Da scheint eine ziemlich große Gruppe Blauhaie unten zu sein, auch wenn ich einen oder zwei Zitronenhaie gesehen habe. Es sind ziemlich miese Kerle. Mr. Davenport, wenn Sie Ihr Boot von der Stelle wegbringen, kann ich einen oder zwei erschießen und die anderen ablenken. Vielleicht kann Käpt'n Roc derweil Ihre Tochter sicher raufbringen."

„Das ist die beste Lösung, Jonathan!" rief Roc.

Peter hatte bereits die ganze Ausrüstung für Roc vorbereitet, während er noch redete. Er hatte zusätzlich noch einen Gewichtsgürtel mit Schlaufen für zwei Messer mitgebracht und zwei Haiknüppel. Sie waren zwei Meter lang und versetzten den Tieren einen starken elektrischen Schlag, wenn man die Haut damit berührte.

Roc hatte in seiner ganzen Zeit als Taucher diese Haiknüppel erst zweimal benutzt. Er war nicht gern auf Haifischjagd gegangen, weil er fand, dass das Meer schließlich ihre angestammte Umgebung war. Doch jetzt hoffte er, dass Peter jede Menge von ihnen erschießen konnte. Es gab schließlich genug große Fische mit scharfen Zähnen im Meer.

Aber nur eine Melinda.

Roc zog sich unglaublich schnell an, während Peter ihm versicherte, dass er mindestens eine Stunde Luft hatte, die er mit Melinda teilen konnte, sobald er sie erreicht hatte.

Sobald. Peter stockte bei diesem Wort ein bisschen, und hätte fast ‚wenn' gesagt.

Nun, wenn Roc sie nicht erreichen würde, spielte das auch keine Rolle mehr. Er würde nicht ohne sie wieder hochkommen. Das wusste er jetzt. Ganz gleich, was ihn erwartete, er würde nicht ohne Melinda zurückkommen.

„Ich tauche jetzt!" rief er Jonathan zu. „Bring

dein Schiff in Position.“ Er setzte sich auf den Rand der „Crystal Lee“ und ließ sich rückwärts ins Wasser fallen.

Rasch sank er in die Tiefe und ließ sich schnell immer weiter hinunterziehen. Drei Meter, fünf, dann zehn Meter …

Dann bremste er den Fall. Er konnte zwar tiefer tauchen, ohne Druckprobleme zu bekommen, aber er wollte gerade jetzt keinen Tiefenrausch riskieren. Also tauchte er langsamer in die Tiefe.

Von unten sah er, dass Peter bereits geschossen hatte. Einer der Blauhaie, gut zwei Meter lang, war in den Kopf getroffen worden. Die wilde Meute der anderen Haie folgte ihm von Roc weg. Und von dem Riff, zu dem Melinda getaucht war.

Einen Moment betrachtete Roc das verrückte Schauspiel fasziniert. Anscheinend hatte Longford zusammen mit dem Blut und den Abfällen auch einige große Köder ausgeworfen, die jetzt in einem Strudel von Blut herumschwammen.

Die Haie griffen den angeschossenen Artgenossen an, der sich im Todeskampf zur Wehr setzte. Roc wandte den Blick ab. Die Haie, es mussten mittlerweile mindestens dreißig sein, hatten ihn bis jetzt nicht beachtet. Sie hatten nur eins im Sinn: Fressen. Innerhalb von wenigen Minuten war der Blauhai restlos vertilgt.

Roc schaute zu dem Riff hinunter. Dort hatte Melinda das Schmuckkästchen gefunden. Und dort hatte sie sicherlich auch nach dem Schatzschiff weitergesucht.

Roc tauchte schnell hinab und griff nach seinem Haistock, als ein Zitronenhai vor ihm auftauchte. Er war groß, schlank und glatt und entfernte sich zunächst von Roc, um ihn dann nach einer plötzlichen Drehung anzugreifen.

Roc schlug ihn mit dem Haiknüppel. Der Hai floh sofort.

Roc schwamm weiter auf das Riff zu und ermahnte sich, dass er darauf achten musste, was hinter ihm vorging. Wie würden die Haie reagieren? Ihm war noch ganz genau der Anblick des Blauhais vor Augen, der verwundet worden und dann in Stücke gerissen worden war …

Das konnte Melinda nicht zugestoßen sein. Er konnte es nicht glauben, und er würde es nicht zulassen!

Roc erreichte das Riff und versuchte sich einzureden, dass keine Haie ihn verfolgten. Der verrückte Todestanz fand über ihm statt. Während er hinschaute, sah er, wie die Haie in die entgegengesetzte Richtung schwammen.

Peter schien es tatsächlich zu gelingen, die Meute immer weiter von Roc wegzulocken. Und auch vom Riff.

Er hatte eine gute Chance, Melinda zu finden und in Sicherheit zu bringen.

Roc kam zu dem zerborstenen Kriegsschiff. Irgendetwas war anders als bei den vorangegangenen Tauchgängen. Er schwamm schnell weiter und entdeckte die Öffnung – hatte sich Melinda dort versteckt?

Er musste Melinda finden. Wer weiß, wie lange es Peter gelang, die Haie auseinander zu treiben.

Er tauchte durch die Öffnung und sah vor sich den Kopf einer hölzernen Galionsfigur. Er hatte die „Condesa“ entdeckt. Doch um welchen Preis! Offensichtlich hatte auch Longford die Position des spanischen Schiffes gefunden und setzte skrupellos jedes Mittel ein, um den Schatz für sich in Anspruch nehmen zu können. Sogar Melindas Leben setzte er aufs Spiel!

Melinda! Sie musste hier in der Nähe sein.

Plötzlich schwamm jemand auf ihn zu. Erleichtert sah Roc, dass es seine Frau war. Als sie ihn erreicht hatte, schlang sie die Arme um ihn und presste sich an ihn. Er zog sie dichter an sich und hielt sie fest. Er hatte sie gefunden! Sie lebte! Und sie hatten eine Chance, den Haien zu entkommen.

Aber es würde nicht einfach sein, an Bord des Schiffes und in Sicherheit zu kommen. Immer noch schwammen viele Haie in dem blutgetränkten Wasser.

Und dann bemerkte Roc, dass Melinda fast keine Luft mehr hatte. Er machte ihr mit Handbewegungen klar, dass sie ihr Mundstück ausspucken und seins nehmen sollte. Dann schrie er sie im Wasser an und unterstrich seine Worte mit Gebärden.

„Wir müssen nach Norden! Zum Schiff deines Vaters! Verstehst du?“

Sie nickte ernst.

Roc drückte ihr einen Haiknüppel in die Hand und nahm das Mundstück, kurz bevor Wasser in seine Nase drang.

„Deine Sauerstoffflaschen sind leer! Wir müssen teilen. Verstanden?“

Sie nickte wieder und nahm einen Atemzug aus seinem Mundstück, bevor sie ihm zu verstehen gab: „Roc! Es ist die ‚Condesa‘!“

Er nickte und machte ihr klar, dass sie so schnell wie möglich auftauchen mussten. Sie wusste es und nickte. Doch plötzlich ließ sie das Mundstück fallen und küsste ihn kurz.

„Roc! Ich liebe dich! Du bist mir nachgekommen", formulierte sie mit den Lippen an seinem Mund.

„Ich werde dir überallhin folgen", erwiderte er.

Dann gab er ihr das Mundstück und forderte sie auf, einen langen Atemzug zu nehmen. Anschließend holte er selbst tief Luft und deutete auf die Galionsfigur der „Condesa". Melinda nickte zustimmend.

Langsam und vorsichtig tauchten sie auf. Auf halber Höhe erblickte Roc einen neugierigen Blauhai. Er war nur etwa zweieinhalb Meter lang, aber er kam ihnen sehr nah. Roc war vorbereitet und stieß mit dem Knüppel gegen das Tier. Es zuckte heftig zusammen und verschwand.

Roc wusste, dass es kein großes Exemplar gewesen war. Aber das war nicht wichtig. Es hatte Reihen unglaublich scharfer Zähne, und ein Biss von ihm ... würde Hunderte mehr nach sich ziehen!

Aber sie hatten keine Wahl. Ganz gleich, was passierte, sie konnten es sich nicht leisten, der Panik nachzugeben.

Roc rief sich ins Gedächtnis, dass Forscher absichtlich Köder ins Wasser warfen, um die Haie zu untersuchen. Manchmal schwammen sogar Filmteams zwischen ihnen herum, um so etwas wie das hier zu filmen. Sie hatten überlebt, weil sie einen klaren Kopf behalten hatten. Und genau das mussten Melinda und er jetzt auch tun.

Langsam schwammen sie in nördlicher Richtung, wo Jonathan Davenports Schiff sie aufnehmen würde.

Eigenartig, dachte Roc. Nach all der Zeit hatten sie endlich die „Condesa“ gefunden. Und hätten fast ihr Leben dabei verloren. Aber noch waren sie nicht aus der Gefahrenzone. Nun, Roc wollte dafür sorgen, dass Melinda und er keine Opfer des Meeres wurden wie die spanische Galeone und das zerborstene Kriegsschiff, dessen Rumpf die „Condesa“ all die Jahre verdeckt hatte.

Er spähte durch das Wasser, um Ausschau nach den Umrissen von Jonathan Davenports Schiff zu halten.

Roc hielt inne und forderte Melinda auf, einen tiefen Atemzug zu nehmen. Dann deutete er nach oben, und sie nickte. Er zeigte auf den Haiknüppel, und sie nickte wieder. Sie waren schon oft zusammen getaucht. Selbst jetzt, dachte Roc, sind wir ein gutes Team.

Dicht nebeneinander schwammen sie das letzte Stück Richtung Norden auf das rettende Schiff zu.

Ein neugieriger Zitronenhai kam ihnen ziemlich

nahe, und Roc stieß nach ihm. Der Hai wich aus, schwamm aber nicht weg.

Eine Sekunde später kam ein weiterer Hai heran. Es war ein Blauhai.

Dann noch ein Blauer. Und ein weiterer Zitronenhai. Sie umkreisten sie, schwammen weg und kamen wieder. Sehr nah. Viel zu nah.

Es waren zu viele, um sie alle mit dem Haiknüppel in die Flucht schlagen zu können.

Melinda schien Rocs Gedanken erraten zu können. Sie drehte sich plötzlich zu ihm hin, holte Luft und ließ dann das Mundstück fallen. Umgeben von den Haien schlang sie die Arme um Roc … und küsste ihn.

Ein letzter Kuss.

Im gleichen Moment fühlte Roc einen plötzlichen Schlag gegen seinen Körper. Er wartete darauf, die Zähne zu spüren, und dachte, dass er vielleicht Melinda weit von sich stoßen konnte, wenn ein Hai ihn packte. Aber er fühlte nichts.

Allerdings hatte er schon gehört, dass der Biss eines Hais so schnell und scharf war, dass die Taucher oft die Zähne gar nicht spürten. Er schaute an sich hinunter und erwartete, dass sein halbes Bein weg war. Aber es war nicht verletzt.

Hambone, der Delfin, war gekommen.

Der Delfin war jetzt mitten unter ihnen, kreiste langsam und schien sie auffordern zu wollen, sich an seine Flossen zu klammern.

Roc packte die kräftige Rückenfinne, und Melinda hielt sich an Roc fest. Sie schienen mit dem Delfin durchs Wasser zu fliegen, und irgendwie schien Hambone zu wissen, dass sie auf das Schiff zuhalten mussten.

Sie ließen die Haie hinter sich, und wenige Meter von Jonathans Boot entfernt ließ Roc die Flosse los. Sekunden später tauchten sie auf, kaum noch anderthalb Meter von dem Schiff entfernt.

„Gott sei Dank!“ hörten sie Jonathans Stimme.

Roc nahm das Mundstück ab und schaute hoch. Jonathan stand am Heck des Schiffes. Er wirkte unendlich erleichtert, als er sich hinabbeugte und seiner Tochter hinaufhelfen wollte.

„Melinda!“ rief er.

„Dad!“

Aber sie nahm noch nicht seine Hand. Sie zog die Maske ab und schaute Roc an. „Hambone!“ rief sie und tauchte.

Roc folgte seiner Frau sofort.

Der Delfin war zurückgekommen und schwamm unter Melinda. Er erlaubte ihr, seinen Rücken zu streicheln und sich zu bedanken.

Roc berührte den Delfin ebenfalls. Er schaute dem Tier in die dunklen Augen und hoffte, dass der Delfin seinen Dank verstand. Dann packte er Melindas Handgelenk. Es war besser, an Bord zu gehen, denn sie konnten nicht wissen, ob ihnen nicht doch einige Haie gefolgt waren.

Sie tauchten auf, und Jonathan war da, um ihnen zu helfen. Er griff hinunter und packte den Arm seiner Tochter. Bruce und Connie halfen Roc aus dem Wasser. Sekunden später hatten Melinda und er sich aus ihrer Ausrüstung geschält, waren in dicke Handtücher gehüllt und hielten Becher mit heißem Kaffee in den Händen.

„Ihr habt es geschafft! Ihr habt es geschafft!“ sagte Jonathan erschüttert. „Gott sei Dank.“

„Dank Roc“, sagte Melinda. Sie schaute ihn an und lächelte hinreißend.

Aber Roc konnte diese Ehre nicht annehmen, nicht unter diesen Umständen. „Dank eines Delfins“, sagte er leise.

„Allen sei Dank!“ rief Jonathan aus. „Du bist nicht angetastet worden?“ fragte er seine Tochter. „Keine Kratzer, keine Verletzungen ...?“

„Dad, mir geht es gut.“ Sie schaute ihren Mann wieder an. „Ich wusste, dass alles gut gehen würde, als ich Rocs Gesicht sah." Plötzlich verfinsterte sich ihre Miene, und sie stand auf. Das Handtuch rutschte von ihren Schultern, als sie ihren Kaffeebecher Bruce in die Hand drückte. „Mein Gott, Roc! Du bist meinetwegen zurückgekommen! Und dieser Idiot, der uns beinah umgebracht hat, wird den Anspruch auf die ‚Condesa' anmelden!"

Roc stand auf, und auch sein Handtuch rutschte herab, als er seinen Becher Bruce in die andere Hand drückte. Dann umarmte er Melinda und hob ihr Kinn an. „Wer interessiert sich noch für die ‚Condesa'?" sagte er. „Dein Vater hat mir etwas gesagt. Es waren die wahrsten Worte, die ich je gehört habe. Ich könnte ewig die Meere absuchen, aber es würde nichts ändern. Ich habe meinen Schatz gefunden. Wenn du mir nur verzeihst, dass ich so an dir gezweifelt habe, dass ich so ein Mistkerl gewesen bin, dann schwöre ich dir, dass ich niemals mehr vergessen werde, dass ich den größten Schatz habe, den ein Mann finden kann. Dich. Meine Frau."

Es war vollkommen still auf dem Schiff. Die untergehende Sonne färbte den Himmel gold und rot, und ihre Strahlen ließen die Wellen glitzern.

Schließlich antwortete Melinda. „Oh, Roc, das war wirklich … das war wunderschön."

„Können wir noch einmal von vorn anfangen?" fragte er sehr leise.

„Ja", flüsterte sie. „Oh ja!"

Dann küsste Roc sie, er küsste sie so lange, bis Jonathan sich schließlich vernehmlich räusperte.

„Nun, das ist wirklich ausgesprochen rührend, ihr zwei, wirklich schön. Aber vielleicht kann ich ja noch ein bisschen Zuckerguss auf die Torte tun."

Roc schaute seinen Schwiegervater an. „Und was wäre das, Jonathan?" fragte er, ohne Melinda loszulassen.

„Nun, die ‚Condesa' ist trotzdem dein Fund, mein Junge."

Roc schaute ihn fragend an. „Jonathan, selbst wenn wir versuchen würden, die Behörden davon zu überzeugen, dass Eric einen Mord begehen wollte, um diesen Fund zu bekommen, hätten wir große Schwierigkeiten, sie davon zu überzeugen. In ungefähr einer Stunde wird nichts mehr von dem zu sehen sein, was hier passiert ist."

Jonathan lächelte selbstzufrieden und lehnte sich an die Reling. „Siehst du, dieser miese Bastard wird in den Hafen kommen und feststellen, dass bereits ein sicherer Anspruch auf die ‚Condesa' vorliegt."

„Du hast Anspruch erhoben?" stieß Melinda hervor.

Jonathan schüttelte den Kopf. Dann nickte er. „Nun … ja. Und nein."

„Du hast mich schon wieder ausgetrickst", sagte Roc, aber er klang nicht besonders verärgert.

Jonathan schüttelte entschieden den Kopf. „Ich habe den Fund gemeldet, das stimmt, Roc. Allerdings habe ich es in deinem Namen getan. Ich hatte einfach zufällig Glück. Es war an dem Tag, an dem meine Tochter diesen Mistkerl dazu gebracht hat, sie mitten auf dem Meer auszusetzen. Ich habe dasselbe gefunden wie Melinda. Ein paar Besteckteile. „ Er zuckte mit den Schultern. „Gut, ich hatte nicht direkt das Schiff gefunden, aber … Nun, es musste ja hier irgendwo sein. Also habe ich den Fund gemeldet und gesagt, dass ich zur Zeit in deinem Auftrag arbeite."

Roc schaute seinen Schwiegervater an. Dann warf er die Hände in die Luft. „Aber wenn du sie gefunden hast …"

„Ich habe den Fund nicht gemacht. Ich habe immer noch geglaubt, dass du diesbezüglich ein Spinner warst. Immerhin hast du mich letztes Mal, als ich an dir gezweifelt habe, zum Narren gemacht. In vielerlei Hinsicht", fügte er leise hinzu.

„Aber Jonathan …"

„Roc, der Fund ist deiner. Das war er immer schon.

Und es gäbe keine Gerechtigkeit mehr in der Welt, wenn du mich dabei nicht als ein Mitglied deiner Mannschaft akzeptieren würdest."

Melinda spürte, wie Roc sich versteifte.

„Ich weiß nicht, Jonathan. Denken ist eine Sache, und finden eine andere."

Aber Jonathan reichte seinem Schwiegersohn die Hand. „Ich habe das Gefühl, dass wir bald wieder zusammenarbeiten werden, mein Sohn."

„Du hast mich viel gelehrt. Und das ..."

„Und du hast es ebenfalls geschafft, mir eine Menge beizubringen. Was ist damit, Käpt'n Trellyn?"

Melinda hätte am liebsten vor Enttäuschung laut aufgeschrien, weil Roc immer noch so stocksteif dastand. Er war so verdammt stolz. Doch dann spürte sie es. Sie fühlte, wie er schließlich nachgab und seine Anspannung sich löste. Schließlich ergriff er die Hand ihres Vaters.

„Abgemacht?" fragte Jonathan leise.

„Abgemacht!" stimmte Roc zu.

Melinda stieß einen Freudenschrei aus, küsste Roc, dann ihren Vater, Bruce, Connie und Jinks.

Als die „Crystal Lee" schließlich herangekommen war, stimmten alle darin überein, dass Rocs Schiff vermutlich besser für die Feier ausgerüstet war, die sie für diesen Abend vorhatten. Beide Schiffe ankerten nebeneinander, und selbst der griesgrämige Jinks kam an Bord der „Crystal Lee“.

Dann erfuhr der Rest der Mannschaft die Neuigkeiten über den Fund und Erics Verhalten. Sie öffneten trotzdem eine Flasche Champagner, und alle fielen sich in die Arme.

Roc verkündete nachdrücklich, dass er und Melinda sich duschen und umziehen wollten. Die anderen nickten verständnisvoll und hoben die Gläser.

Melinda hatte den Eindruck, dass die Augen ihres Vaters schelmisch funkelten, aber sie konnte sich nicht genauer davon überzeugen. Roc zog sie in seine Kabine, schloss die Tür hinter ihnen und nahm Melinda in die Arme.

Sie genoss seinen Kuss, seine Umarmung und die Hitze seines durchtrainierten Körpers.

„Mein Gott!“ flüsterte er. „Ich hatte solche Angst. Ich dachte, ich hätte dich wirklich verloren.“

„Du bist mir nachgekommen“, flüsterte sie. „Trotz der mörderischen Haie …“

Roc löste sich von ihr. „Heißt das, dass du mit mir verheiratet bleibst?“

Sie holte schnell Luft und nickte dann, während sie ihn mit ihren wunderschönen Augen anschaute. „Falls du nicht vorhast, dich von mir scheiden zu lassen", sagte sie leise.

„Niemals", versprach er ihr. „Wie ich schon gesagt habe", fügte er heiser hinzu, „ich habe meinen wirklichen Schatz gefunden."

„Oh Roc", flüsterte sie, als er sie auf die Arme nahm und zur Koje trug. „Es ist wirklich wunderschön."

Er lächelte, legte sie hin und streckte sich dann neben ihr aus. Er zog den Träger ihres Badeanzugs herunter, so dass er ihr einen heißen Kuss auf die Schulter geben konnte.

„Du bist wertvoller als alle Schätze des Meeres", versicherte er ihr. Dann küsste er sie auf den Mund. Als er seine Lippen von den ihren löste, fragte er leise: „Vergibst du mir?"

„Natürlich!" rief sie.

„Dann habe ich alles, was ich will."

Sie schlang ihre Arme um ihn, küsste ihn erneut und spürte seine Berührungen, erotisch und hinreißend …

Roc zog ihr den Badeanzug vollständig herunter. Melinda erschauerte. Sie begehrte ihn so sehr. Sie waren noch am Leben und zusammen. Aber …

„Roc, wir haben Dad doch gerade erzählt, dass wir gleich wieder da …"

Roc lachte heiser und schaute sie mit seinen kobaltblauen Augen an. „Dein Vater erwartet uns nicht so bald zurück."

„Aber der Rest der Crew ..."

„Nun, ich glaube, sie denken, dass wir uns in meiner Kabine wild und leidenschaftlich lieben."

„Und ..."

„Und", sagte er und legte einen Finger auf ihre Lippen, „und genau das werden wir jetzt tun." Er hob den Finger, und Melinda lächelte. „Hast du noch etwas zu sagen?" fragte er.

„Hmm", erwiderte sie.

„Nun?"

„Lass uns mit dem wilden, leidenschaftlichen Teil anfangen", sagte sie und umschlang ihn mit den Armen.

Roc gehorchte ihr nur zu gern. Und als er Melinda küsste, wusste er, dass er seinen wahren Schatz gefunden hatte. Seinen Schatz aus dem Meer. Und dass er ihn diesmal niemals wieder hergeben würde.

– ENDE –

**Freuen Sie sich schon jetzt
auf den neuen Band von Heather Graham:
„Die Nacht des Tigers"!
Neuerscheinung Oktober 2006**

LESEPROBE

Die Skulptur war einzigartig. Sie befand sich in der Abteilung für römische Kunst des Museums und trug auf dem Sockel die Bezeichnung: „Unbekannter Künstler, um 100 v. Chr., schwarzer Marmor".

Hingerissen betrachtete Tara die Plastik. Bei der Darstellung des lebensgroßen Tigers war es dem Künstler gelungen, die Spannung und die kraftvolle Vitalität zu vermitteln. Die Schönheit kam ebenso zum Ausdruck wie die mögliche Gefahr, die dieses Tier bedeuten konnte. Die erhobene Pranke versinnbildlichte sowohl die spielerische Anmut als auch das bedrohlich Lauernde der Raubkatze. Obwohl die Skulptur aus poliertem schwarzen Marmor bestand, sah Tara in ihrer Vorstellung die wahre Augenfarbe des Tigers. Goldbraun mussten seine Augen gewesen sein, lebhaft wie flackernde Kerzenflammen und durchdringend wie heiße Sonnenstrahlen.

Tara bemerkte zufrieden, dass sie im Augenblick die einzige Besucherin in diesem Raum war. Sie wollte gern allein sein mit dem geheimnisvollen Raubtier. Alle anderen Skulpturen im Ausstellungsraum waren im Vergleich zur Tigerplastik unbedeutend. Als wollte man die Einzigartigkeit des Tigers betonen, war sein Sockel in der Mitte des Raumes aufgestellt und mit samtbezogenen Kordeln umspannt worden.

Fasziniert ging Tara um die Skulptur herum. Ein schneller Blick auf ihre Armbanduhr verriet ihr, dass sie nur noch wenige Minuten Zeit hatte, wenn sie pünktlich zu ihrer Verabredung zum Lunch kommen wollte. Aber sie konnte sich nicht sofort von dem Anblick des Tieres losreißen. Seine kaum gebändigte Kraft, seine Ursprünglichkeit flößten ihr Ehrfurcht ein. Sie wusste nicht, warum, aber sie reagierte fast sinnlich auf dieses Kunstwerk.

Tara stand mit dem Rücken zum Eingang, als sie Schritte hörte und sich daraufhin umwandte. Im Glaskasten, unter dem ein in Granit gehauener römischer Hauptmann ausgestellt war, spiegelte sich die Gestalt eines Mannes. Eindrucksvoll und mysteriös wie die antiken Skulpturen stand er im Eingang. Fast konnte man meinen, er wolle ihr den Weg versperren. Unwillkürlich verglich sie ihn mit dem Tiger. Der Mann verharrte ebenso stumm und unbeweglich wie das Raubtier und strahlte dabei die gleiche verhaltene Kraft aus.

Diese Kraft vermittelte Tara auch das unheimliche Gefühl einer Bedrohung für sich selbst. Der Mann besaß die geschmeidige, anmutige Haltung eines Raubtiers auf der Jagd. Wie der Tiger würde auch der Fremde geschickt sein bei der Verfolgung seiner Beute, bevor er sie mit tödlicher Präzision zur Strecke brachte.

Du bist verrückt! sagte sie sich. Doch obwohl sie wusste, wie unbegründet ihre Reaktion auf diesen Fremden war, bewegte sie sich mit äußerster Vorsicht, um dem Mann nicht den Rücken zuzukehren. Sie wollte die Skulptur umkreisen und dann einen genaueren Blick auf den Mann werfen. Ihre Fantasie war wirklich zu lebhaft. Selbstverständlich war dieser Fremde nur ein normaler Museumsbesucher.

Mit äußerlicher Gelassenheit schritt sie um die Skulptur. Doch die unerklärliche Spannung ließ nicht nach. Genauso wenig wie sich der hypnotische Bann löste, unter dem sie zu stehen schien. Sie wurde den Eindruck nicht los, dass die Anwesenheit des Fremden nicht zufällig war.

Tara tat so, als betrachte sie den Tiger, nahm jedoch die Skulptur gar nicht mehr wahr. Ihr Blick ruhte auf dem hoch gewachsenen Mann am Eingang. Die Hände in die Hüften gestützt, schien auch er in die Betrachtung der Skulptur versunken zu sein. Tara betrachtete den geheimnisvollen Mann näher. Sein kurzes, gepflegtes Haar war pechschwarz. Er trug schwarze Cordjeans und eine Lederjacke. Er war schlank, aber breitschultrig und muskulös. Deutlich zeichneten sich seine kräftigen Oberschenkel unter der eng anliegenden Jeans ab. So entspannt seine Haltung auch war, der Eindruck von Kraft und Vitalität herrschte vor. Tara fühlte sich von seiner eindrucksvollen Ausstrahlung in den Bann gezogen.

Schließlich sah sie in sein markantes Gesicht. Die feste Kinnpartie, die hohen Wangenknochen, der sinnliche Mund, die dunklen, geschwungenen Brauen und die lebhaften goldbraunen Augen faszinierten sie in einem Maße, dass sie sekundenlang regungslos in den Anblick versunken blieb.

Plötzlich wurde ihr bewusst, dass sie ihn unverhohlen anstarrte und ihm dies nicht verborgen geblieben war. Er sah sie an, und um seine Lippen spielte der Anflug eines Lächelns.

Errötend wandte Tara sich ab. Sie musste sich über

sich wundern. Wegen dieses Mannes würde sie noch zu spät zum Lunch kommen. Sie fürchtete sich seltsamerweise, an dem Fremden vorbei den Raum zu verlassen.

Mach dich nicht lächerlich, dachte sie. Der Mann ist ein Museumsbesucher wie alle anderen auch. Er ist gewiss nicht gekommen, um dir aufzulauern. Die Vorstellung ist einfach albern!

Selbstverständlich war es bloß eine fixe Idee von ihr, aber diese Einsicht half Tara nicht, ihre Angst zu unterdrücken. Ihre Unsicherheit verstärkte sich, denn der Mann war jetzt näher getreten, um sich die Tigerskulptur aufmerksam zu besehen.

Ebenso fasziniert von dem Kunstwerk wie sie, hatte der Mann jetzt nur noch Augen für den Tiger. Und da er den Eingang frei gemacht hatte, hätte Tara den Raum jetzt unbehelligt verlassen können. Trotzdem schien etwas sie abzuhalten. Sie musste sich eingestehen, dass sie es bedauern würde, den Fremden nie mehr wieder zu sehen. Obwohl er einerseits die verwirrendsten, zwiespältigsten Gefühle in ihr auslöste, übte er andererseits eine große Anziehungskraft auf sie aus. Seine bloße Gegenwart genügte, abenteuerliche Fantasien in ihr zu wecken. Ihre Handflächen fühlten sich feucht an, und ihre Kehle war wie ausgetrocknet.

Sie musste sich zusammenreißen, bevor ihre Aufregung auch für den Fremden offensichtlich wurde. Sie schlug den Kragen ihres Silberfuchsmantels höher, straffte die Schultern und ging entschlossen an ihm vorbei. Einen Augenblick später folgte er ihr.

Am Ausgang überließ er ihr höflich den Vortritt. Zu aufgeregt, um ihm zu danken, ging Tara wortlos vorbei und eilte hastig weiter. Sie musste sich wieder über ihr seltsames Verhalten wundern. Sie hätte dem Mann doch danken können, ohne in die Schüchternheit längst vergangener Teenagertage zurückzufallen! So befangen im Umgang mit Männern war sie seit langem nicht mehr gewesen.

Nun, es sollte ihr nicht allzu schwer fallen, sich wieder zu fangen. Schon jetzt, da sie aus seiner unmittelbaren Nähe entkommen war, konnte sie wieder freier atmen.

Erleichtert eilte sie aus dem Nebenflügel des Museums zum Hauptausgang. Alles ließ sich ganz leicht erklären. Wahrscheinlich hatte sie zu lange zurückgezogen gelebt und dabei den Umgang mit Männern dieses Formats verlernt. Aber jetzt würde sie aufhören zu fliehen. Es war höchste Zeit, wieder das Leben aufzunehmen, das sie früher geführt hatte.

Ein paar Tage in der Stadt hatten genügt, um sich

wieder in ihrem Apartment einzuleben. Sie freute sich auf die Arbeit, sie war zum ersten Mal wieder ins Museum gegangen, und jetzt würde sie sich mit ihrer Freundin Ashley zum Lunch treffen.

Lächelnd stellte sie sich Ashleys Reaktion vor, wenn sie ihr von der Begegnung mit dem geheimnisvollen Mann erzählte. Ashley würde ihr mit ihrer schonungslosen Offenheit vorwerfen, sie litte an Verfolgungswahn. Und Tara musste ihr fast Recht geben, wenn sie sich daran erinnerte, dass sie sekundenlang Angst vor dem Mann gehabt hatte und sogar meinte, er lauere ihr auf!

In diesem Augenblick kam ein Taxi in Sicht, und Tara winkte es herbei. Entspannt ließ sie sich in den Sitz zurücksinken und sah nicht, dass der Mann aus dem Museum ihr unauffällig gefolgt war und hinter ihr die Stufen herunterkam. Er merkte sich die Richtung, in die ihr Taxi verschwand, um gleich darauf in die Limousine zu steigen, die an der Ecke auf ihn wartete.

Rafael Tyler brauchte sich nicht zu beeilen. Als Tara dem Taxichauffeur zurief, wohin sie gefahren werden wollte, hatte Rafael deutlich gehört, dass ihr Ziel das „Plaza-Hotel“ war. Ohne Hast gab er Sam, seinem Chauffeur, die Anweisung, dem Taxi zu folgen.

Der weißhaarige Fahrer schien sich nicht über den

Befehl zu wundern, eine fremde Frau zu verfolgen. Geschickt fädelte er sich in den Verkehr ein.

Rafael lehnte sich zurück und schloss müde die Augen. In den letzten vier Wochen war er fast ununterbrochen auf Geschäftsreisen gewesen. Aber zum Ausruhen blieb ihm keine Zeit. Der Hinweis auf das Mädchen war zu wichtig, um ihn zu ignorieren. Wenn er über Tara Hill nichts herausfinden konnte, dann sah er keine weitere Möglichkeit, Licht in das Dunkel zu bringen.

„Elender Verkehr!“ schimpfte der Chauffeur.

Rafael lachte. „Lass dich nicht aus der Ruhe bringen, Sam. Ich möchte ihr ohnehin ein wenig Vorsprung lassen.“

„Und wenn wir sie verlieren?“

„Wir werden sie nicht verlieren. Sie ist sehr wahrscheinlich zum Lunch verabredet.“

„Woher willst du das wissen?“

„Ich habe gehört, was sie zu dem Taxifahrer sagte. Sie will ins ‚Plaza‘. Wir werden keine Schwierigkeiten haben, sie dort zu finden.“ Plötzlich erinnerte er sich an etwas. Er schob die Trennscheibe zum Fond der Limousine zurück und beugte sich nach hinten, um eine elegante Wildlederjacke vom Rücksitz zu nehmen.

Im Rückspiegel beobachtete Sam verstimmt seinen

Arbeitgeber. „Rafael? Was hast du vor, mein Junge? Ich werde nicht mit dir in dieses Hotel …"

„Natürlich wirst du mich begleiten, Sam." Nachsichtig lächelnd sah er in Sams mürrisches Gesicht. „Sollte ich mich vielleicht allein ins Restaurant setzen? Das fiele doch auf. Ich muss schließlich mit jemandem verabredet sein."

Sam sagte undeutlich etwas. Der gestärkte weiße Hemdkragen, der ihn bisher nicht gestört hatte, wurde ihm plötzlich zu eng. „Wenn ich nicht schon seit Jahrzehnten für deine Familie arbeiten würde …"

Rafaels Lächeln schwand. Ernst unterbrach er seinen alten Angestellten. „Ich tue das alles nur für Jimmy, Sam. Nur für ihn bitte ich dich um diesen Gefallen."

Den Rest des Weges legten sie schweigend zurück. Endlich waren sie angekommen, und der Portier öffnete die rückwärtige Wagentür. Sam nahm eilig die Chauffeurmütze ab und tauschte sein dunkelblaues Jackett gegen die Lederjacke aus. Rafael war unterdessen ausgestiegen, um dem verwirrten Portier, der im Fond des Wagens vergebens nach Passagieren Ausschau gehalten hatte, ein großzügiges Trinkgeld in die Hand zu drücken. Bevor Sam und Rafael das Plaza betraten, sorgte Rafael dafür, dass die Limousine in der Nähe geparkt wurde.

Weil er wusste, dass sein Chauffeur ungern in Hotels ging, legte Rafael ihm die Hand auf die Schulter, um ihn mit sanfter Gewalt zum Eingang zu steuern. „Was für ein Pomp“, sagte Sam missbilligend, sobald er die Schaukästen mit den exquisiten Juwelen von Tiffany und Cartier erblickte.

„Sam, wir wollen doch hier nur zu Mittag essen“, meinte Rafael nachsichtig.

„Protzig!“ stieß Sam leise hervor.

„Okay, okay, aber es hat wenigstens Atmosphäre.“

„Das mag ja sein. Trotzdem fühle ich mich hier nicht wohl. Die Ober schauen mich jedes Mal an, als wüsste ich nicht, mit welcher Gabel man was isst.“

„Solange das Trinkgeld stimmt, kannst du hier auch mit den Fingern essen“, bemerkte Rafael trocken und blieb am Eingang zum Hotelrestaurant stehen. Sein Blick fiel sogleich auf Tara Hill in Begleitung einer jungen Frau, die ebenso anmutig und elegant war wie sie. Der Zufall wollte es, dass direkt hinter Tara ein Tisch frei war. Der Platz war ideal. Rafael würde sie genau im Blickfeld haben, während sie ihn nur sehen konnte, wenn sie sich umdrehte. Wahrscheinlich würde er sogar ihre Unterhaltung mit anhören können.

„John“, sagte er zu dem Oberkellner, der sie mit

einem erfreuten Lächeln begrüßte, „mein Onkel ist zu Besuch hier. Er würde gern die Aussicht genießen.“

„Die Aussicht?“ wiederholte der Oberkellner verständnislos.

Rafael lächelte amüsiert. „Die Blonde und der Rotschopf dort drüben. Könnten wir vielleicht den Tisch direkt hinter den beiden haben?“

„Gewiss doch, Mr. Tyler, gewiss. Kommen Sie, meine Herren.“

„Der Mann erinnert mich an einen Pinguin“, sagte Sam herablassend.

„Sam“, seufzte Rafael verzweifelt. „Im Frack sieht jeder Mann wie ein Pinguin aus.“ Er schob seinem „Onkel“ den Stuhl zurecht und setzte sich dann ihm gegenüber, was ihm Gelegenheit gab, Tara Hill einer eingehenden Betrachtung zu unterziehen. Zum Glück war sie so in ihre Unterhaltung mit ihrer Freundin vertieft, dass sie die beiden Männer nicht bemerkt hatte.

Vorhin, als sie ihren Silberfuchs trug, hatte Rafael nicht viel von ihrer Figur erkennen können. Selbst das Gesicht war zum Teil durch den hochgestellten Pelzkragen verdeckt gewesen. Doch jetzt, da sie in seiner Nähe saß, hatte er Gelegenheit, Taras Erscheinung ausgiebig zu bewundern.

Sie war wirklich sehr attraktiv. Ihre Schönheit hätten selbst Lumpen nicht verbergen können. Ihre anmutigen Bewegungen und ihre hinreißende Figur waren atemberaubend. Sie war groß und sehr schlank, besaß jedoch an genau den richtigen Stellen die vollkommensten Rundungen, die er sich vorstellen konnte. Ihre langen, schlanken Beine und die schmalen Fesseln waren atemberaubend.

Genau so hinreißend wie ihre Figur war auch ihr Gesicht mit den hohen Wangenknochen und den ausdrucksvollen Augen. Sie waren silbergrau wie der Pelz, den sie getragen hatte, und wurden von langen, dunklen Wimpern beschattet, die auffallend mit ihrem schulterlangen goldblonden Haar kontrastierten.

Rafael nahm die Speisekarte zur Hand. Trotz Taras unleugbarer Schönheit glaubte er, sie objektiv einschätzen zu können. Tara interessierte ihn zur Zeit nicht als Frau. Er sah in ihr seine letzte Chance, die Spur aufzunehmen, die sich vor zwei Jahren im Dickicht der südamerikanischen Bürokratie verloren hatte. Dass sie schön war, hatte er gewusst – schließlich handelte es sich um Tara Hill. Bis vor zwei Jahren war sie eine Berühmtheit gewesen. Jeder Mann hätte sie auf Anhieb erkannt.

„Soll ich etwa die Drinks bestellen?“ fragte Sam plötzlich.

Rafael schaute auf. „Wie bitte? Du möchtest einen Drink?“ fragte er. Erst jetzt bemerkte er den jungen Ober, der geduldig wartend an ihrem Tisch stand.

„Wenn es nach mir ginge, würde ich eine ganze Flasche Jack Daniels austrinken“, meinte Sam missmutig.

Rafael lachte. „Zwei Jack Daniels on the rocks, bitte“, sagte er zu dem Ober.

„Sehr wohl, Sir“, erwiderte er. „Darf ich Ihnen unser Kalbsschnitzel empfehlen? Es ist ausgezeichnet heute.“ Damit ging er, um die Bestellung auszuführen.

„Haben die keine Hamburger hier?“ fragte Sam.

„Wir werden dir einen Hamburger besorgen“, versprach Rafael. „Du meine Güte, Sam“, meinte er und lachte über die finstere Miene und stocksteife Haltung seines Chauffeurs. „Kannst du dich nicht etwas lockerer geben? Man schaut ja schon zu unserem Tisch herüber. Unterhalten wir uns, und benimm dich ganz natürlich.“

„Was soll ich sagen?“

„Irgendetwas.“

Sobald der Ober mit den Whiskys angekommen war, bestellte Rafael zwei Hamburger, woraufhin ihm der junge Mann höflich versicherte, dass er sie gewiss für die Herren beschaffen könne. Nachdem der Kellner sich mit den Speisekarten entfernt hatte, versuchte Rafael, etwas von der Unterhaltung am Nebentisch mitzubekommen. Zunächst verstand er nur hin und wieder ein Wort. Aber dann, als er sich vorbeugte und konzentrierte hinhörte, hielt er überraschend den Atem an. Die beiden Frauen sprachen nämlich über ihn.

„Ich weiß nicht, Ashley", sagte Tara Hill nachdenklich. „Es war ganz komisch. Er betrachtete den Tiger – übrigens eine wundervolle Plastik –, und dabei wurde ich das Gefühl nicht los, dass er mich beobachtete." Sie lachte leise. „Wahrscheinlich fehlt mir der regelmäßige Kontakt zu Menschen. Da wird man wohl seltsam. Irgendwie glich er auch diesem Tiger."

„Die ursprüngliche Kraft der männlichen Kreatur, was?" fragte Ashley lachend.

„So etwas Ähnliches. Als ich endlich den Mut aufbrachte, an ihm vorbeizugehen, tat er völlig uninteressiert."

Wieder lachte Ashley amüsiert. „Die Geschichte gefällt mir. Woher willst du wissen, dass er nicht an dir interessiert war? Man hat dich eine der schönsten Frauen der Welt genannt, und da soll ein Mann kühl geblieben sein?"

„Das liegt doch schon Jahre zurück“, erwiderte Tara. „Mit einem Tross von Designern, Schneidern und Visagisten kann jede Frau schön aussehen. Ashley, dieser Mann hat mich nicht wegen meines Aussehens so angestarrt.“

„Hör auf zu fantasieren, Tara! Was könnte denn sonst der Grund gewesen sein?“

„Woher soll ich das wissen? Mir wäre wohler, wenn ich es wüsste. Ach, vielleicht bilde ich mir ja wirklich etwas ein.“

„Über eines jedenfalls bin ich froh“, meinte Ashley. „Er ist dir aufgefallen. Du siehst doch sonst durch die Männer hindurch wie durch Luft. Selbst wenn du mit ihnen sprichst, nimmst du sie nicht wahr.“

„Das stimmt nicht.“

„Also besteht doch noch Hoffnung? Wie schön, dass dein Interesse am anderen Geschlecht gerade jetzt zurückkehrt, bevor wir diese Reise unternehmen. Ich freue mich wahnsinnig darauf! Zwölf Stunden Arbeit, und der Rest wird Freizeit sein! Vielleicht lässt du dich sogar dazu herab, mit jemandem zu tanzen.“ Ganz plötzlich wurde sie ernst. „Nur eines macht mir Sorgen …“

„Was?“

„Oh, Tara! Was damals passierte, hat dein ganzes

Leben verändert. Zwei Jahre hast du dich versteckt gehalten. Wenn wir doch nur nicht ausgerechnet nach Caracas fahren müssten. Bist du sicher, du willst noch einmal dorthin?"

Tara lächelte traurig. „Wenn es nach mir ginge, würde ich nie wieder in diese Stadt zurückkehren. Aber ich kann nicht wählerisch sein. George Galliard ist wahrscheinlich der Einzige, der mir Arbeit gibt."

„Mach dich nicht lächerlich ..."

„Gib es doch zu, Ashley, ich war in diesen schrecklichen Skandal verwickelt. Keiner fragt nach Schuld oder Unschuld, wenn dein Name erst einmal in den Schlagzeilen stand. Vielleicht ist diese Reise sogar eine Art Therapie für mich. Wenn wir erst an Bord der ..."

In diesem Moment räusperte sich Sam laut und vernehmlich. „Rafael", sagte er. „Ich glaube, ich könnte noch einen Jack Daniels vertragen."

Rafael starrte ihn entgeistert an. „Das darf nicht wahr sein", stieß er leise hervor. „Jetzt ist mir das Wichtigste entgangen!"

Nora Roberts

Choreographie der Liebe

Zwei leidenschaftliche Romane von Nora Roberts über zwei starke Frauen, die ihren eigenen Weg gehen und in der faszinierenden Welt des Tanzes das große Glück finden!

Band-Nr. 25185
6,95 € (D)
ISBN: 3-89941-243-5

MIRA®

Heather Graham
Das Geheimnis von
Melody House
Band-Nr. 25176
7,95 € (D)
ISBN: 3-89941-234-6

Heather Graham
Tango mit dem Tod
Band-Nr. 25168
7,95 € (D)
ISBN: 3-89941-226-5

Heather Graham
Unter tausend Monden
Band-Nr. 25166
7,95 € (D)
ISBN: 3-89941-208-7

Heather Graham
Ihr letzter Tanz
Band-Nr. 25130
7,95 € (D)
ISBN: 3-89941-169-2

Nora Roberts

Nachtgeflüster 1
Der gefährliche Verehrer
Hörbuch

Band-Nr. 45006
4 CD's nur 10,95 € (D)
ISBN: 3-89941-222-2

Nora Roberts

Nachtgeflüster 2
Der geheimnisvolle Fremde
Hörbuch

Band-Nr. 45008
4 CD's nur 10,95 € (D)
ISBN: 3-89941-224-9